全国物业管理师执业资格考试辅导用书

U0132708

物业管理基本制度与政策

考试攻略

■王学发 主编　戴烽 副主编

中国电力出版社
www.cepp.com.cn

本书为全国物业管理师执业资格考试攻略之物业管理基本制度与政策。本书分为五个部分，即物业管理概述、物业管理服务、物业管理的基本制度、房地产相关制度与政策和国外及中国香港地区物业管理概况。其中最后一部分国外及中国香港地区物业管理概况在大纲中未作要求，该部分仅供参考。

图书在版编目（CIP）数据

物业管理基本制度与政策考试攻略/王学发主编.

北京：中国电力出版社，2007

全国物业管理师执业资格考试辅导用书

ISBN 978-7-5083-5304-3

Ⅰ.物…　Ⅱ.王…　Ⅲ.①物业管理-规章制度-中国-资格考核-自学参考资料②物业管理-经济政策-中国-资格考核-自学参考资料　Ⅳ.F299.233.3

中国版本图书馆 CIP 数据核字（2007）第 017944 号

中国电力出版社出版发行

北京三里河路 6 号　100044　http://www.cepp.com.cn
责任编辑：梁　瑶　责任印制：陈焊彬　责任校对：黄　蓓
汇鑫印务有限公司印刷・各地新华书店经售
2007 年 3 月第 1 版・第 1 次印刷
787mm×1092mm　1/16・9.75 印张・242 千字
定价：**20.00** 元

前　　言

　　全国物业管理师执业资格考试 2007 年将首次举行，这是物业管理行业的一件大事。由于是第一年物业管理师执业资格考试，广大考生对于考试的题型还难以把握，特别需要有一本有针对性的且带有练习和把握考试重点的辅导用书。针对这种情况，经过反复研究讨论，终于完成了这套针对性强、重点突出的考试辅导用书。这套辅导用书是经过了仔细的市场研究，在总结作者的历年相关专业的考试辅导经验和相关专业执业资格考试的命题经验的基础上完成的。本书对考试教材中的考点内容进行了全面系统的分析整合，全部以习题方式出现，并在需要加注的地方给出了相应的注释，将每本几十万字的内容通过习题方式展示出来以帮助大家备考，便于考生迅速适应考试形式，配合例题讲解掌握应试技巧，在最短时间内有针对性地进行复习备考，最大限度地帮助考生顺利通过考试，真正做到考前有的放矢、考时游刃有余、考后胸有成竹。

　　这套辅导用书按照指导用书分为四册，物业管理基本制度与政策、物业管理实务、物业管理综合能力、物业经营管理，每章都基本按照"考试要点"、"重点内容"，每节均按照"本节要点"、"复习题解"的结构编写；并在需要注解的习题后面给与了必要的说明。

　　本套辅导用书通过对各部分内容的高度提炼，所给出的习题包括单项选择题、多项选择题、综合分析题或问答题，其中单项选择题和多项选择题严格按照命题的要求完成，纯粹为仿真练习，为了将各种考点囊括其中，一些需要掌握的内容以问答形式给出，从而加强了本套辅导用书的内容完整性。本套辅导用书是对考试内容的高度提炼，为广大考生备考提供了良好的复习素材，希望通过本书的阅读能帮助广大考生顺利通过全国物业管理师执业资格考试。

编　者

目　　录

第一章 物业管理概述

考试要点

本部分的考试目的是测试应考人员对物业管理的作用、特征和《物业管理条例》核心内容的掌握程度，以及对我国物业管理的产生、发展和制度建设的熟悉程度。

掌握：《物业管理条例》对物业管理的定位，《物业管理条例》的指导思想以及确立的基本法律关系。

熟悉：物业管理的基本特征，物业管理在社会经济中的地位和作用，《物业管理条例》确立的基本制度，《物业管理条例》涉及的主要问题。

了解：物业管理的产生和发展，我国物业管理制度建设的历史沿革。

重点内容

1. 《物业管理条例》对物业管理的定位
2. 物业管理的特征
3. 物业管理的市场化特征
4. 市场原则作为物业管理活动的前提条件
5. 我国物业管理的产生和发展
6. 我国改革开放前城镇住房制度的主要特征
7. 物业管理在社会经济中的地位和作用
8. 我国物业管理制度建设的历史沿革
9. 政府在我国物业管理发展中的特殊地位
10. 《物业管理条例》颁布前物业管理制度建设的主要特点
11. 《城市新建住宅小区管理办法》
12. 《物业管理条例》颁布后物业管理制度建设的主要特点
13. 《物业管理条例》的指导思想
14. 《物业管理条例》创设的法律制度及其内容
15. 《物业管理条例》的主要内容
16. 《物业管理条例》法律责任的特点
17. 《物业管理条例》确立的基本法律关系

第一节 物业管理的概念

本节要点

物业管理的概念、对物业管理的了解；物业管理的市场化特征和物业管理的特征；我国物业管理的产生和发展；我国物业管理制度的历史沿革；我国住房制度改革；《物业管理条例》出台前后颁布的物业管理制度名称、先后时间；《物业管理条例》调整的范围、立法原则及其创设的法律制度、确立的法律关系。

复习题解

一、单项选择题

1. 物业管理选择物业管理企业的方式是（ ）。

A. 法定　　　　　　B. 选聘　　　　　　C. 招聘　　　　　　D. 委派

【答案】 B

2.《物业管理条例》调整的业主选择物业管理企业的方式是（ ）。

A. 法定　　　　　　B. 选聘　　　　　　C. 招聘　　　　　　D. 委派

【答案】 B

【解析】 对于房屋等建筑物的管理，业主可以根据不同情况采用不同的方式。从实际情况来看，主要有三种方式：其一是业主自己进行管理；其二是业主将不同的服务内容委托给不同的专业公司；其三是业主选聘物业管理企业进行管理。《物业管理条例》调整和规范的范围仅限于业主选聘物业管理企业所进行的物业管理服务活动。

3. 就业主委托专业公司提供专项服务而言，业主和专业公司之间的关系是（ ）。

A. 委托关系　　　B. 雇佣关系　　　C. 内部关系　　　D. 附属关系

【答案】 A

4. 以下关于业主选聘物业管理企业对物业实施管理的说法中，正确的是（ ）。

A. 业主必须通过选聘物业管理企业方式选聘物业管理企业对物业实施管理

B. 业主一定不通过选聘物业管理企业方式选聘物业管理企业对物业实施管理

C. 业主不必要通过选聘物业管理企业方式选聘物业管理企业对物业实施管理

D. 业主可以通过选聘物业管理企业方式选聘物业管理企业对物业实施管理

【答案】 D

5. 物业管理活动的基础是（ ）。

A. 物业服务合同　　B. 物业交易合同　　C. 物业劳动合同　　D. 物业管理合同

【答案】 A

6. 以下关于物业管理的说法中，正确的是（ ）。

A. 物业管理是一种政府行为

B. 物业管理是一种行政行为

C. 物业管理是一种监管行为

D. 物业管理是一种市场行为

【答案】 D

7. 物业管理活动的前提条件是（ ）。

A. 行政原则　　　　B. 立法原则　　　　C. 市场原则　　　　D. 关系原则

【答案】 C

8. 从《物业管理条例》出台前各地立法情况来看，它主要规范的是（ ）的物业管理活动。

A. 写字楼 　　 B. 商场 　　 C. 居住物业 　　 D. 宾馆

【答案】 C

9. 每个产权人对建筑物及配套的设施、设备以及用地享有产权并承担的管理修缮义务的是（　　）。

A. 部分产权和专有部分　　　　 B. 全部产权和全部物业

C. 部分产权和物业全部　　　　 D. 全部产权和部分物业

【答案】 A

10. 物业管理最主要的特点是（　　）。

A. 社会化 　　 B. 专业化 　　 C. 市场化 　　 D. 城市化

【答案】 C

11. 物业的所有权、使用权与物业的经营管理权相互分离，是物业管理社会化的（　　）。

A. 充分条件 　　 B. 充要条件 　　 C. 必然后果 　　 D. 必要前提

【答案】 D

12. 物业管理属于（　　）。

A. 第一产业 　　 B. 第二产业 　　 C. 第三产业 　　 D. 复合型产业

【答案】 C

二、多项选择题

1. 以下业主选择对建筑物进行管理的方式中，不属于《物业管理条例》调整和规范的范围有（　　）。

A. 业主自己进行管理

B. 业主委派下属公司进行管理

C. 业主将不同的服务内容委托给不同的专业公司

D. 业主选聘物业管理企业进行管理

E. 建设单位选聘物业管理企业进行管理

【答案】 ABC

2. 在以下对建筑物的权利中，属于业主对自己所有建筑物行使的权利是（　　）。

A. 占有权　　　　　　　　　　 B. 使用权

C. 收益权　　　　　　　　　　 D. 处分权

E. 相邻权

【答案】 ABCD

3. 以下关于《物业管理条例》适用范围的说法中，正确的有（　　）。

A.《物业管理条例》既调整住宅物业的物业管理活动，也调整非住宅物业的物业管理活动

B.《物业管理条例》的适用范围，既包括城市，又涵盖乡村

C.《物业管理条例》的适用范围，仅包括城市，不涵盖乡村

D.《物业管理条例》仅调整住宅物业的物业管理活动

E.《物业管理条例》确立的一些基本制度，既适用于城市的物业管理活动，也适用于乡村的物业管理活动

【答案】 ABE

4. 物业管理的市场化特征如下（   ）。

A. 房地产物质形态的演变导致了物业财产状况的演变

B. 多元化的物业权属状况要求物业管理形式与之相适应

C. 物业管理活动应当遵循劳动原则

D. 物业管理活动应当遵循市场原则

E. 非市场性的房屋管理不属于物业管理

【答案】 ABDE

5. 将市场原则作为物业管理活动的前提条件，其主要目的在于（   ）。

A. 强调业主在市场活动中的自主权

B. 强调业主在市场活动中的自由权

C. 强调物业管理活动必须纳入计划秩序

D. 强调物业管理活动必须纳入市场秩序

E. 强调物业管理活动必须纳入社区秩序

【答案】 AD

6. 物业管理的基本特征是（   ）。

A. 集体化   B. 社会化

C. 安全化   D. 专业化

E. 市场化

【答案】 BDE

第二节 我国物业管理的产生与发展

本节要点

物业管理起源的国家；我国城镇住房制度的内容；城镇制度改革前的特征；综合开发后的住宅小区的特点；我国城镇制度改革的简要过程；我国物业管理的产生；第一部法规的制定、第一家专业化物业管理公司的成立。

复习题解

一、单项选择题

1. 物业管理起源于 19 世纪 60 年代的（   ）。

A. 美国   B. 日本   C. 新加坡   D. 英国

【答案】 D

2. 我国物业管理是在城市房地产综合开发和住房制度改革背景下，通过实行住房（   ）制度而逐渐发展起来的。

A. 商品化   B. 私有化   C. 城市化   D. 普遍化

【答案】 A

3. 1949 年中华人民共和国成立后，国家对城市房地产确立了逐步实行（   ）的政策。

A. 私有化　　　　　B. 国有化　　　　　C. 半私半国有化　　　D. 非私非国有化

【答案】　B

4. 建国后的五十多年中，公有住宅的总量经历的过程是（　　）。

A. 解放初期私房总量远远大于公房总量，以后城市公有住宅又远远大于私有住宅，改革开放以后私有住宅数量又迅速超过公有住宅

B. 解放初期私房总量远远大于公房总量，以后城市公有住宅又远远大于私有住宅

C. 解放初期公房总量远远大于私房总量，以后城市私有住宅又远远大于公有住宅，改革开放以后公有住宅又迅速超过私有住宅数量

D. 解放初期私房总量远远小于公房总量，以后城市公有住宅又远远小于私有住宅，改革开放以后私有住宅数量又迅速超过公有住宅

【答案】　A

5. 1998 年，国务院发布了《进一步深化城镇住房制度改革加快住房建设的通知》，提出的政策是（　　）。

A. 统一规划、合理布局、综合开发、配套建设

B. 逐步推行城镇住房制度改革，开始实行向居民售房的试点

C. 全面开展公有住房向居民和职工出售工作

D. 取消住房实物分配，开始实施住房分配货币化

【答案】　D

6. 全国第一部物业管理地方性法规产生于（　　）。

A. 深圳　　　　　　B. 上海　　　　　　C. 常州　　　　　　D. 唐山

【答案】　A

7. 中国物业管理协会成立于（　　）年。

A. 1994　　　　　　B. 1996　　　　　　C. 1998　　　　　　D. 2000

【答案】　D

8. 建设部建立全国物业管理企业信用档案系统的年份是（　　）年。

A. 1994　　　　　　B. 1998　　　　　　C. 2000　　　　　　D. 2002

【答案】　D

二、多项选择题

1. 构成城镇住房制度的经济关系包括（　　）。

A. 城镇住宅建设投资方式　　　　　　B. 住房分配方式、住房交换关系

C. 住房管理方式　　　　　　　　　　D. 住房消费方式

E. 住房租赁纠纷法律关系

【答案】　ABCD

2. 我国改革开放前的城镇住房制度主要呈现的特征包括（　　）。

A. 国家包修包养制度　　　　　　　　B. 住房消费采取福利低租金制度

C. 住房用地实行政府出让方式　　　　D. 住房分配采取实物分配

E. 住房投资由国家和国有企业统包

【答案】　ABDE

3. 随着我国经济体制改革逐步展开，房地产领域进行了三项改革，包括（　　）。

A. 投资体制改革　　　　　　　　　　B. 城镇住房制度改革

C. 城市规划制度改革　　　　　　　　D. 城市土地使用制度改革

E. 房地产生产方式改革

【答案】　BDE

4. 居住消费可归纳为的基本消费支出包括（　　）。

A. 购房消费支出

B. 家庭装饰装修、家具家电等消费支出

C. 使用过程中的水、电、气、暖等方面的长期消费支出

D. 房屋大、中修及设施设备改造以及物业管理消费支出

E. 饮食娱乐卫生体育健身费用支出

【答案】　ABCD

第三节　我国物业管理制度的历史沿革

本节要点

我国《物业管理条例》前后的物业管理制度建设。

复习题解

一、单项选择题

1. 我国第 1 部系统规范物业管理制度的规范性文件是（　　）。

A.《全国优秀管理住宅小区标准》

B.《城市住宅小区物业管理服务收费暂行办法》

C.《城市新建住宅小区管理办法》

D.《关于实行物业管理企业经理、部门经理、管理员岗位培训合格上岗制度的通知》

【答案】　C

【解析】《城市新建住宅小区管理办法》是我国第 1 部系统规范物业管理制度的规范性文件，是推动我国全面开展物业管理活动的基石，对我国建立物业管理活动秩序产生了重大影响。其中规范了以下几项主要内容：

（1）确定了物业管理活动的主管部门。

（2）确定了物业管理工作的基本内容。

（3）明确了社会化、专业化的物业管理模式。

（4）确定了业主选举产生物业管理委员会制度。

（5）明确了管理委员会的权利与义务。

（6）明确了物业管理企业的权利与义务。

（7）确定了物业管理服务的合同制度与备案制度。

（8）针对业主的主要违规行为提出管理措施。

（9）针对物业管理企业的违规行为规定了行政处罚措施。

二、多项选择题

1. 从 20 世纪 90 年代初到《物业管理条例》颁布前，物业管理政策法规主要体现的特

点包括（　　）。

A. 借鉴性 　　　　　　　　　B. 操作性

C. 过渡性 　　　　　　　　　D. 经验性

E. 针对性

【答案】 ACE

【解析】 从 20 世纪 90 年代初到《物业管理条例》颁布前，物业管理政策法规主要体现以下特点：一是借鉴性，主要借鉴新加坡、中国香港特区等国家和地区的先进经验；二是过渡性，主要考虑传统房管模式的根深蒂固，采取渐进式的方法进行改革；三是针对性，主要是针对当时当地物业管理实践中出现的问题，选择应对性的政策和方法。

2. 我国在《物业管理条例》颁布前出台的有关物业管理服务考评标准的国家法规政策有（　　）。

A.《全国优秀管理住宅小区标准》

B.《全国城市物业管理优秀大厦标准及评分细则》

C.《关于修订全国物业管理示范住宅小区（大厦、工业区）标准及有关考评验收工作的通知》

D.《普通住宅小区物业管理服务等级标准》

E.《物业管理企业资质管理办法》

【答案】 ABC

3. 以下属于在《物业管理条例》颁布前出台的有关物业管理的国家法规政策有（　　）。

A.《前期物业管理招标投标管理暂行办法》

B.《住宅室内装饰装修管理办法》

C.《物业管理企业财务管理规定》

D.《住宅共用部位共用设施设备维修基金管理办法》

E.《物业管理企业资质管理试行办法》

【答案】 BCDE

4. 以下属于在《物业管理条例》颁布后出台的有关物业管理的国家法规政策有（　　）。

A.《前期物业管理招标投标管理暂行办法》

B.《业主临时公约（示范文本）》和《前期物业服务合同（示范文本）》

C.《物业管理企业资质管理办法》

D.《住宅共用部位共用设施设备维修基金管理办法》

E.《物业服务收费管理办法》

【答案】 ABCE

【解析】 《物业管理条例》颁布后，制定的全国性政策法规有：

（1）2003 年 6 月，建设部发布《业主大会规程》；

（2）2003 年 9 月，建设部发布《前期物业管理招标投标管理暂行办法》；

（3）2003 年 11 月，国家发展改革委员会、建设部发布《物业服务收费管理办法》；

（4）2004 年 1 月，中国物业管理协会制订《普通住宅小区物业管理服务等级标准》；

（5）2004 年 3 月，建设部发布《物业管理企业资质管理办法》；

（6）2004 年 7 月，国家发展改革委员会、建设部发布《物业服务收费明码标价规定》；

(7) 2004年9月，建设部发布《业主临时公约（示范文本）》和《前期物业服务合同（示范文本）》；

(8) 2005年11月，人事部、建设部发布《物业管理师制度暂行规定》、《物业管理师资格考试实施办法》和《物业管理师资格认定考试办法》。

5. 《物业管理条例》正式颁布后，物业管理政策法规主要体现的特点包括（　　）。

A. 借鉴性　　　　　　　　　　　　B. 操作性

C. 配套性　　　　　　　　　　　　D. 经验性

E. 针对性

【答案】 BCD

【解析】 2003年6月28日，《物业管理条例》正式颁布，这标志着我国物业管理法制建设进入新阶段。这一阶段物业管理政策法规主要体现出以下特点：一是配套性，主要是以《物业管理条例》的配套性文件和实施细则的方式出现，以贯彻落实《物业管理条例》为基本指针；二是经验性，主要是总结物业管理实践的经验教训，有针对性地作出制度安排；三是操作性，主要是将《物业管理条例》中的基本制度和原则规定予以细化，使其在现实操作层面上得以实施。

第四节　物业管理条例

本节要点

《物业管理条例》立法的主要工作；《物业管理条例》的立法原则、创设的法律制度及其主要内容，确立的基本法律关系。

复习题解

一、单项选择题

1. 标志着我国物业管理进入了法制化、规范化发展新时期的是（　　）的颁布。

A. 《物业管理条例》

B. 《城市新建住宅小区管理办法》

C. 《物业管理企业资质管理办法》

D. 《前期物业管理招标投标管理暂行办法》

【答案】 A

【解析】 2003年6月8日，国务院颁布了《物业管理条例》。《物业管理条例》的颁布，是我国物业管理发展历史上一件具有里程碑意义的大事，标志着我国物业管理进入了法制化、规范化发展的新时期。

2. 建设部成立《物业管理条例》起草小组，《物业管理条例》的起草工作的开始时间是（　　）。

A. 1998年11月　　B. 1999年4月　　C. 2002年3月　　D. 2003年6月

【答案】 B

【解析】 1999年4月，建设部成立《物业管理条例》起草小组，开始《物业管理条例》

的起草工作。

2000 年 6 月至 2001 年 3 月，起草小组赴青岛、宁波、长春、武汉等地，就业主委员会的性质和监督管理、物业管理企业应当承担的法律责任界限、建设单位的义务、物业管理项目招投标、物业使用中的禁止行为、利用物业进行经营的收益分配、业主委员会与居委会、物业管理与社区建设、物业管理企业与公共事业单位之间的关系等问题作了调研。

按照立法程序要求，起草小组在起草出《物业管理条例》征求意见稿后，于 2000 年 5 月征求各地、国务院有关部门、有关单位及专家意见。

2001 年 3 月经建设部常务会议讨论通过，形成《物业管理条例》（送审稿），提请国务院审议。

国务院法制办会同建设部于 2002 年 3 月在北京召开《物业管理条例》（送审稿）专家论证会。

2002 年 6 月 5 日至 11 日，就《物业管理条例》（送审稿）的有关问题，国务院法制办农业资源环保法制司与建设部政策法规司、住宅与房地产业司的有关同志，赴上海、深圳进行了专题调研。

2002 年 10 月 16 日，经国务院同意，国务院法制办将《物业管理条例》（草案）登报公开向社会征求意见。

2003 年 5 月 28 日，国务院常务会第九次会议审议并原则通过了《物业管理条例》（草案）。

3. 物业管理的基础是（　　）。

A. 业主的财产权　　　　　　　　　　B. 物业管理企业的管理权

C. 建设单位的经营权　　　　　　　　D. 政府的行政权

【答案】 A

4. 业主大会基本的议事准则是（　　）。

A. 民主协商　　　B. 行政决定　　　C. 集体领导　　　D. 权利集中

【答案】 A

5. 依据国家相关法律、法规制定的，是业主应当共同遵守的行为准则，对全体业主具有普遍约束力的是（　　）。

A. 装修合同　　　　　　　　　　　　B. 业主公约

C. 业主委员会内部管理制度　　　　　D. 物业管理操作规程

【答案】 B

6. 规定业主在物业管理区域内涉及业主共同利益的权利与义务的自律性规范是（　　）。

A. 装修合同　　　　　　　　　　　　B. 业主公约

C. 业主委员会内部管理制度　　　　　D. 物业管理操作规程

【答案】 B

7. 代表和维护全体业主共同利益的有效机制是（　　）。

A. 业主公约制度　　　　　　　　　　B. 业主大会制度

C. 业主委员会制度　　　　　　　　　D. 物业管理制度

【答案】 B

8. 为了规范物业服务收费行为，《物业管理条例》明确确定物业服务费用的（　　）。

A. 标准　　　　　　　B. 基本原则　　　　　C. 定价依据　　　　D. 收费时间

【答案】 B

二、多项选择题

1.《物业管理条例》的立法指导思想，主要表现有（　　　）。

A. 强调保护业主的财产权益，协调单个业主与全体业主的共同利益关系

B. 强调业主与物业管理企业是平等的民事主体，是服务和被服务的关系

C. 强调业主与物业管理企业通过公平、公开和协商方式处理物业管理事项

D. 强调保护物业管理在物业管理行为中的地位，业主属于从属地位的关系

E. 强调政府在物业管理中的绝对管理地位，提倡行政权解决物业纠纷的途径

【答案】 ABC

【解析】《物业管理条例》的立法指导思想，主要表现在以下 3 个方面：①是强调保护业主的财产权益，协调单个业主与全体业主的共同利益关系；②是强调业主与物业管理企业是平等的民事主体，是服务和被服务的关系；③是强调业主与物业管理企业通过公平、公开和协商方式处理物业管理事项。

2.《物业管理条例》在立法过程中，主要遵循的基本原则有（　　　）。

A. 力求完美，方法最优的原则

B. 物业管理权利和财产权利相对应的原则

C. 从实际出发，实事求是的原则

D. 维护全体业主合法权益的原则

E. 现实性与前瞻性有机结合的原则

【答案】 BCDE

3.《物业管理条例》中创立的基本制度包括（　　　）。

A. 业主大会、业主公约

B. 前期物业管理招投标、物业承接查验

C. 物业管理收费、物业价格评估

D. 住宅专项维修资金

E. 物业管理企业资质管理、物业管理从业人员职资格

【答案】 ABDE

【解析】 《物业管理条例》就业主的权利和义务，业主大会的组成、职责和行为规则，前期物业管理，业主与物业管理企业的法律关系，业主处理财产共同利益的方式等，创设了业主大会、业主公约、前期物业管理招投标、物业承接查验、物业管理企业资质管理、物业管理从业人员职资格、住宅专项维修资金等七项物业管理的基本制度。

4. 前期物业管理包括的内容有（　　　）。

A. 前期物业服务合同、业主临时公约　　B. 前期物业管理招标投标

C. 物业承接验收手续、物业资料的移交　　D. 物业管理用房、物业的保修责任

E. 物业销售代理、产权证的办理

【答案】 ABCD

【解析】 前期物业管理包括前期物业服务合同、业主临时公约、前期物业管理招标投标、物业承接验收手续、物业资料的移交、物业管理用房、物业的保修责任等内容。

第二章 物业管理服务

本部分的考试目的是测试应考人员对物业管理服务特点、内容，物业服务收费、物业使用和维护等有关政策的掌握程度，以及对物业管理服务标准、物业服务收费、（前期）物业服务合同的理解、熟悉程度和应用能力。

掌握：物业管理服务的特点、物业管理服务的内容、物业服务成本的构成、包干制和酬金制收费形式，（前期）物业服务合同的主要内容、物业使用和维护的有关规定。

熟悉：普通住宅小区物业管理服务的标准，前期物业服务合同的特征和时效，物业管理企业维护秩序的方式，物业管理企业在安全事故中的法律义务。

了解：物业管理企业的安全防范协助义务，利用物业共用部位、共用设施设备进行经营活动的有关规定。

重点内容

1. 物业管理服务的特点
2. 物业管理服务的内容
3. 物业服务合同约定以外的服务
4. 物业管理服务标准
5. 物业服务收费的原则
6. 物业服务收费的定价形式
7. 物业服务费用的计费方式
8. 物业服务费用的成本构成
9. 实行酬金制的物业管理企业的义务
10. 物业服务费的缴纳和督促
11. 物业管理企业代收代交各项公用事业费用的规定

第一节 物业管理服务的特点和内容

本节要点

物业管理服务的特点；物业管理服务的内容；物业管理服务标准。

复习题解

一、单项选择题

1. 物业管理的重点是公共部位和共用设备，这是物业管理服务（　　）特点。

A. 产品公共性　　　　　　　　　　　B. 受益主体的广泛性

C. 物业服务合同的长期性　　　　　　D. 管理事项的综合性

【答案】　A

2. 决定物业管理服务的受益主体的广泛性和差异性的是物业管理服务的（　　）特点。

A. 公共性　　　　B. 长期性　　　　C. 综合性　　　　D. 即时性

【答案】　A

3. 决定物业管理服务事项的原则必须是（　　）。

A. 满足全体业主利益的原则　　　　　B. 少数服从多数的原则

C. 多数服从少数的原则　　　　　　　D. 物业管理企业自主决定的原则

【答案】　B

4. 从物业服务合同的内容来看，物业管理企业与业主约定的物业管理事项具有的特性是（　　）。

A. 公共性　　　　B. 长期性　　　　C. 综合性　　　　D. 即时性

【答案】　C

5. 业主张先生由于工作需要没有时间接送儿子，张先生由此产生的需求并委托物业管理公司，这种事项的性质属于（　　）。

A. 前期物业服务合同约定的内容

B. 物业服务合同约定的内容

C. 物业服务合同以外的特约服务项目

D. 不属于物业服务合同约定的内容，也不属于物业服务合同以外的特约服务项目

【答案】　C

6. 对于物业服务合同约定以外业主委托的服务，物业管理企业（　　）。

A. 应当提供　　　B. 不应当提供　　　C. 可以提供　　　D. 不可以提供

【答案】　C

【解析】　需要注意哪些属于物业服务合同约定的内容，哪些属于物业服务合同约定以外的内容，物业服务合同约定以外的服务项目属于业主单独委托的，物业管理企业可以提供，也可以不提供，如果提供则属于有偿服务，需要在物业服务费之外另外约定收费方式的收费项目，具体收费标准由双方另外约定，并另外签订委托合同。

物业管理服务，是指业主与物业管理企业通过物业服务合同约定的公共性服务。概括地说，包括以下两方面的内容：一是对房屋及配套的设施设备和相关场地进行维修、养护、管理；二是维护相关区域内的环境卫生和秩序。

具体地说，物业管理服务主要包括以下内容：①房屋共用部位的维修、养护与管理；②房屋共用设施设备的维修、养护与管理；③物业管理区域内共用设施设备的维修、养护与管理；④物业管理区域内的环境卫生与绿化管理服务；⑤物业区域内公共秩序、消防、交通等协管事项服务；⑥物业装饰装修管理服务；⑦物业档案资料的管理；⑧专项维修资金的代管服务。

7. 普通住宅小区物业管理服务标准划分了（　　）个等级。

A. 两　　　　　B. 三　　　　　C. 四　　　　　D. 五

【答案】　B

8. 某物业管理企业设有接待中心，公示 16 小时服务电话，急修 1 小时以内，其他报修按双方约定时间到达现场，有完整的报修、维修和回访记录，此标准达到的普通住宅小区物业管理的（　　）级服务标准。

A. 一　　　　　　　B. 二　　　　　　　C. 三　　　　　　　D. 四

【答案】　B

【解析】　一级标准是：公示 24 小时服务电话，急修半小时内到达现场。三级标准是：公示 8 小时服务电话。

9. 载人电梯 24 小时正常运行，此标准达到的普通住宅小区物业管理的（　　）级服务标准。

A. 一　　　　　　　B. 二　　　　　　　C. 三　　　　　　　D. 一和二

【答案】　A

【解析】　二级和三级标准是：载人电梯早 6 点至晚 12 点正常运行。

二、多项选择题

1. 物业管理服务的特点包括（　　）。

A. 公共性和综合性　　　　　　　　B. 排他性和独立性

C. 广泛性和差异性　　　　　　　　D. 即时性和无形性

E. 持续性和长期性

【答案】　ACDE

2. 将普通住宅小区物业管理划分为三个等级标准的依据包括（　　）。

A. 基本要求和房屋管理　　　　　　B. 专业物业管理人员和技术人员数量

C. 共用设施设备维修养护　　　　　D. 协助维护公共秩序

E. 保洁服务和绿化养护管理

【答案】　ACDE

三、问答题

1. 物业管理服务的内容主要包括哪些？（如果你是物业管理公司经理，你能够为业主提供的基本物业管理服务内容有哪些？）

【答题要点】

物业管理服务，是指业主与物业管理企业通过物业服务合同约定的公共性服务。概括地说，包括以下 2 方面的内容：

（1）是对房屋及配套的设施设备和相关场地进行维修、养护、管理。

（2）是维护相关区域内的环境卫生和秩序。

具体地说，物业管理服务主要包括以下内容：

1）房屋共用部位的维修、养护与管理；

2）房屋共用设施设备的维修、养护与管理；

3）物业管理区域内共用设施设备的维修、养护与管理；

4）物业管理区域内的环境卫生与绿化管理服务；

5）物业区域内公共秩序、消防、交通等协管事项服务；

6）物业装饰装修管理服务；

7）物业档案资料的管理；

8）专项维修资金的代管服务。

2. 某业主因为工作忙，需要物业公司提供照看老人的服务，由于物业公司人手有限，给予了拒绝，请问这种拒绝是否可以？请说明理由。

【答题要点】 可以。

根据物业管理条例规定，该种服务属于物业服务合同规定以外的服务，该服务物业管理企业可以根据业主委托提供，并不是物业管理企业的法定义务；双方必须遵循自愿的原则双方均能接受并签订委托合同才可；物业服务合同以外的服务属于有偿服务。

3. 某物业管理公司负责一个普通住宅小区的物业管理，2006 年的物业管理服务达到了以下物业管理服务水平，见下表所示。

序号	物业管理水平
1	设有服务接待中心，公示 24 小时服务电话。急修 1 个小时内，其他报修按双方约定时间到达现场
2	每年 2 次征询业主对物业服务的意见，满意率达到 80%
3	每周巡查 1 次小区房屋单元门、楼梯通道以及其他共用部位的门窗、玻璃等，做好巡查记录，并及时维修养护
4	载人电梯 24 小时正常运行
5	路灯、楼道灯完好率不低于 95%
6	小区主出入口 24 小时站岗值勤
7	高层按层，多层按幢设置垃圾桶，每日清运 1 次。垃圾袋装化，保持垃圾桶清洁、无异味
8	合理设置果壳箱或者垃圾桶，每日清运 2 次

（1）哪些条件达到了物业管理的一级服务标准？

（2）物业管理服务标准包括哪几个大的方面？各级级服务标准有哪些要求？

【答题要点】

（1）第 1、2、3、4、6、8 符合一级服务标准。

（2）物业管理服务标准包括以下几个方面：基本要求、房屋管理、公共设施设备维修养护、协助维护公共秩序、保洁服务、绿化养护管理等。

各级服务标准为：

服务要求	一级服务标准	二级服务标准	三级服务标准
基本要求	服务与被服务双方签订规范的物业服务合同，双方权利义务关系明确。承接项目时，对住宅小区共用部位、共用设施设备进行认真查验，验收手续齐全。管理人员、专业操作人员按照国家有关规定取得物业管理职业资格证书或者岗位证书。有完善的物业管理方案，质量管理、财务管理、档案管理等制度健全。管理服务人员统一着装、佩戴标志，行为规范，服务主动、热情。按有关规定和合同约定公布物业服务费用或者物业服务资金的收支情况。按合同约定规范使用住宅专项维修资金		
	根据业主需求，提供物业服务合同之外的特约服务和代办服务的，公示服务项目与收费价目		
	①设有服务接待中心，公示 24 小时服务电话。急修半小时内，其他报修按双方约定时间到达现场，有完整的报修、维修和回访记录。②每年至少 2 次征询业主对物业服务的意见，满意率 80% 以上	①设有服务接待中心，公示 16 小时服务电话。急修 1 小时内，其他报修按双方约定时间到达现场，有完整的报修、维修和回访记录。②每年至少 1 次征询业主对物业服务的意见，满意率 75% 以上	①公示 8 小时服务电话。报修按双方约定时间到达现场，有完整的报修、维修和回访记录。②每年至少 1 次征询业主对物业服务的意见，满意率 75% 以上

服务要求	一级服务标准	二级服务标准	三级服务标准
房屋管理	①对房屋共用部位进行日常管理和维修养护,检修记录和保养记录齐全。②根据房屋实际使用年限,定期检查房屋共用部位的使用状况,需要维修,属于小修范围的,及时组织修复;属于大、中修范围的,及时编制维修计划和住宅专项维修资金使用计划,向业主大会或者业主委员会提出报告与建议,根据业主大会的决定,组织维修。③按照住宅装饰装修管理有关规定和业主公约(业主临时公约)要求,建立完善的住宅装饰装修管理制度。装修前,依规定审核业主(使用人)的装修方案,告知装修人有关装饰装修的禁止行为和注意事项。④对违反规划私搭乱建和擅自改变房屋用途的行为及时劝阻,并报告业主委员会和有关主管部门。⑤小区主出入口设有小区平面示意图,主要路口设有路标。各组团、栋及单元(门)、户和公共配套设施、场地有明显标志		
	①每日巡查1次小区房屋单元门、楼梯通道以及其他共用部位的门窗、玻璃等,做好巡查记录,并及时维修养护。②每日巡查1次装修施工现场,发现影响房屋外观、危及房屋结构安全及拆改共用管线等损害公共利益现象的,及时劝阻并报告业主委员会和有关主管部门	①每3日巡查1次小区房屋单元门、楼梯通道以及其他共用部位的门窗、玻璃等,做好巡查记录,并及时维修养护。②每3日巡查1次装修施工现场,发现影响房屋外观、危及房屋结构安全及拆改共用管线等损害公共利益现象的,及时劝阻并报告业主委员会和有关主管部门	①每周巡查1次小区房屋单元门、楼梯通道以及其他共用部位的门窗、玻璃等,做好巡查记录,并及时维修养护。②至少2次装修施工现场,发现影响房屋外观、危及房屋结构安全及拆改共用管线等损害公共利益现象的,及时劝阻并报告业主委员会和有关主管部门
公共设施设备维修养护	①对共用设施设备进行日常管理和维修养护(依法应由专业部门负责的除外)。②建立共用设施设备档案(设备台账),设施设备的运行、检查、维修、保养等记录齐全。③设施设备标志齐全、规范,责任人明确;操作维护人员严格执行设施设备操作规程及保养规范;设施设备运行正常。④对共用设施设备定期组织巡查,做好巡查记录,需要维修,属于小修范围的,及时组织修复;属于大、中修范围或者需要更新改造的,及时编制维修、更新改造计划和住宅专项维修资金使用计划,向业主大会或业主委员会提出报告与建议,根据业主大会的决定,组织维修或者更新改造。⑤消防设施设备完好,可随时启用;消防通道畅通。⑥容易危及人身安全的设施设备有明显警示标志和防范措施;对可能发生的各种突发设备故障有应急方案		
	①设备房保持整洁、通风,无跑、冒、滴、漏和鼠害现象。②小区道路平整,主要道路及停车场交通标志齐全、规范		①载人电梯24小时正常运行。②路灯、楼道灯完好率不低于95%
	①载人电梯24小时正常运行。②路灯、楼道灯完好率不低于95%	①载人电梯早6点至晚12点正常运行。②路灯、楼道灯完好率不低于90%	
协助公共秩序	①小区主出入口24小时站岗值勤。②对重点区域、重点部位每1小时至少巡查1次;配有安全监控设施的,实施24小时监控。③对进出小区的车辆实施证、卡管理,引导车辆有序通行、停放。④对进出小区的装修、家政等劳务人员实行临时出入证管理。⑤对火灾、治安、公共卫生等突发事件有应急预案,事发时及时报告业主委员会和有关部门,并协助采取相应措施	①小区主出入口24小时值勤。②对重点区域、重点部位每2小时至少巡查1次。③对进出小区的车辆进行管理,引导车辆有序通行、停放。④对进出小区的装修等劳务人员实行登记管理。⑤对火灾、治安、公共卫生等突发事件有应急预案,事发时及时报告业主委员会和有关部门,并协助采取相应措施	①小区24小时值勤。②对重点区域、重点部位每3小时至少巡查1次。③车辆停放有序。④对火灾、治安、公共卫生等突发事件有应急预案,事发时及时报告业主委员会和有关部门,并协助采取相应措施

续表

服务要求	一级服务标准	二级服务标准	三级服务标准
保洁服务	①高层按层、多层按幢设置垃圾桶,每日清运2次。垃圾袋装化,保持垃圾桶清洁、无异味。②合理设置果壳箱或者垃圾桶,每日清运2次。③小区道路、广场、停车场、绿地等每日清扫2次;电梯厅、楼道每日清扫2次,每周拖洗1次;一层共用大厅每日拖洗1次;楼梯扶手每日擦洗1次;共用部位玻璃每周清洁1次;路灯、楼道灯每月清洁1次。及时清除道路积水、积雪。④共用雨、污水管道每年疏通1次;雨、污水井每月检查1次,视检查情况及时清掏;化粪池每月检查1次,每半年清掏1次,发现异常及时清掏。⑤二次供水水箱按规定清洗,定时巡查,水质符合卫生要求。⑥根据当地实际情况定期进行消毒和灭虫除害	①按幢设置垃圾桶,生活垃圾每天清运1次。②小区道路、广场、停车场、绿地等每日清扫1次;电梯厅、楼道每日清扫1次,半月拖洗1次;楼梯扶手每周擦洗2次;共用部位玻璃每月清洁1次;路灯、楼道灯每季度清洁1次。及时清除区内主要道路积水、积雪。③区内公共雨、污水管道每年疏通1次;雨、污水井每季度检查1次,并视检查情况及时清掏;化粪池每2个月检查1次,每年清掏1次,发现异常及时清掏。④二次供水水箱按规定定期清洗,定时巡查,水质符合卫生要求。⑤根据当地实际情况定期进行消毒和灭虫除害	①小区内设有垃圾收集点,生活垃圾每天清运1次。②小区公共场所每日清扫1次;电梯厅、楼道每日清扫1次;共用部位玻璃每季度清洁1次;路灯、楼道灯每半年清洁1次。③区内公共雨、污水管道每年疏通1次;雨、污水井每半年检查1次,并视检查情况及时清掏;化粪池每季度检查1次,每年清掏1次,发现异常及时清掏。④二次供水水箱按规定清洗,水质符合卫生要求
绿化养护管理	①有专业人员实施绿化养护管理。②草坪生长良好,及时修剪和补栽补种,无杂草、杂物。③花卉、绿篱、树木应根据其品种和生长情况,及时修剪整形,保持观赏效果。④定期组织浇灌、施肥和松土,做好防涝、防冻。⑤定期喷洒药物,预防病虫害	①有专业人员实施绿化养护管理。②对草坪、花卉、绿篱、树木定期进行修剪、养护。③定期清除绿地杂草、杂物。④适时组织浇灌、施肥和松土,做好防涝、防冻。⑤适时喷洒药物,预防病虫害	①对草坪、花卉、绿篱、树木定期进行修剪、养护。②定期清除绿地杂草、杂物。③预防花草、树木病虫害

第二节　物业服务收费

本节要点

物业服务收费原则及其含义;物业服务收费定价形式、物业服务收费形式与成本构成;物业管理服务成本构成;物业服务费的缴纳和督促;代收代交费用。

复习题解

一、单项选择题

1. 在物业尚未交付业主之前,物业服务收费的缴费主体是(　　)。

A. 建设单位　　　　B. 施工单位　　　　C. 业主委员会　　　　D. 业主大会

【答案】 A

【解析】 物业服务收费应当遵循合理、公开以及费用与服务水平相适应的原则，区别不同物业的性质和特点，由业主和物业管理企业按照国务院价格主管部门会同国务院建设行政主管部门制定的物业服务收费办法，在物业服务合同中约定。

2. 在物业管理中，物业管理服务费交纳的第一责任人是（ ）。

A. 所有者   B. 使用者   C. 承租人   D. 非业主使用者

【答案】 A

3. 在业主和使用人约定物业管理服务费由使用人负责交纳的，业主负有的责任为（ ）。

A. 免责责任   B. 催交责任   C. 代交责任   D. 连带交纳责任

【答案】 D

4. 目前我国物业管理服务收费定价形式是（ ）。

A. 政府定价

B. 政府指导价

C. 市场定价

D. 政府指导价和市场调节价

【答案】 D

【解析】 《价格法》对于包括服务收费在内的价格管理，规定了3种定价形式：①是政府定价：是指由政府价格主管部门或者其他有关部门，按照定价权限和范围制定的价格。②是政府指导价：是指由政府价格主管部门或者其他有关部门，按照定价权限和范围规定基准价及其浮动幅度，指导经营者制定的价格。③是市场调节价：是指由经营者自主制定，通过市场竞争形成的价格。

物业服务收费应当区分不同物业的性质和特点分别实行政府指导价和市场调节价。具体定价形式由省、自治区、直辖市人民政府价格主管部门会同房地产行政主管部门确定。

我国开展物业管理以来，政府价格主管部门和房地产主管部门，对高档公寓、别墅和非住宅的物业服务收费管理，一般都实行市场调节价，由业主和物业管理企业根据不同的服务项目和标准协商议定，主管部门只作备案登记。对普通住宅的物业服务收费，开始则采取了较为严格的管理措施，一般都采取政府定价和政府指导价的管理方式，其中绝大多数物业项目都是采取政府定价管理方式。

5. 对于实行酬金制的物业服务收费中的物业服务支出的性质是（ ）。

A. 物业管理企业经营性收入

B. 物业管理企业营业外收入

C. 代管性质的业主所有资金

D. 物业服务成本

【答案】 C

【解析】 酬金制是指在预收的物业服务资金中按约定比例或者约定数额提取酬金支付给物业管理企业，其余全部用于物业服务合同约定的支出，结余或者不足均由业主享有或者承担的物业服务计费方式。酬金制要求业主按照经过审议的预算和物业管理合同的约定，先行向物业管理企业预付物业服务支出。物业服务支出为所交纳的业主所有，物业管理企业对所收的物业服务支出仅属代管性质，不得将其用于物业服务合同约定以外的支出。

二、多项选择题

1. 物业服务收费应该公示的内容包括（ ）。

A. 服务内容、服务标准

B. 服务成本、经营利润

C. 收费项目、收费计价方式

D. 收费标准

E. 物业管理企业名称

【答案】　ACDE

2. 实行包干制的物业服务费的构成包括（　　　）。

A. 物业服务成本　　　　　　　　　　B. 法定税费

C. 物业管理企业的利润　　　　　　　D. 房产税

E. 物业维修资金

【答案】　ABC

【解析】　包干制是指由业主向物业管理企业支付固定物业服务费用，盈余或者亏损均由物业管理企业享有或者承担的物业服务计费方式。实行物业服务专用包干制的，物业服务费的构成包括物业服务成本、法定税费和物业管理企业的利润。

三、综合分析题

1. 物业管理企业代收水费、电费、供暖费，并按照物业服务合同收取物业服务费，并向业主收取一定的手续费，手续费率为1%，请问是否合理，该费用应该如何处理？涉及到代收的费用还有哪些，试举出5个例子。

2. 物业管理企业收费采取的是包干制，其物业服务费的构成有哪些内容？该物业管理企业核算成本时，需要考虑的物业管理服务成本包括哪些内容？

【答题要点】

实行物业服务专用包干制的，物业服务费的构成包括物业服务成本、法定税费和物业管理企业的利润。包干制的物业服务成本或者酬金制的物业服务支出，一般包括以下部分：

（1）管理服务人员的工资、社会保险和按规定提取的福利费等；

（2）物业共用部位、共用设施设备的日常运行、维护费用；

（3）物业管理区域清洁卫生费用；

（4）物业管理区域绿化养护费用；

（5）物业管理区域秩序维护费用；

（6）办公费用；

（7）物业管理企业固定资产折旧；

（8）物业共用部位、共用设施设备及公众责任保险费用；

（9）经业主同意的其他费用。

3. 在物业管理服务收费中，非业主物业使用人和业主委员会在关于收缴物业管理服务费问题上的作用和地位是什么？在房屋未交付情况下的缴费主体是哪一方？

【答题要点】

当业主将其物业出租给他人或者交由他人使用时，业主可以和物业使用人约定，由物业使用人缴纳物业服务费用。即使存在这一约定，业主仍然负连带缴纳责任。

对于欠费业主，业主委员会应当督促其限期交纳；逾期仍不交纳的，物业管理企业可以依法追缴。

在建设单位销售物业之前，建设单位是惟一的业主。如果建设单位聘请了物业管理企业实施前期物业管理服务的，应当支付物业管理服务费用。已竣工但尚未出售或者尚未交给物业买受人的物业，物业服务费用由建设单位交纳。

第三节　物业服务合同

本节要点

物业服务合同的基本概念及其理解；物业服务合同的内容；前期物业服务合同的特征；前期物业服务合同的时效；前期物业服务和合同的主要内容；物业管理企业的义务和责任。

复习题解

一、单项选择题

1. 确立业主和物业管理企业在物业管理活动中的权利义务的法律依据是（　　）。

A. 物业管理条例　　　　　　　　　B. 物业管理合同

C. 前期物业服务合同　　　　　　　D. 物业服务合同

【答案】　D

【解析】　物业服务合同是确立业主和物业管理企业在物业管理活动中的权利义务的法律依据。

2. 物业服务合同属于（　　）的范畴。

A. 民事合同　　　B. 行政合同　　　C. 刑事关系　　　D. 内部制度

【答案】　A

【解析】　民事合同是平等主体的自然人、法人、其他组织之间设立、变更、终止民事权利义务关系的协议。物业服务合同属于民事合同的范畴，是业主、物业管理企业设立物业服务关系的协议。

3. 物业管理企业和业主之间的关系是（　　）。

A. 平等的民事主体的关系　　　　　B. 领导者与被领导者的关系

C. 管理者与被管理者的关系　　　　D. 决策者与执行者的关系

【答案】　A

【解析】　物业服务合同属于民事合同的范畴，是业主、物业管理企业设立物业服务关系的协议。物业服务合同的当事人中，物业管理企业具有独立的法人资格，业主是分散的具有独立法律人资格的自然人、法人或者其他组织。业主和物业管理企业之间是平等的民事主体的关系，不存在领导者与被领导者、管理者与被管理者的关系。双方的权利、义务关系，体现在物业服务合同的具体内容中。

4. 物业管理属于的行业性质是（　　）。

A. 生产性行业　　　B. 管理性行业　　　C. 行政管理行业　　　D. 服务性行业

【答案】　D

【解析】　《物业管理条例》明确的将业主和物业管理企业之间的合同定义为物业服务合同。物业管理属于服务性行业，物业管理企业提供的是一种服务。本质上属于为业主提供服务的范畴，与行政管理以及经济组织中上级对下级的管理完全是两个概念。同时，物业管理经济活动的产生，其基本动因是业主对物业服务的需求，是业主的服务需求与物业管理企业提供服务的结合。而形成这一服务需求与提供服务关系的法律关系基础就是物业服务合同。

5. 约定服务质量必须（　　）。

A. 简单明了　　　　B. 线条要粗　　　　C. 模棱两可　　　　D. 具体细致

【答案】　D

6. 决定前期物业服务收费方式的是（　　）。

A. 建设单位　　　　　　　　　　B. 物业管理企业

C. 政府定价　　　　　　　　　　D. 建设单位与物业管理企业协商

【答案】　D

7. 利用物业共用部位与共用设施设备所进行的经营活动称为（　　）。

A. 物业行政管理活动　　　　　　B. 物业超值管理活动

C. 增值物业服务活动　　　　　　D. 物业经营管理活动

【答案】　D

8. 物业管理企业认真履行告知、制止、报告三项义务后，对于故意违规业主，并给其他业主造成损害后果的，承担责任的是（　　）。

A. 物业管理企业　　B. 违规业主　　　　C. 全体业主　　　　D. 业主委员会

【答案】　B

二、多项选择题题

1. 物业服务合同的种类有（　　）。

A. 先期物业服务合同　　　　　　B. 前期物业服务合同

C. 物业服务合同　　　　　　　　D. 综合物业服务合同

E. 后期物业服务合同

【答案】　BC

【解析】　根据不同物业管理阶段和不同的签约主体，现实存在两种物业服务合同。一种是在前期物业管理阶段，由建设单位选聘物业管理企业所签订的物业服务合同；一种是业主或业主大会选聘物业管理企业所签订的物业服务合同。《物业管理条例》对这两种合同有明确规定，将业主或业主大会与物业管理企业所签订的合同称为物业服务合同，将建设单位与物业管理企业所签订的合同，称为前期物业服务合同。

2. 物业服务合同应当约定的内容包括（　　）。

A. 物业管理事项、服务质量、服务费用

B. 双方的权利义务

C. 专项维修资金的管理与使用、物业管理用房

D. 物业转让的条件

E. 合同期限、违约责任

【答案】　ABCE

【解析】　业主委员会应当与业主大会选聘的物业管理企业订立书面的物业服务合同。物业服务合同应当对物业管理事项、服务质量、服务费用，双方的权利义务，专项维修资金的管理与使用、物业管理用房，合同期限、违约责任等内容进行约定。

3. 前期物业服务合同的特征包括（　　）。

A. 前期物业服务合同具有过渡性

B. 前期物业服务合同由建设单位和物业管理企业签订

C. 前期物业服务合同是要式合同

D. 前期物业服务合同是无偿合同

E. 前期物业服务合同是具有固定期限的合同

【答案】 ABC

4. 前期物业服务合同终止的条件是（   ）。

A. 前期物业服务合同期限未满

B. 业主委员会与物业管理企业签订了物业服务合同的

C. 业主委员会与物业管理企业签订的物业服务合同生效的

D. 业主委员会与物业管理企业签订了物业服务合同登记

E. 建设单位与物业管理企业签订的物业服务合同生效的

【答案】 AC

【解析】 由建设单位与物业管理企业签订前期物业服务合同，仅仅是在业主不具备自行选聘物业管理企业条件下的权宜措施，因此在业主自行选聘物业管理企业条件具备后，必须保护业主选聘物业管理企业的自主权。《物业管理条例》第二十六条对此作出了特别规定："前期物业服务合同可以约定期限；但是，期限未满、业主委员会与物业管理企业签订的物业服务合同生效的，前期物业服务合同终止。"

5. 以下关于前期物业服务合同的说法中，正确的有（   ）。

A. 业主委员会与物业管理企业签订的物业服务合同生效的，前期物业服务合同自然终止

B. 前期物业服务合同是不要式合同

C. 前期物业服务合同可以约定期限

D. 前期物业服务合同由建设单位和物业管理企业签订

E. 前期物业服务合同是一种附终止条件的合同

【答案】 ACDE

6. 物业管理企业提供物业服务的项目，一般包括（   ）。

A. 物业共用部位的维修、养护和管理；物业共用设施设备的运行、维修、养护和管理

B. 物业共用部位和相关场地的清洁卫生，垃圾的收集、清运及雨、污水管道的疏通

C. 公共绿化的养护和管理；车辆停放管理；装饰装修管理服务

D. 公共秩序维护、安全防范等事项的协助管理；物业档案资料管理

E. 物业区域内市政设施设备的维护管理；物业内部专用部位的维修、管理

【答案】 ABCD

【解析】 物业管理企业提供物业服务的项目，一般包括以下方面：①物业共用部位的维修、养护和管理；②物业共用设施设备的运行、维修、养护和管理；③物业共用部位和相关场地的清洁卫生，垃圾的收集、清运及雨、污水管道的疏通；④公共绿化的养护和管理；⑤车辆停放管理；⑥公共秩序维护、安全防范等事项的协助管理；⑦装饰装修管理服务；⑧物业档案资料管理。

7. 物业服务收费方式包括（   ）。

A. 包干制   B. 酬金制

C. 佣金制   D. 成本加酬金制

E. 效益工资制

【答案】　AB

8. 物业管理企业应与其使用人另行签订书面的停车管理服务协议，明确双方在其使用及服务等方面的权利义务服务包括（　　）。

A. 保洁、垃圾清运服务　　　　　　　B. 停车管理服务

C. 区域内的会所经营　　　　　　　　D. 其他附属房屋经营

E. 广告经营

【答案】　BCDE

【解析】　对于停车管理服务，物业管理企业应与停车场车位使用人另行签订书面的停车管理服务协议，明确双方在车位使用及停车管理服务等方面的权利义务。

除停车管理服务项目外，物业管理区域内的会所经营、其他附属房屋经营，以及广告经营，均应当参照上述停车管理服务经营项目的约定原则，明确权利义务。如果物业管理区域内属于全体业主所有的停车场、会所及其他物业共用部位、共用设备设施，统一委托物业管理企业经营管理，建设单位与物业管理企业也可以在前期物业服务合同中，统一约定业主与物业管理企业对经营收入的分配比例或数额。

9. 前期物业服务合同中应该包括的有关物业的承接查验的内容有（　　）。

A. 说明查验的共用部位共用设施设备的内容

B. 双方确认共用部位共用设施设备存在的问题

C. 建设单位应承担的责任和解决办法和建设单位的保修责任

D. 建设单位应向物业管理企业移交的资料

E. 业主的入住日期和有关事项

【答案】　ABCD

【解析】　合同中可包含以下几个方面的内容：①说明查验的共用部位共用设施设备的内容；②双方确认共用部位共用设施设备存在的问题；③建设单位应承担的责任和解决办法；④建设单位应向物业管理企业移交的资料；⑤建设单位的保修责任等。

10. 对物业管理区域内违反有关治安环保、物业装饰装修和使用等方面法律法规规定的行为，物业管理企业应履行的义务有（　　）。

A. 履行告知义务　　　　　　　　　　B. 履行制止义务

C. 履行报告义务　　　　　　　　　　D. 履行惩罚义务

E. 履行处分义务

【答案】　ABC

11. 以下内容中，属于建设部《住宅室内装饰装修管理办法》规定的有（　　）。

A. 因住宅室内装饰装修活动造成相邻住宅的管道堵塞、渗漏水、停水停电、物品毁坏等，装修人应当负责修复和赔偿；属于装饰装修企业责任的，装修人可以向装饰装修企业追偿

B. 装修人擅自拆改供暖、燃气管道和设施造成损失的，由装修人负责赔偿

C. 装修人因住宅室内装饰装修活动侵占公共空间，对公共部位和设施造成损害的，由城市房地产行政主管部门责令改正，造成损失的，依法承担赔偿责任

D. 损坏国家、集体财产或者他人财产的，应当恢复原状或者折价赔偿。受害人因此遭

受其他重大损失的，侵害人应当赔偿损失

E. 不动产的相邻各方，应当按照有利生产、方便生活、团结互助、公平合理的精神，正确处理供水、排水、通行、通风、采光等方面的相邻关系。给相邻方造成妨碍或者损失的，应当停止侵害，排除妨碍，赔偿损失

【答案】　ABC

【解析】　后两项属于《民法通则》规定的内容。

12. 物业管理收费的原则包括（　　　）。

A. 法定原则　　　　　　　　　　B. 合理原则

C. 公开原则　　　　　　　　　　D. 收费与服务水平相适应原则

E. 竞争定价原则

【答案】　BCD

三、问答题

1. 在签订物业服务合同时，可以将很多权利义务列入进去，请你举出六种。

【答题要点】

业主大会和业主委员会对物业管理企业服务质量的监督方式；物业管理企业分包专项服务事项的权利；业主遵守物业管理区域内各项管理制度的义务；物业管理企业公示物业服务项目、服务标准、收费标准的义务；物业管理企业对物业管理区域公众性规章制度的宣传告知义务；制止业主违规行为的义务。

2. 某物业管理公司与建设单位签订了前期物业服务合同，2006 年 12 月 20 日成立了业主委员会，2007 年 1 月 15 日与业主大会通过了选聘另外一家物业管理公司的决议，2007 年 1 月 29 日业主委员会与选聘的物业管理公司签订了物业服务合同，该合同的生效日期为 2007 年 2 月 26 日。则该前期物业服务合同的终止日期是哪一天？

【答题要点】

2007 年 2 月 26 日。

注：前期物业服务合同可以约定期限；但是，期限未满、业主委员会与物业管理企业签订的物业服务合同生效的，前期物业服务合同终止。

3. 常见的业主违反物业管理区域秩序的行为有哪些？

【答题要点】

常见的业主违反物业管理区域秩序的行为主要包括：①侵占公共场地，私搭乱建，损害居住环境；②违规装修，拆改房屋结构和设备设施，造成财产损害和安全隐患；③安装设备设施，侵犯相关业主正当权益；④违反规定饲养宠物，损害环境，影响相邻业主生活；⑤经营活动污染环境、噪声超标，给相邻业主生活与经营造成损害；⑥使用房屋、阳台荷载超标，给相邻业主造成安全隐患；⑦使用房屋大量存放易燃、易爆、有毒等危险物品，给相邻业主造成安全隐患；⑧占用房屋共用露台、门厅或公共通道，影响他人使用和通行；⑨阻挠、妨碍或者拒绝配合物业管理企业实施正常的房屋修缮，损害相关业主正当权益；⑩其他损害公共秩序和违反业主公约及物业管理区域规章制度的行为。

4. 如果在您管理的物业管理区域内发生了安全事故，请问该履行哪些义务？

【答题要点】

（1）发生安全事故时要立即采取应急措施，避免扩大损失。例如发生火灾，应当及时拉

断电源并采取灭火措施；发生犯罪案件在发生安全事故时，物业管理企业应当积极配合公安机关抓捕罪犯。

（2）及时向有关行政管理部门报告事故。火灾向消防部门报告；燃气爆炸向市政部门报告；刑事案件向公安部门报告；工程事故向建设部门报告；物业管理方面的事故向物业主管部门报告等。

（3）协助做好救助工作。协助抢救受害人员和财产，协助作好各方面的善后工作。

第四节　物业使用与维护

本节要点

关于公共建筑和共用设施规划用途的改变、占用和挖掘物业管理区域内的道路场地、公用事业单位依法履行相关管线和设施设备的维修养护责任的有关规定；业主装饰装修房屋的规范内容；利用物业共用部位、共用设施设备经营需要遵守的有关规定。

复习题解

一、单项选择题

1. 业主确需改变公共建筑和共用设施用途的，应当在依法向（　　）办理有关手续后告知物业管理企业，以便物业管理企业及时调整管理方案。

A. 土地行政管理部门　　　　　　　B. 建设行政管理部门
C. 房地产行政管理部门　　　　　　D. 规划行政管理部门

【答案】　D

2. 对于确需改变公共建筑和公用设施用途的，依法办理有关行政审批手续的是（　　）。

A. 业主大会　　　B. 物业管理企业　　　C. 业主委员会　　　D. 业主代表

【答案】　C

3. 依法办理有关行政审批手续，需要讨论同意的机构是（　　）。

A. 业主大会　　　B. 业主委员会　　　C. 物业管理企业　　　D. 建设单位

【答案】　A

4. 需要改变大型公共文化体育设施的，需要举行（　　）。

A. 县级以上政府常务会　　　　　　B. 房地产行政主管部门常务会
C. 听证会　　　　　　　　　　　　D. 律师咨询会

【答案】　C

5. 业主或物业管理企业临时占用、挖掘道路、场地的，均应当在约定期限内（　　）。

A. 恢复原状　　　B. 赔偿损失　　　C. 赔礼道歉　　　D. 公告声明

【答案】　A

【解析】　无论业主大会、业主委员会、业主和物业管理企业，都不得擅自改变物业管理区域内按照规划建设的公共建筑和共用设施用途。确需改变公共建筑和共用设施用途的情况，当事人必须依照法律程序进行，通过向规划部门提出申请，经规划部门批准后方可实施。业主确需改变公共建筑和共用设施用途的，应当在依法向规划部门办理有关手续后告知物业管理企业，以便物业管理企业及时调整管理方案。

物业管理区域内的道路、场地是为业主共同利益而建设，因此无论业主和物业管理企业，都不得擅自占用或挖掘物业管理区域内的道路和场地。对于业主因维修物业或者公共利益需要，确需临时占用、挖掘道路、场地的情况，为加强管理和保护公共利益，当事业主不得擅自实施占用、挖掘行为，只有在征得业主委员会和物业管理企业同意的情况下才可实施。物业管理企业因维修物业或者公共利益需要确需临时占用、挖掘道路、场地的，也必须征得业主委员会的同意，不得擅自施工。无论业主或物业管理企业临时占用、挖掘道路、场地，均应当在约定期限内恢复原状。

供水、供电、供气、供热、通信、有线电视等单位，应当依法承担物业管理区域内相关管线和设施设备维修、养护的责任。供水、供电、供气、供热、通信、有线电视等单位，因维修、养护等需要，临时占用、挖掘道路、场地的，应当及时恢复原状。

物业管理企业在知道业主装修后应当将相关禁止行为和注意事项告知业主。

二、多项选择题

关于物业共用部位、公用设施设备的经营，《物业管理条例》规定的内容包括（　　）。

A. 原则规定了利用物业共用部位、共用设施设备进行经营的办理程序

B. 明确规定了利用物业共用部位、共用设施设备进行经营的办理程序

C. 明确相关业主、业主大会、物业管理企业对利用物业共用部位、共用设施设备进行经营的事前否决权

D. 原则规定了相关业主、业主大会、物业管理企业对利用物业共用部位、共用设施设备进行经营的事前否决权

E. 确定业主由于物业共用部位、共用设施设备经营所得收益的使用方向

【答案】 ACE

【解析】《物业管理条例》关于利用物业共用部位、共用设施设备进行经营，主要作3方面的规定：①是原则规定了利用物业共用部位、共用设施设备进行经营的办理程序；②是明确相关业主、业主大会、物业管理企业对利用物业共用部位、共用设施设备进行经营的事前否决权；③是确定业主由于物业共用部位、共用设施设备经营所得收益的使用方向。

第三章 物业管理的基本制度

本部分的考试目的是测试应考人员对业主大会、业主公约、前期物业管理招投标、物业承接查验、物业管理企业资质管理、物业管理从业人员职业资格和住宅专项维修资金等 7 项制度的掌握程度，以及对相关政策必要性和具体内容的理解、熟悉程度和应用能力。

掌握：业主大会的职责和表决规则，业主委员会的职责，业主（临时）公约的内容和法律效力，前期物业管理招投标的强制性规定，物业承接查验制度的现实意义，各资质等级物业管理企业的条件，物业管理师考试注册规定，住宅专项维修资金的交存与使用。

熟悉：业主的权利和义务，业主临时公约应具备的主要条款，前期物业管理招投标的意义和原则，应移交的物业管理资料的范围，物业保修的法律规定，物业管理企业资质管理的必要性，物业管理师应具备的执业能力，住宅共用部位、共用设施设备的范围、住宅专项维修资金代管单位的义务，挪用住宅专项维修资金的法律责任。

了解：筹备成立业主大会的工作内容和程序，业主委员会委员的资格条件，物业管理招标文件的内容，物业管理招投标的评标规则，物业承接查验的主要内容，物业管理企业资质的申报程序，物业管理从业人员的职业道德。

重点内容

1. 业主的权利
2. 业主的义务
3. 业主大会的组成
4. 业主大会的性质
5. 成立业主大会的限制和选择
6. 业主大会的筹备
7. 筹备业主大会的工作要求
8. 业主大会的成立
9. 业主大会的职责
10. 召开业主大会临时会议的 3 种情况
11. 业主大会的表决规则
12. 业主委员会的性质
13. 业主委员会的职责
14. 业主委员会的备案
15. 业主委员会委员的资格条件
16. 业主委员会委员的资格终止

17. 业主委员会会议的规范

18. 业主大会、业主委员会的限制性要求

19. 业主公约的性质

20. 业主公约的主要内容

21. 业主公约的特殊作用

22. 业主公约的法律效力

23. 业主临时公约的特殊主体

24. 业主临时公约的内容

25. 业主临时公约的违约责任

26. 《物业管理条例》关于业主临时公约的规定

27. 业主使用物业应当遵守的规则

28. 前期物业管理招投标的原则

29. 前期物业管理招投标的特殊性

30. 前期物业管理招投标的强制性规定

31. 前期物业管理招标文件的内容

32. 物业管理招标的备案

33. 物业管理投标文件的内容

34. 物业管理招标程序规则

35. 物业管理评标专家名册

36. 物业管理评标委员会

37. 物业管理招投标的中标和备案

38. 违反前期物业管理招投标规定的法律责任

39. 我国实行物业承接查验制度的现实性

40. 物业承接查验的内容

41. 建设单位应当移交的物业管理资料

42. 物业的保修责任

43. 房屋的保修范围和期限

44. 物业管理企业资质管理的必要性

45. 物业管理企业的资质等级

46. 《物业管理条例》关于不同资质等级企业承接项目的规定

47. 资质证书的颁发和管理

48. 物业管理企业资质等级的核定

49. 物业管理企业违规行为的行政处罚

50. 物业管理职业道德的主要内容

51. 建立物业管理人员职业资格制度的现实性

52. 物业管理师资格考试

53. 物业管理师的注册

54. 物业管理师的继续教育

55. 物业管理师的执业能力

第一节　业主大会制度

本节要点

《物业管理条例》关于业主大会的基本规定；业主的概念、业主的权利、业主的义务；业主大会的组成和性质、业主大会的筹备与成立、义务祝大会的职责、业主大会的定期会议和临时会议、业主代理人和业主代表人；业主大会决定的表决效力；业主委员会的性质、业主委员会的职责、业主委员会的备案、业主委员会委员的资格条件、业主委员会委定额资格终止、业主委员会的改选与变更。

复习题解

一、单项选择题

1.《物业管理条例》规定业主为（　　）。

A. 房屋所有权人　　B. 房屋使用权人　　C. 土地所有权人　　D. 物业管理单位

【答案】　A

【解析】　房屋的所有权人为业主。我国对房地产管理实行权证管理方式。一般情况下，确定房屋所有权人主要凭据是房地产行政主管部门颁发的房屋所有权证。属于自然人的房屋，房屋所有权证上标明房屋所有权人的姓名，属于法人或其他组织的房屋，房屋所有权证上标明房屋所有权人的组织名称。现实物业管理中，具备业主身份的情况有3种：①是房屋所有权证书持有人；②是房屋共有权证书持有人；③是待领房屋所有权证书和房屋共有权证书的购房人。

2. 一般情况下，确定房屋所有权人的主要凭证是（　　）。

A. 土地所有权证　　B. 土地使用权证　　C. 房屋所有权证　　D. 房屋使用权证

【答案】　C

3. 业主大会开展工作的基本形式是（　　）。

A. 业主大会会议　　B. 业主委员会　　C. 业主公约　　D. 业主委员会决议

【答案】　A

4. 业主提议召开临时业主大会会议，业主委员会应当组织召开的情况是该经（　　）

以上业主提议。

A. 10%   B. 20%   C. 30%   D. 50%

【答案】 B

【解析】 业主大会会议是业主大会开展工作的基本形式。业主大会由物业管理区域内的全体业主组成。作为业主大会的成员，业主享有提议召开业主大会会议的权利。《物业管理条例》第十三条规定：经20%以上的业主提议，业主委员会应当组织召开业主大会临时会议，业主有对物业管理有关事项提出建议的权利，促使物业管理能及时、有效地以符合广大业主利益的方式进行。

5. 业主大会的执行机构是（   ）。

A. 业主大会执行委员会   B. 业主大会秘书处

C. 业主委员会   D. 业主代表大会

【答案】 C

【解析】 《物业管理条例》确立了业主大会和业主委员会并存，业主大会决策、业主委员会执行的制度。规定物业管理区域内全体业主组成业主大会，业主大会代表和维护物业管理区域内全体业主的合法权益。同时，明确了业主大会的成立方式、职责、会议形式、表决原则以及议事规则的主要事项，规定了业主委员会的产生方式、资格条件、职责、备案等。业主委员会作为业主大会的执行机构，可以在业主大会的授权范围内就某些物业管理事项作出决定，但重大的物业管理事项的决定只能由业主大会作出。

6. 业主行使对物业管理区域内重大事项的决定权，通过参加（   ）。

A. 业主大会   B. 业主大会会议   C. 业主委员会   D. 业主委员会会议

【答案】 B

7. 物业共用部位、共用设备设施的专项维修资金的属于（   ）所有。

A. 业主   B. 业主大会   C. 业主委员会   D. 物业管理企业

【答案】 A

8. 业主对物业管理区域内重大事项的决定权，是通过参加（   ），在会议上行使表决权的方式来行使的。

A. 业主大会   B. 业主大会会议   C. 业主委员会   D. 业主委员会会议

【答案】 B

【解析】 业主对物业管理区域内重大事项的决定权，是通过参加业主大会会议，在会议上行使表决权的方式来行使的。只要具有业主身份，就具有参加业主大会会议的权利。在业主大会会议上，业主按照省、自治区、直辖市制定的确定业主在首次业主大会会议上投票权的具体办法，或者业主大会议事规则约定的业主投票权确定办法，对列入会议议程的各项物业管理事项进行投票，作出体现全体业主共同意志的决定。

9. 业主参与物业管理活动的组织形式是（   ）。

A. 业主大会   B. 业主委员会   C. 业主公约   D. 业主大会议事规则

【答案】 A

【解析】 业主委员会是业主大会的执行机构，具体执行业主大会决定的事项，并就物业管理区域内的一般性日常事务作出决定。它由一定数量的业主代表，即业主委员会委员组成。业主委员会委员从业主中选举产生，作为业主的代言人履行具体职责，为全体业主服务。每一位业主都有选举符合自己意愿的业主委员会委员的权利，同时业主作为业主大会的成员也都享有被选举为业主委员会委员的权利。

10. 业主大会筹备组的工作内容，应当在首次业主大会会议召开（　　）日前以书面形式在物业管理区域内公告。

A. 10　　　　　　B. 15　　　　　　C. 20　　　　　　D. 30

【答案】　B

11. 业主大会筹备组应当自组成之日起（　　）日内在物业所在地的区、县人民政府房地产行政主管部门的指导下，组织业主召开首次业主大会会议。

A. 10　　　　　　B. 15　　　　　　C. 20　　　　　　D. 30

【答案】　D

【解析】　同一个物业管理区域内的业主，应当在物业所在地的区、县人民政府房地产行政主管部门的指导下成立业主大会，并选举产生业主委员会。但是，只有一个业主的，或者业主人数较少且经全体业主一致同意，决定不成立业主大会的，由业主共同履行业主大会、业主委员会职责。

业主大会筹备组的工作内容，应当在首次业主大会会议召开 15 日前以书面形式在物业管理区域内公告。业主大会筹备组应当自组成之日起 30 日内在物业所在地的区、县人民政府房地产行政主管部门的指导下，组织业主召开首次业主大会会议。

12. 确定业主大会的定期会议的期间的文件是（　　）。

A. 业主公约　　　　　　　　　　B. 业主大会决议

C. 业主大会议事规则　　　　　　D. 业主委员会决议

【答案】　C

13. 召开业主大会，业主委员会应当在召开业主大会会议（　　）日前将会议通知及有关材料以书面形式在物业管理区域内公告。

A. 10　　　　　　B. 15　　　　　　C. 20　　　　　　D. 30

【答案】　B

14. 推选业主代表参加业主大会会议的，业主代表应当于参加业主大会会议（　　）日前，就业主大会会议拟讨论的事项，书面征求其所代表的业主意见。

A. 3　　　　　　B. 5　　　　　　C. 7　　　　　　D. 10

【答案】　A

15. 业主大会作出的一般决定，必须经与会业主所持投票权（　　）以上通过。

A. 1/3　　　　　　B. 1/2　　　　　　C. 2/3　　　　　　D. 3/4

【答案】　B

【解析】　业主大会决定事项的表决效力：

(1) 业主大会作出的一般决定，实行简单多数表决原则，必须经与会业主所持投票权1/2以上通过。

(2) 业主大会作出制定和修改业主公约、业主大会议事规则、选聘或解聘物业管理企业、专项维修资金使用与续筹方案的决定，实行特别多数表决原则，必须经物业管理区域内全体业主所持投票权 2/3 以上通过。

业主大会不符上述两项规则的表决事项，均属无效。业主委员会应当书面记录业主大会会议情况，并存档备案。业主委员会还应当将业主大会的决定以书面形式在物业管理区域内及时公告。

16. 具体负责执行业主大会交办的各项物业管理事项的是（　　）。

A. 业主大会筹委会　B. 业主大会常委会　C. 业主委员会　　　D. 业主小组

【答案】 C

17. 业主大会会议的法定召集人是（　　）。

A. 业主委员会　　　B. 物业管理公司　　　C. 业主委员会主任　D. 业主代表

【答案】 A

18. 负责首次业主大会会议以后的定期会议和临时会议筹备和召集的是（　　）。

A. 业主委员会　　　B. 物业管理公司　　　C. 业主委员会主任　D. 业主代表

【答案】 A

19. 代表业主与业主大会选聘的物业管理企业正式签订物业服务合同的是（　　）。

A. 业主委员会　　　B. 物业管理公司　　　C. 业主委员会主任　D. 业主代表

【答案】 A

20. 负责对业主公约、业主大会议事规则修订文本的起草的是（　　）。

A. 业主委员会　　　B. 物业管理公司　　　C. 业主委员会主任　D. 业主代表

【答案】 A

【解析】 除了以上法定职责外，业主委员会还应当履行业主大会赋予的其他职责。如业主委员会对各类物业管理档案资料、会议记录的保管；对业主公约、业主大会议事规则修订文本的起草；对有关印章、财产的保管；对业主之间和业主与物业管理企业之间纠纷的调解等等。

21. 业主委员会成立后应当向物业所在地的区、县（　　）人民政府房地产行政主管部门备案。

A. 人民政府　　　　　　　　　　B. 人民政府房地产行政主管部门

C. 工商行政主管部门　　　　　　D. 人民政府街道办事处

【答案】 B

22. 业主委员会备案的时间为自选举产生之日起（　　）日内。

A. 10　　　　　　　B. 15　　　　　　C. 20　　　　　　　D. 30

【答案】 D

【解析】 为了督促业主委员会及时纳入到有关部门的监督管理中去，《物业管理条例》还对业主委员会备案的时间作了限定，规定备案的时间为自选举产生之日起 30 日内。

23. 业主委员会应当自选举产生之日起（　　）日内召开首次业主委员会会议。

A. 3　　　　　　　　B. 5　　　　　　C. 7　　　　　　　D. 10

【答案】 A

【解析】 业主委员会应当自选举产生之日起 3 日内召开首次业主委员会会议，推选产生业主委员会主任 1 人，副主任 1～2 人。业主委员会的主任、副主任是业主委员会的召集人和组织者，他们均由业主大会选举出来的业主委员会委员自行推选产生。

24. 无论是定期会议还是临时召开的会议，业主委员会的会议均应当有过（　　）委员出席。

A. 1/4   B. 1/3   C. 1/2   D. 2/3

【答案】 C

【解析】 业主委员会应当定期召开业主委员会会议，研究本物业管理区域内的物业管理事宜。遇有特殊情况，经 1/3 以上业主委员会委员提议，或者业主委员会主任认为有必要召开会议的，也应当及时召开业主委员会会议。

无论是定期会议还是临时召开的会议，业主委员会的会议均应当有过半数委员出席，作出决定必须经全体委员人数半数以上同意。

25. 进行业主委员会的换届选举工作，业主委员会应当在任期届满（   ）前召开业主大会会议。

A. 1 个月   B. 2 个月   C. 3 个月   D. 45 日

【答案】 B

26. 业主委员会经换届选举后，原业主委员会应当在其任期届满之日起（   ）日内，将其保管的档案资料、印章及其他属于业主大会所有的财物移交新一届业主委员会，并做好交接手续。

A. 3   B. 5   C. 7   D. 10

【答案】 D

【解析】 业主委员会应当在任期届满 2 个月前召开业主大会会议，进行业主委员会的换届选举工作。逾期未换届的，房地产行政主管部门可以指派工作人员指导其换届工作。

业主委员会经换届选举后，原业主委员会应当在其任期届满之日起 10 日内，将其保管的档案资料、印章及其他属于业主大会所有的财物移交新一届业主委员会，并做好交接手续。

27. 经业主委员会或者（   ）以上业主提议，认为有必要变更业主委员会委员的，由业主大会会议作出变更决定，并以书面形式在物业管理区域内公告。

A. 5%   B. 10%   C. 15%   D. 20%

【答案】 D

【解析】 经业主委员会或者 20% 以上业主提议，认为有必要变更业主委员会委员的，由业主大会会议作出变更决定，并以书面形式在物业管理区域内公告。

28. 业主大会和业主委员会开展工作的经费由（   ）承担。

A. 物业管理公司   B. 全体业主   C. 居委会   D. 街道办事处

【答案】 B

【解析】 业主大会和业主委员会开展工作的经费由全体业主承担；经费的筹集、管理、使用具体由业主大会议事规则规定。业主大会和业主委员会工作经费的使用情况应当定期以书面形式在物业管理区域内公告，接受业主的质询。

二、多项选择题

1. 以下对于全体业主均有约束力的文件有（   ）。

A. 业主公约   B. 业主大会议事规则

C. 物业服务招标文件   D. 业主委员会内部规章制度

E. 物业服务以外服务委托协议

【答案】 AB

【解析】 业主公约、业主大会议事规则是规范业主之间权利与义务关系和业主大会内部运作机制的基础性规约。这些规约在生效以后对物业管理区域内全体业主都有约束力，而且这些规约的规定事关全体业主的共同利益，因此每一位业主都有参与制定和修改这些规约的权利。当业主认为有必要制定业主公约、业主大会议事规则，或者认为现有业主公约、业主大会议事规则有不完善的地方，可以提出自己有关制定和修改业主公约、业主大会议事规则的建议。

2. 规范业主之间权利与义务关系和业主大会内部运作机制的基础性规约是（　　　）。

A. 业主公约 　　　　　　　　　　B. 业主大会议事规则

C. 物业服务招标文件 　　　　　　D. 业主委员会内部规章制度

E. 物业服务以外服务委托协议

【答案】 AB

3. 现实物业管理中，具备业主身份的情况有（　　　）。

A. 房屋所有权证书持有人 　　　　B. 房屋共有权证书持有人

C. 房屋抵押权证持有人 　　　　　D. 待领房屋所有权证书的购房人

E. 待领房屋共有权证书的购房人

【答案】 ABDE

4. 业主大会议事规则包括的内容有（　　　）。

A. 业主大会的议事方式 　　　　　B. 业主大会的表决程序

C. 业主投票权确定办法 　　　　　D. 业主委员会的组成和委员任期

E. 业主委员会的议事程序

【答案】 ABCD

5. 以下关于业主大会的说法中，正确的有（　　　）。

A. 一个物业管理区域只能成立一个业主大会

B. 是否成立业主大会，由物业管理区域的全体业主决定

C. 一个物业管理区域必须成立业主大会

D. 业主人数较少且经全体业主一致同意，可以不成立业主大会的，由业主共同履行业主大会、业主委员会职责

E. 同一个物业管理区域内的业主，应当在物业所在地的区、县人民政府房地产行政主管部门的指导下成立业主大会，并选举产生业主委员会

【答案】 ABDE

6. 业主大会筹备组的组成人员包括（　　　）。

A. 业主代表 　　　　　　　　　　B. 建设单位

C. 物业管理企业 　　　　　　　　D. 城市房地产行政主管部门

E. 街道办事处或居民委员会

【答案】 AB

【解析】 业主筹备成立业主大会，应当在物业所在地的区、县人民政府房地产行政主管部门和街道办事处（乡镇人民政府）的指导下，由业主代表、建设单位（包括公有住房出售单位）组成业主大会筹备组。业主大会筹备组负责业主大会筹备工作。

7. 首次业主大会的会议议程一般包括（　　　）。

A. 确认业主身份，确定业主在首次业主大会会议上的投票权数

B. 报告业主大会的筹备工作情况；宣读业主名册和在首次业主大会会议上的投票权数

C. 宣读《业主大会议事规则》草案和《业主公约》草案，宣讲业主对草案提出的修改意见，以及业主大会筹备组根据业主意见对《业主大会议事规则》和《业主公约》的修改结果

D. 投票通过《业主大会议事规则》和《业主公约》

E. 宣读业主委员会委员候选人名单，经投票选举产生业主委员会组成人员

【答案】 BCDE

8. 业主委员会应当及时组织召开业主大会临时会议的情形有（   ）。

A. 物业管理企业决定临时召开的

B. 业主委员会决定临时召开的

C. 20%以上业主提议召开业主大会临时会议的

D. 发生重大事故或者紧急事件需要及时处理的

E. 业主大会议事规则或者业主公约规定的其他情况

【答案】 CDE

【解析】 业主大会会议分为定期会议与临时会议。定期会议与临时会议都由业主委员会组织召开。定期会议的期间由业主大会在业主大会议事规则中确定。当出现下列情况时，业主委员会应当及时组织召开业主大会临时会议：①20%以上业主提议召开业主大会临时会议的；②发生重大事故或者紧急事件需要及时处理的；③业主大会议事规则或者业主公约规定的其他情况。发生以上应当召开业主大会临时会议的情况时，如果业主委员会不履行组织召开会议职责，区、县人民政府房地产行政主管部门应当责令业主委员会限期召开业主大会临时会议。业主委员会应当在召开业主大会会议15日前将会议通知及有关材料以书面形式在物业管理区域内公告。如果是住宅小区召开业主大会会议，还应当同时告知与物业管理区域相关的居民委员会。

9. 以下业主大会决定，必须经物业管理区域内全体业主所持投票权2/3以上通过的有（   ）。

A. 制定和修改业主公约   B. 业主大会议事规则

C. 选聘或解聘物业管理企业   D. 专项维修资金使用与续筹方案的决定

E. 业主大会的召开形式

【答案】 ABCD

【解析】 业主大会会议可以采用到会业主集体讨论的形式，也可以采用书面征求意见和书面投票表决的形式。无论采用何种形式，必须有不少于物业管理区域内持有1/2以上投票权的业主的参加。

10. 业主委员会备案的主要内容一般应当包括（   ）。

A. 业主委员会的成员基本情况   B. 物业服务合同

C. 业主公约   D. 业主大会议事规则

E. 房屋维修基金的银行账户

【答案】 ACD

11. 经业主大会会议通过，其业主委员会委员的资格应当终止的情形有（   ）。

A. 因故缺席业主委员会会议的

B. 因疾病等原因丧失履行职责能力的

C. 以书面形式向业主大会提出辞呈的，或拒不履行业主义务的

D. 其他原因不宜再担任业主委员会委员的

E. 因物业转让、灭失等原因不再是业主的

【答案】 BCDE

【解析】 业主委员会委员除了要符合当选委员的六个条件外，如果有以下情形之一的，经业主大会会议通过，其业主委员会委员的资格应当终止：①因物业转让、灭失等原因不再是业主的；②无故缺席业主委员会会议连续三次以上的；③因疾病等原因丧失履行职责能力的；④有犯罪行为的；⑤以书面形式向业主大会提出辞呈的；⑥拒不履行业主义务的；⑦其他原因不宜再担任业主委员会委员的。

12.《物业管理条例》确立的物业管理基本制度包括（ ）。

A. 物权法定制度

B. 业主大会制度、业主公约制度

C. 前期物业管理招投标制度、物业承接查验制度

D. 物业管理企业资质管理制度

E. 物业管理专业人员职业资格制度、住宅专项维修资金制度

【答案】 BCDE

【解析】 针对我国物业管理活动中存在的各种问题，为了规范物业管理活动，维护物业管理当事人的合法权益，《物业管理条例》确立了七项物业管理的基本制度：业主大会制度、业主公约制度、前期物业管理招投标制度、物业承接查验制度、物业管理企业资质管理制度、物业管理专业人员职业资格制度、住宅专项维修资金制度。

三、问答题

1. 某小区成立了业主大会，如果你是业主委员会成员，某业主向你咨询业主的权利，请问你该怎样回答？

【答题要点】

按照物业服务合同的约定，接受物业管理企业提供的服务；提议召开业主大会会议，并就物业管理的有关事项提出建议；提出制定和修改业主公约、业主大会议事规则的建议；参加业主大会会议，行使投票权；选举业主委员会委员，并享有被选举权；监督业主委员会的工作；监督物业管理企业履行物业服务合同；对物业共用部位、共用设施设备和相关场地使用情况享有知情权和监督权；监督物业共用部位、共用设施设备专项维修资金（以下简称专项维修资金）的管理和使用；法律、法规规定的其他权利。

2. 如果业主向你咨询业主的义务，请问业主的义务有哪些？

【答题要点】

遵守业主公约、业主大会议事规则；遵守物业管理区域内物业共用部位和共用设施设备的使用、公共秩序和环境卫生的维护等方面的规章制度；执行业主大会的决定和业主大会授权业主委员会作出的决定；按照国家有关规定交纳专项维修资金；按时交纳物业服务费用；法律、法规规定的其他义务。

3. 业主如何监督物业管理公司履行物业服务合同？

【答题要点】

业主对物业管理企业履行合同的情况提出批评与建议；查询物业管理企业在履行合同中形成的有关物业管理事项的各项档案材料；监督物业管理企业的收费情况；要求物业管理企业对违反合同的行为进行改正等。

4. 业主大会筹备组的工作内容有哪些？

【答题要点】

确定首次业主大会会议召开的时间、地点、形式和内容；参照政府主管部门制订的示范文本，拟定《业主大会议事规则》（草案）和《业主公约》（草案）；确认业主身份，确定业主在首次业主大会会议上的投票权数；确定业主委员会委员候选人产生办法及名单；做好召开首次业主大会会议的其他准备工作。

5.《物业管理条例》规定的业主大会的职责有哪些？

【答题要点】

制定、修改业主公约和业主大会议事规则；选举、更换业主委员会委员，监督业主委员会的工作；选聘、解聘物业管理企业；决定专项维修资金使用、续筹方案，并监督实施；制定、修改物业管理区域内物业共用部位和共用设施设备的使用、公共秩序和环境卫生的维护等方面的规章制度；法律、法规或者业主大会议事规则规定的其他有关物业管理的职责。

6. 业主委员会的主要职责有哪些？

【答题要点】

召集业主大会会议，报告物业管理的实施情况；代表业主与业主大会选聘的物业管理企业签订物业服务合同；及时了解业主、物业使用人的意见和建议，监督和协助物业管理企业履行物业服务合同；监督业主公约的实施；业主大会赋予的其他职责。

第二节　业主公约制度

本节要点

业主公约的概念、业主公约的主要内容、业主公约的法律效力；业主临时公约的概念、业主临时公约的制定、关于业主公约的相关主体的法律义务、业主临时公约的内容。

复习题解

一、单项选择题

1. 作为物业管理法律法规和政策的一种有益的补充和业主对物业管理区域内一些重大事务的共同性约定和允诺，有效调整业主之间权利与义务关系的基础性文件是（　　）。

A. 业主大会议事规则　　　　　　　B. 业主公约

C. 物业服务合同　　　　　　　　　D. 业主大会章程

【答案】　B

【解析】　业主公约是由全体业主共同制定的，规定业主在物业管理区域内有关物业使用、维护、管理等涉及业主共同利益事项的，对全体业主具有普遍约束力的自律性规范，它一般以书面形式订立。共同财产和共同利益是业主之间建立联系的基础，业主公约就是物业管理区域内全体业主建立的共同契约。

2. 负责业主公约草拟的机构是（　　）。

A. 业主大会　　　　　　　　　　B. 业主委员会

C. 业主大会筹备组　　　　　　　D. 业主大会常务委员会

【答案】 C

【解析】 订立业主公约是业主之间的共同行为，通常情况下，业主公约由业主大会筹备组草拟，经首次业主大会会议审议通过，公约的修改权也属于业主大会。

3. 一般预先制定业主临时公约的机构是（　　）。

A. 业主大会　　　B. 业主委员会　　　C. 业主大会筹备组　　D. 建设单位

【答案】 D

【解析】 业主公约在物业买受人购买物业时就须存在，这种在业主大会制定业主公约之前存在的业主公约，称为业主临时公约。业主临时公约一般由建设单位在出售物业之前预先制定。在业主成立业主大会后，业主通过业主大会会议表达自己的意志，决定制定新的业主公约，或者修改业主临时公约，当然也可以继续保持业主临时公约，但此时的业主临时公约经过业主大会的审议通过后，已经转化为正式的业主公约了。

4. 建设单位制定业主临时公约的时间为（　　）。

A. 物业销售之前　　　　　　　　B. 物业开始销售之后

C. 业主入住之前　　　　　　　　D. 业主入住之后

【答案】 A

【解析】 建设单位制定业主临时公约的时间为物业销售之前。商品房销售包括商品房现售和商品房预售。商品房现售，是指房地产开发企业将竣工验收合格的商品房出售给买受人，并由买受人支付房价款的行为。商品房预售，是指房地产开发企业将正在建设中的商品房预先出售给买受人，并由买受人支付定金或者房价款的行为。无论物业的现售还是预售，建设单位都应预先制定业主临时公约。

5. 房地产开发企业将竣工验收合格的商品房出售给买受人，并由买受人支付房价款的行为为（　　）。

A. 商品房预售　　　B. 商品房楼花出售　　C. 商品房现售　　　D. 商品房转让

【答案】 A

6. 房地产开发企业将正在建设中的商品房预先出售给买受人，并由买受人支付定金或者房价款的行为为（　　）。

A. 商品房预售　　　B. 商品房楼盘出售　　C. 商品房现售　　　D. 商品房转让

【答案】 C

7. 对业主临时公约负有说明义务的机构是（　　）。

A. 业主大会　　　B. 业主委员会　　　C. 业主大会筹备组　　D. 建设单位

【答案】 D

8. 物业共用部位、共用设施设备的所有权人是（　　）。

A. 全体业主　　　B. 物业管理企业　　　C. 业主委员会　　　D. 建设单位

【答案】 A

9. 物业共用部位大中修和设备设施更新改造的资金来源是（　　）。

A. 保修费　　　　　　B. 专项维修基金　　　C. 物业管理费　　　D. 公共更新改造款

【答案】　B

10. 业主享有占有、使用、收益和处分的权利的物业部分是（　　）。

A. 物业管理用房　　B. 物业的专用部分　　C. 共用部位　　　　D. 共用设备

【答案】　B

11. 如果建设单位在保修期限和保修范围内拒绝修复或拖延修复，业主可以自行修复或委托他人修复，修复费用及修复期间造成的其他损失，应当对业主承担责任的是（　　）。

A. 建设单位　　　　B. 物业管理单位　　　C. 施工单位　　　　D. 建设监理单位

【答案】　A

12. 业主临时公约中的反映物业的自然情况与权属情况的总平面图的审批部门应该是（　　）。

A. 房地产管理部门　B. 规划管理部门　　　C. 土地管理部门　　D. 建设管理部门

【答案】　B

【解析】　说明物业的名称和坐落地址，物业的名称应当以当地政府主管部门审定的名称为准。

明确物业类型，物业类型应当以城市规划部门审定的建筑用途划分，如住宅小区、工业小区、商住楼、商厦、写字楼、综合楼等。

以城市规划部门审定的数字为准，明确物业的建筑面积和用地面积。

以城市规划部门审定的总平面图为准，明确物业管理区域的四至，说明东、南、西、北的接壤区域或地理坐标。

二、多项选择题

1. 业主公约的内容主要包括（　　）。

A. 有关物业的使用、维护、管理　　　　B. 业主的共同利益

C. 业主应当履行的义务　　　　　　　　D. 违反公约应当承担的责任

E. 业主大会议事规则

【答案】　ABCD

【解析】　业主公约的内容主要包括四个方面：

（1）有关物业的使用、维护、管理。如业主使用其自有物和物业管理区域内共用部分、共用设备设施以及相关场地的约定；业主对物业管理区域内公共建筑和共用设施使用的有关规程；业主对自有物进行装饰装修时应当遵守的规则等等。

（2）业主的共同利益。如对物业共用部位、共用设施设备使用和保护，利用物业共用部位获得收益的分配；对公共秩序、环境卫生的维护等等。

（3）业主应当履行的义务。如遵守物业管理区域内物业共用部位和共用设施设备的使用、公共秩序和环境卫生的维护等方面的规章制度；按照国家有关规定交纳专项维修资金；按时交纳物业服务费用；不得擅自改变建筑物及其设施设备的结构、外貌、设计用途，不得违反规定存放易燃、易爆、剧毒、放射性等物品；不得违反规定饲养家禽、宠物；不得随意停放车辆和鸣放喇叭等等。

（4）违反公约应当承担的责任。业主不履行业主公约义务要承担民事责任，其以支付违约金和赔偿损失为主要的承担责任方式。在违约责任中还要明确解决争议的办法，如通过业

主委员会或者物业管理企业调解和处理等，业主不服调解和处理的，可通过诉讼渠道解决。

3. 以下属于业主应当履行的义务的业主公约内容的有（　　　）。

A. 擅自改变建筑物及其设施设备的结构、外貌、设计用途

B. 违反规定存放易燃、易爆、剧毒、放射性等物品

C. 违反规定饲养家禽、宠物；随意停放车辆和鸣放喇叭

D. 按照国家有关规定交纳专项维修资金；按时交纳物业服务费用

E. 遵守物业管理区域内物业共用部位和共用设施设备的使用、公共秩序和环境卫生的维护等方面的规章制度

【答案】　DE

4. 由物业管理区域内全体业主共有的共用部位和共用设施设备，包括（　　　）。

A. 围墙、绿地、池井、照明设施　　　　B. 业主专用住房

C. 共用设施设备使用的房屋　　　　　　D. 物业管理用房

E. 建设单位留作出租或自用住房

【答案】　ACD

【解析】　由单幢建筑物的全体业主共有的共用部位，包括该幢建筑物的承重结构、主体结构，公共门厅、公共走廊、公共楼梯间、户外墙面、屋面等；由单幢建筑物的全体业主共有的共用设施设备，包括该幢建筑物内的给排水管道、落水管、水箱、水泵、电梯、冷暖设施、照明设施、消防设施、避雷设施等。

5. 不动产所有者或使用者给相邻方造成妨碍或者损失的，应当承担的责任有（　　　）。

A. 支付违约金　　　　　　　　　　　　B. 罚款

C. 排除妨碍　　　　　　　　　　　　　D. 赔偿损失

E. 停止侵害

【答案】　CDE

6. 业主临时公约应规定的业主使用物业的禁止性行为包括（　　　）。

A. 损坏房屋承重结构、主体结构，破坏房屋外貌，擅自改变房屋设计用途

B. 占用或损坏物业共用部位、共用设施设备及相关场地，擅自移动物业共用设施设备

C. 利用物业从事危害公共利益和侵害他人合法权益的活动

D. 在指定位置倾倒或抛弃垃圾、杂物

E. 违反有关规定堆放易燃、易爆、剧毒、放射性物品，排放有毒有害物质，发出超标噪声

【答案】　ABCE

7. 涉及到业主共同利益的事项有（　　　）。

A. 全体业主授予物业管理企业行使的管理权利

B. 业主承诺按时足额交纳物业服务费用

C. 利用物业共用部位、共用设施设备经营的约定

D. 擅自改造房屋布局，拆除非承重墙体

E. 擅自安装空调，随意安设空调冷水管

【答案】　ABC

三、问答题

1. 关于临时业主公约相关主体的法律义务有哪些？

【答题要点】

① 建设单位不得侵害物业买受人的义务；

② 建设单位对业主临时公约的说明义务；

③ 物业买受人对业主临时公约承诺的义务。

2. 业主临时公约应对业主相邻关系的事项作出约定？

【答题要点】

①业主对物业的专有部分享有占有、使用、收益和处分的权利，但不得妨碍其他业主正常使用物业；②业主应遵守法律、法规的规定，按照有利于物业使用、安全、整洁以及公平合理、不损害公共利益和他人利益的原则，在供电、供水、供热、供气、排水、通行、通风、采光、装饰装修、环境卫生、环境保护等方面妥善处理与相邻业主的关系；③业主应按设计用途使用物业。因特殊情况需要改变物业设计用途的，业主应在征得相邻业主书面同意后，报有关行政主管部门批准，并告知物业管理企业。

3. 业主临时公约可在以哪些方面规范房屋装饰装修活动？

【答题要点】

①业主需要装饰装修房屋的，应事先告知物业管理企业，并与其签订装饰装修管理服务协议。业主应按装饰装修管理服务协议的约定从事装饰装修行为，遵守装饰装修的注意事项，不得从事装饰装修的禁止行为。

②为保证物业管理区域的环境秩序和维护业主装修材料的安全，业主装修房屋时，应当在物业管理企业指定的地点放置装饰装修材料及装修垃圾，业主不得擅自占用物业共用部位和公共场所。同时，由于业主装修房屋会产生不良噪声，应当规定业主装饰装修房屋的施工时间，并要求业主在其他时间不得施工。如果发生业主装饰装修房屋影响物业共用部位、共用设施设备的正常使用情况，或者发生业主装修房屋侵害相邻业主合法权益的情况，装修业主应当及时恢复原状并向受害业主承担相应的赔偿责任。

③要求业主应当按照设计预留的位置安装空调，没有预留设计位置的，应当按照物业管理企业指定的位置安装，并按照物业管理企业的安装要求做好噪声及冷凝水的处理。

4. 业主临时公约中关于共用部位共用设施设备的使用规定应该包括哪些主要内容？

【答题要点】

主要应包括以下内容：①业主应按有关规定合理使用水、电、气、暖等共用设施设备，不得擅自拆改；②业主及物业使用人使用电梯，应遵守本物业管理区域的电梯使用管理规定；③在物业管理区域内行驶和停放车辆，应遵守本物业管理区域的车辆行驶和停车规则。

5. 业主临时公约关于使用物业应该有哪些禁止性规定？

【答题要点】

针对物业管理中业主经常出现的违规行为，业主临时公约应对业主使用物业的禁止性行为作出规定：

① 损坏房屋承重结构、主体结构，破坏房屋外貌，擅自改变房屋设计用途；

② 占用或损坏物业共用部位、共用设施设备及相关场地，擅自移动物业共用设施设备；

③ 违章搭建、私设摊点；

④ 在非指定位置倾倒或抛弃垃圾、杂物；

⑤ 违反有关规定堆放易燃、易爆、剧毒、放射性物品，排放有毒有害物质，发出超标噪声；

⑥ 擅自在物业共用部位和相关场所悬挂、张贴、涂改、刻画；

⑦ 利用物业从事危害公共利益和侵害他人合法权益的活动；

⑧ 违反物业管理区域内饲养动物的有关约定。

6. 业主临时公约包括的内容有哪些部分组成？

【答题要点】

物业的自然情况与权属情况；业主使用物业应当遵守的规则；维修养护物业应当遵守的规则；涉及业主共同利益的事项；违约责任。

7. 临时业主公约应规定的违约责任主要内容有哪些？

【答题要点】

主要应规定以下内容：①业主违反关于物业的使用、维护和管理的约定，妨碍物业正常使用或造成物业损害及其他损失的，其他业主和物业管理企业可依据临时公约向人民法院提起诉讼。②业主违反关于业主共同利益的约定，导致全体业主的共同利益受损的，其他业主和物业管理企业可依据临时公约向人民法院提起诉讼。③建设单位未能履行临时公约约定义务的，业主和物业管理企业可向有关行政主管部门投诉，也可根据临时公约向人民法院提起诉讼。

第三节　前期物业管理招投标制度

本节要点

前期物业管理招标投标的概念；前期物业管理招标的原则和招标形式；前期物业管理招标文件的内容和备案部门、资料、期限；前期物业管理招标程序有关规则；物业管理投标要求；投标文件包括的内容；投标程序；物业管理投标开标、评标和中标；文范前期物业管理招标投标的法律规定。

复习题解

一、单项选择题

1.《物业管理条例规定》住宅物业的建设单位，招投标选聘具有相应资质的物业管理企业应当通过的方式是（　　）。

A. 拍卖　　　　　B. 招投标　　　　　C. 挂牌　　　　　D. 指定

【答案】　B

【解析】《物业管理条例》明确了推行招投标对于促进物业管理健康发展的重要作用，提倡业主通过公平、公开、公正的市场竞争机制选择物业管理企业。鼓励建设单位按照房地产开发与物业管理相分离的原则，通过招投标的方式选聘具有相应资质的物业管理企业。《物业管理条例》二十四条明确规定：住宅物业的建设单位，应当通过招投标的方式选聘具有相应资质的物业管理企业。

2. 通过招标方式选聘物业管理企业的前期物业管理招标投标的招标人是（　　）。

A. 业主　　　　　B. 业主大会　　　　C. 业主委员会　　　D. 建设单位

【答案】　D

3. 建设单位通过招标方式选聘物业管理企业的招标投标称为（　　　）。

A. 先期物业管理招标投标　　　　　　　B. 前期物业管理招标投标

C. 临时物业管理招标投标　　　　　　　D. 暂定物业管理招标投标

【答案】　B

【解析】　物业管理招标投标是指业主或建设单位通过招标方式选聘物业管理企业，物业管理企业通过投标方式竞聘物业管理项目的活动。其中，由建设单位通过招标方式选聘物业管理企业的，称为前期物业管理招标投标。

4. 《物业管理条例》特别要求建设单位应当以招投标的方式选聘物业管理企业的物业类型是（　　　）。

A. 商业物业　　　B. 工业物业　　　　C. 特殊物业　　　　D. 住宅物业

【答案】　D

【解析】　《物业管理条例》特别要求，住宅物业的建设单位，应当以招投标的方式选聘物业管理企业。而非住宅物业是否以招投标方式选聘物业管理企业，目前不做强制性要求。

5. 对于规模较小的住宅物业，建设单位选聘物业管理企业可以例外采用的方式是（　　　）。

A. 招标　　　　　B. 拍卖　　　　　　C. 政府指定　　　　D. 协议

【答案】　D

【解析】　对于规模较小的住宅物业，采用招标投标的程序相对复杂，费时较多，费用也较高，建设单位可以采用协议的方式选聘物业管理企业；投标人少于3个的，由于缺乏足够的竞标，进行招投标的意义不大，也可以采用协议的方式选聘物业管理企业。

6. 采取邀请招标方式的，招标人必须向（　　　）个以上物业管理企业发出投标邀请书。

A. 2　　　　　　　B. 3　　　　　　　C. 4　　　　　　　D. 5

【答案】　B

【解析】　邀请招标也称定向招标，是指招标人有选择的向物业管理企业发出投标邀请书，邀请特定物业管理企业参加投标，主要适用对物业管理有特定要求的物业管理项目，例如，有复杂专业设备设施的物业管理项目、有保密要求的物业管理项目。采取邀请招标方式的，招标人必须向3个以上物业管理企业发出投标邀请书，投标邀请书内容与公开招标的招标公告内容相同。

7. 前期物业管理招标人应当在发布招标公告或者发出投标邀请书的（　　　）日前，向物业项目所在地的县级以上地方人民政府房地产行政主管部门备案。

A. 3　　　　　　　B. 7　　　　　　　C. 10　　　　　　D. 15

【答案】　C

【解析】《前期物业管理招投标管理暂行办法》规定：

(1) 招标人应当确定投标人编制投标文件所需的合理期间，公开招标物业管理项目，自招标文件发出之日起至投标人提交投标文件截止之日止，最短不得少于20日。

(2) 招标人对已发出的招标文件，认为必须澄清或者修改有关内容的，应当在招标文件要求提交投标文件截止时间至少15日前，以书面形式通知所有的招标文件收受人。该澄清或者修改的内容为招标文件的组成部分。

（3）招标人根据物业管理项目的具体情况，可以组织潜在的投标申请人踏勘物业项目现场，并提供隐蔽工程图纸等详细资料。对投标申请人提出的疑问应当予以澄清并以书面形式发送给所有的招标文件收受人。

（4）通过招投标方式选择物业管理企业的，招标人应当按照以下规定时限完成物业管理招标投标工作：①新建现售商品房项目应当在现售前 30 日完成；②预售商品房项目应当在取得《商品房预售许可证》之前完成；③非出售的新建物业项目应当在交付使用前 90 日完成。

8. 负责前期物业管理招标备案的机构是（　　）。

A. 县级以上人民政府　　　　　　　　B. 县级以上人民政府房地产行政主管部门

C. 县级以上人民政府建设行政主管部门　　D. 县级以上人民政府规划行政主管部门

【答案】 B

9. 公开招标物业管理项目，自招标文件发出之日起至投标人提交投标文件截止之日止，最短不得少于（　　）日。

A. 15　　　　　　B. 20　　　　　　C. 30　　　　　　D. 45

【答案】 B

10. 招标人对已发出的招标文件，认为必须澄清或者修改有关内容的，应当在招标文件要求提交投标文件截止时间至少（　　）日前，以书面形式通知所有的招标文件收受人。

A. 15　　　　　　B. 20　　　　　　C. 30　　　　　　D. 45

【答案】 A

11. 负责评标活动的主体是（　　）。

A. 招标人　　　　　　　　　　　　　B. 投标人

C. 评标委员会　　　　　　　　　　　D. 房地产行政管理部门

【答案】 C

12. 评标委员会由招标人的代表和评标专家共同组成，成员为（　　）人以上单数。

A. 3　　　　　　B. 5　　　　　　C. 7　　　　　　D. 9

【答案】 B

13. 评标委员会中招标人代表以外的物业管理方面的专家不得少于成员总数的（　　）。

A. 1/4　　　　　B. 1/3　　　　　C. 1/2　　　　　D. 2/3

【答案】 C

14. 投标人应当采用书面形式进行澄清或者说明，其澄清或者说明不得超出投标文件的范围或者改变投标文件的（　　）内容。

A. 实质性　　　　B. 形式性　　　　C. 一般性　　　　D. 文字性

【答案】 A

15. 评标委员会完成评标后，推荐不超过（　　）名有排序的合格的中标候选人。

A. 2　　　　　　B. 3　　　　　　C. 4　　　　　　D. 5

【答案】 B

16. 招标人应当在投标有效期截止时限（　　）日前确定中标人。

A. 15　　　　　　B. 20　　　　　　C. 30　　　　　　D. 45

【答案】 C

17. 投标有效期是招标人向投标人告知并承诺完成招标、投标活动的期限，投标有效期应当在（ ）中载明。

A. 招标公告   B. 招标文件   C. 招标邀请书   D. 招标答疑会议

【答案】 B

18. 招标人应当自确定中标人之日起（ ）日内，向物业项目所在地的县级以上地方人民政府房地产行政主管部门备案。

A. 15   B. 20   C. 30   D. 45

【答案】 A

19. 招标人和中标人应当自中标通知书发出之日起（ ）日内，按照招标文件和中标人的投标文件订立书面合同。

A. 15   B. 20   C. 30   D. 45

【答案】 C

20. 住宅物业的建设单位未通过招投标的方式选聘物业管理企业或者未经批准，擅自采用协议方式选聘物业管理企业的，由县级以上地方人民政府房地产行政主管部门责令限期改正，给予警告，可以并处（ ）万元以下的罚款。

A. 5   B. 10   C. 15   D. 30

【答案】 B

二、多项选择题

1. 前期物业管理招标投标活动必须遵守的原则有（ ）。

A. 公开、公平、公正   B. 无偿无期限

C. 建设单位利益最大化   D. 业主大会为主体

E. 诚实信用

【答案】 ABE

2. 建设单位选聘物业管理企业可以例外采用协议方式的情况有（ ）。

A. 物业规模较小的住宅物业   B. 投标人少于3个的

C. 建设规模较大的物业   D. 投标人数量少于5个的

E. 建设单位认为有必要的

【答案】 AB

3. 前期物业管理招标的招标原则包括（ ）。

A. 对潜在投标人给与区别对待原则

B. 限制外地物业管理企业参加投标

C. 不得对潜在投标人提出与招标物业管理项目实际不符的资格要求

D. 不得对潜在投标人实行歧视待遇

E. 不得以不合理条件限制或者排斥潜在投标人

【答案】 CDE

4. 前期物业管理招标形式包括（ ）。

A. 公开招标   B. 邀请招标

C. 协议招标   D. 国际招标

E. 国内招标

【答案】 AB

5. 从事物业管理的招标代理机构应当具备的条件包括（ ）。

A. 有从事招标代理业务的营业场所和相应资金

B. 有能够编制招标文件和组织评标的相应专业力量

C. 有房地产行政主管部门建立的物业管理评标专家名册

D. 有从事物业管理企业的相应资质和管理经验

E. 有能够胜任相应物业管理的物业管理专业人员

【答案】 ABC

【解析】 无论公开招标与邀请招标，招标人可以自行组织和实施招标活动，没有能力组织和实施招标活动的，也可以委托招标代理机构办理招标事宜。从事物业管理的招标代理机构应当具备下列条件：

（1）有从事招标代理业务的营业场所和相应资金；

（2）有能够编制招标文件和组织评标的相应专业力量；

（3）有房地产行政主管部门建立的物业管理评标专家名册。

6. 物业管理招标备案应向房地产行政主管部门提交的材料包括（ ）。

A. 与物业管理有关的物业项目开发建设的政府批件

B. 招标公告或者招标邀请书

C. 招标文件

D. 投标人的基本情况简介

E. 法律、法规规定的其他材料

【答案】 ABCE

【解析】 招标人应当在发布招标公告或者发出投标邀请书的 10 日前，向物业项目所在地的县级以上地方人民政府房地产行政主管部门备案。备案应向房地产行政主管部门提交以下材料：

（1）与物业管理有关的物业项目开发建设的政府批件；

（2）招标公告或者招标邀请书；

（3）招标文件；

（4）法律、法规规定的其他材料。

7. 通过招投标方式选择物业管理企业的，招标人应当完成物业管理招标投标工作的时限要求包括（ ）。

A. 新建现售商品房项目应当在现售前 30 日完成

B. 预售商品房项目应当在取得《商品房预售许可证》之前完成

C. 非出售的新建物业项目应当在交付使用前 90 日完成

D. 非出售的新建物业项目应当在交付使用前 60 日完成

E. 新建现售商品房项目应当在现售前 45 日完成

【答案】 ABC

8. 投标文件应当包括的内容有（ ）。

A. 投标函　　　　　　　　　　B. 投标报价

C. 物业管理方案　　　　　　　D. 投标邀请函或公开招标书

E. 招标文件要求提供的其他材料

【答案】　ABCE

【解析】　投标人应当按照招标文件要求的内容编制投标文件，投标文件应当对招标文件提出的实质性要求和条件作出相应。投标文件应当包括以下内容：①投标函；②投标报价；③物业管理方案；④招标文件要求提供的其他材料。

9. 以下关于投标标书送达的有关说法中，正确的有（　　）。

A. 投标文件送达后，投标人不可以补充、修改或撤回投标文件

B. 投标人应当在招标文件要求提交投标文件的截止日期前，将投标文件密封送达投标地点

C. 招标人收到投标文件后，应当向投标人出具标明签收人和签收时间的凭证，并妥善保存投标文件

D. 在开标前，任何单位和个人均不得开启投标文件

E. 在投标文件要求提交投标文件的截止时间后送达的投标文件，为无效的投标文件，投标人应当拒收

【答案】　BCDE

【解析】　投标文件送达后，投标人可以补充、修改或撤回投标文件，但必须在招标文件要求投标文件的截止时间前进行。投标人补充、修改或者撤回已提交的投标文件的，应当将补充、修改的内容作为投标文件的组成部分，并书面通知招标人。在招标文件要求提交招标文件的截止时间后送达的，补充或者修改的内容无效。

10. 以下关于物业管理招标投标的开标的说法中，正确的有（　　）。

A. 开标时间应当在招标文件确定的提交投标文件截止时间进行

B. 开标地点应当在招标文件中预先确定，如变更开标地点，招标人应当事先通知投标人，以保证全体投标人准时到场后开标

C. 开标应当在招标人、监标人、投标人和评标人到齐后公开进行

D. 开标由招标人主持，由招标人或者其推选的代表检查投标文件的密封情况，也可以由招标人委托的公证机构进行检查并公证

E. 开标过程应当作好记录，由招标人存档备查

【答案】　ABCE

【解析】　开标由招标人主持，由投标人或者其推选的代表检查投标文件的密封情况，也可以由招标人委托的公证机构进行检查并公证。经确认无误后，由工作人员当众拆封，宣读投标人名称、投标价格和投标文件的主要内容。其中，招标人在招标文件要求提交投标文件的截止时间前收到的所有投标文件，包括投标人对投标书的补充、修改文件，开标时都必须当众拆封。

三、问答题

1. 前期物业管理招标文件应包括哪些内容？

【答题要点】

（1）招标人及招标项目简介；

（2）物业管理服务内容及要求；

（3）对投标人及投标书的要求；

（4）评标标准和评标方法；

（5）招标活动方案；物业服务合同的签订说明；

（6）其他事项的说明及法律法规规定的其他内容。

2.《前期物业管理招投标管理暂行办法》规定的有哪些禁止行为？

【答题要点】

（1）投标人不得以他人名义投标或者以其他方式弄虚作假，骗取中标。

（2）投标人不得相互串通投标，不得排挤其他投标人的公平竞争，不得损害投标人或者其他投标人的合法权益。

（3）投标人不得与招标人串通投标，损害国家利益、社会公共利益或者他人的合法权益。

（4）禁止投标人以向投标人或者评标委员会成员行贿等不正当手段谋取中标。

第四节 物业承接查验制度

本节要点

物业承接查验的内容；物业承接查验移交的资料内容；物业现场移交包括的内容；物业的保修责任。

复习题解

一、单项选择题

1. 物业承接查验的内容是（ ）。

A. 物业竣工验收

B. 物业的施工资料移交

C. 物业现场验收

D. 物业管理资料移交和物业现场验收

【答案】 D

【解析】 物业承接查验活动由物业建设单位或业主委员会组织实施。建设单位选聘物业管理企业的，应当在首位业主入住之前与物业管理企业办理物业承接验收手续，并将承接查验记录作为物业管理档案。业主委员会选聘物业管理企业的，应当在原物业服务合同终止后，组织新老物业管理企业共同进行物业承接查验活动，由原物业管理企业向业主委员会办理物业移交手续，再由业主委员会与新物业管理企业办理物业承接手续。物业承接查验包括物业管理资料移交和物业现场验收两部分。

2.《物业管理条例》规定应当按照国家规定的保修期和保修范围，承担物业的保修责任的首要单位是（ ）。

A. 施工单位　　　B. 业主大会　　　C. 物业管理单位　　　D. 建设单位

【答案】 D

二、多项选择题

1. 物业现场验收包括（ ）。

A. 物业竣工验收

B. 物业单项工程验收

C. 物业共用部位共用设施设备验收

D. 物业管理区域环境验收

E. 综合验收

【答案】 CD

2. 建设单位在向用户交付销售的新建商品住宅时，必须提供的两书是（   ）。

A. 项目建议书   B. 建设用地规划许可证书

C. 建设工程规划许可证书   D. 住宅质量保证书

E. 住宅使用说明书

【答案】 DE

三、问答题

1. 办理物业承收验收时，你作为验收人员，需要接收建设单位提供的哪些资料？

【答题要点】

（1）竣工验收资料。包括竣工总平面图，单体建筑、结构、设备竣工图，配套设施、地下管网工程竣工图等资料。

（2）技术资料。包括设备设施的安装、使用和维护保养等资料。

（3）物业质量保修文件和物业使用说明文件。

（4）物业管理所必需的其他资料。如物业的规划、建设的有关资料；有关房屋产权权属的资料；工程验收的各种签证、记录、证明等。

2. 物业共用部位共用设施设备验收和物业管理区域环境验收分别包括哪些内容？

【答题要点】

物业共用部位共用设施设备验收主要涉及以下内容：

（1）对给水和暖气管线做打压实验，检查各类阀闸是否灵活，各类配件、支架是否齐全完好，检查排水系统是否通畅；

（2）检查相关的仪表、仪器是否齐全、完好，所有设备设施是否符合国家规定的安全标准；

（3）消防、采暖、电梯等须有政府认可的专业验收合格证书；

（4）空调、发电机、电梯机房、高压泵房等高噪声设备设施是否有环保验收合格证；

（5）检查沟、井等附属设施是否符合规定要求。

物业管理区域环境验收主要涉及以下内容：

（1）检查道路、围墙是否完整，物业管理区域的甬路是否与大市政主干道正确接通；

（2）临时设施及临时用房是否拆除清理干净，场地是否平整；

（3）物业区域是否建立垃圾存放处或垃圾中转站；

（4）停车场是否符合交通管理部门要求，有否交通标志和减速设施；

（5）绿化是否符合设计要求，草坪、花卉、乔灌木长势是否良好，有否病虫害。

第五节 物业管理企业资质管理制度

本节要点

物业管理企业的性质；物业管理企业具备的条件；物业管理企业的资质等级条件；新设立物业管理企业的资质申请、资质等级核定；不得批准资质的违规行为；物业管理子夜资质等级的变更、注销和撤销的有关规定；物业管理企业资质年检的有关规定；物业管理企业违规行为的行政处罚。

复习题解

一、单项选择题

1. 物业管理企业资质等级分为（　　）。

A. 一、二、三级　　　　　　　　　　B. 甲、乙、丙级

C. 初、中、高级　　　　　　　　　　D. 市、省、国家级

【答案】 B

2. 具有一级物业管理企业资质的机构最低注册资本人民币为（　　）万元。

A. 100　　　　　B. 150　　　　　C. 200　　　　　D. 500

【答案】 D

3. 某物业管理企业管理有多层住宅 250 万 m²，则该企业在管理面积方面符合的物业管理企业资质等级为（　　）。

A. 一级　　　　　B. 二级　　　　　C. 三级　　　　　D. 四级

【答案】 C

4. 某物业管理企业的注册资本金额为人民币 200 万元，则该企业的专项条件符合的企业管理企业资质等级为（　　）。

A. 一级　　　　　B. 二级　　　　　C. 三级　　　　　D. 四级

【答案】 C

5. 二级物业管理企业的最低注册资本金额为人民币（　　）万元。

A. 100　　　　　B. 200　　　　　C. 300　　　　　D. 500

【答案】 C

6. 物业管理企业的资质等级分为（　　）个级别。

A. 三　　　　　B. 四　　　　　C. 五　　　　　D. 六

【答案】 A

7. 三级物业管理企业的最低注册资本金额为人民币（　　）万元。

A. 10　　　　　B. 30　　　　　C. 50　　　　　D. 100

【答案】 C

8. 负责颁发一级物业管理企业资质证书的机构是（　　）。

A. 国务院建设主管部门　　　　　　　B. 省、自治区人民政府建设主管部门

C. 直辖市人民政府房地产主管部门　　D. 设区的市级人民政府房地产主管部门

【答案】 A

【解析】 一级物业管理企业资质证书由国务院建设主管部门负责颁发。二级物业管理企业资质证书由省、自治区人民政府建设主管部门负责颁发。直辖市人民政府房地产主管部门负责二级和三级物业管理企业资质证书的颁发和管理，设区的市级人民政府房地产主管部门负责三级物业管理企业资质证书的颁发和管理。

9. 新设立的物业管理企业应当自领取营业执照之日起（　　）日内，向工商注册所在地直辖市、设区的市的人民政府房地产主管部门申请资质。

A. 5   B. 10   C. 15   D. 30

【答案】 D

10. 新设立的物业管理企业应当向（   ）所在地直辖市、设区的市的人民政府房地产主管部门申请资质。

A. 工商注册   B. 所管物业   C. 法人代表身份   D. 银行基本账户

【答案】 A

11. 新设立的物业管理企业，其资质等级按照最低等级核定，并设1年的（   ）。

A. 临时资格   B. 过渡期   C. 预备期   D. 暂定期

【答案】 D

12. 物业管理企业资质审批部门应当自受理企业申请之日起（   ）个工作日内，对符合相应资质等级条件的企业核发资质证书。

A. 15   B. 20   C. 30   D. 45

【答案】 B

13. 一级资质审批前，应当由省、自治区人民政府建设主管部门或者直辖市人民政府房地产主管部门审查，审查期限为（   ）个工作日。

A. 15   B. 20   C. 30   D. 45

【答案】 B

14. 物业管理企业的名称、法定代表人等事项发生变更的，应当在办理变更手续后（   ）日内，到原资质审批部门办理资质证书变更手续。

A. 15   B. 20   C. 30   D. 45

【答案】 C

15. 物业管理企业发生分立、合并的，应当在向工商行政管理部门办理变更手续后（   ）日内，到原资质审批部门申请办理资质证书注销手续，并重新核定资质等级。

A. 15   B. 20   C. 30   D. 45

【答案】 C

16. 物业管理企业破产、歇业或者因其他原因终止业务活动的，应当在办理营业执照注销手续后（   ）日内，到原资质审批部门办理资质证书注销手续。

A. 15   B. 20   C. 30   D. 45

【答案】 A

17. 物业管理企业资质实行年检制度，各资质等级物业管理企业的年检由（   ）相应资质审批部门负责。

A. 企业所在地工商行政主管部门   B. 相应资质的审批部门
C. 物业所在地的相应资质审批部门   D. 原审批部门的下一级部门

【答案】 B

18. 由县级以上地方人民政府房地产主管部门责令限期改正，可处2万元以下的罚款的违规行为是（   ）。

A. 物业管理企业超越资质等级承接物业管理业务的

B. 物业管理企业无正当理由不参加资质年检的

C. 物业管理企业出租、出借、转让资质证书的

D. 物业管理企业不按照规定及时办理资质变更手续的

【答案】　D

【解析】　（1）物业管理企业超越资质等级承接物业管理业务的，由县级以上地方人民政府房地产主管部门予以警告，责令限期改正，并处1万元以上3万元以下的罚款。

（2）物业管理企业无正当理由不参加资质年检的，由资质审批部门责令其限期改正，可处1万元以上3万元以下的罚款。

（3）物业管理企业出租、出借、转让资质证书的，由县级以上地方人民政府房地产主管部门予以警告，责令限期改正，并处1万元以上3万元以下的罚款。

（4）物业管理企业不按照本办法规定及时办理资质变更手续的，由县级以上地方人民政府房地产主管部门责令限期改正，可处2万元以下的罚款。

二、多项选择题

1. 某物业管理企业为一级资质，则其应该达到的各专项要求为（　　）。

A. 注册资本最低为人民币500万元

B. 如果已知其管理多层住宅100万 m^2，其还管理有高层住宅，高层住宅最低的管理规模为100万 m^2

C. 物业管理专业人员以及工程、管理、经济等相关专业类的专职管理和技术人员不少于30人

D. 具有中级以上职称的人员不少于20人，工程、财务等业务负责人具有相应专业中级以上职称

E. 建立并严格执行服务质量、服务收费等企业管理制度和标准，建立企业信用档案系统，有优良的经营管理业绩

【答案】　ACDE

【解析】　根据一级物业管理企业资质"管理两种类型以上物业，并且管理各类物业的房屋建筑面积分别占下列相应计算基数的百分比之和不低于100％：多层住宅200万 m^2；高层住宅100万 m^2；独立式住宅（别墅）15万 m^2；办公楼、工业厂房及其他物业50万 m^2"的要求，如果已知其管理多层住宅100万 m^2，其还管理有高层住宅，高层住宅最低的管理规模为50万 m^2。

2. 某物业管理企业为二级资质，则可以确定的是（　　）。

A. 最低的注册资本人民币300万元

B. 物业管理专业人员以及工程、管理、经济等相关专业类的专职管理和技术人员不少于30人

C. 具有中级以上职称的人员不少于10人，工程、财务等业务负责人具有相应专业中级以上职称

D. 物业管理专业人员按照国家有关规定取得职业资格证书

E. 如果已知其管理多层住宅100万 m^2，其还管理有高层住宅，高层住宅最低的管理规模为25万 m^2

【答案】　ACDE

【解析】　二级物业管理企业资质关于业绩的要求是：管理两种类型以上物业，并且管理各类物业的房屋建筑面积分别占下列相应计算基数的百分比之和不低于100％；多层住宅

100 万 m²；高层住宅 50 万 m²；独立式住宅（别墅）8 万 m²；办公楼、工业厂房及其他物业 20 万 m²。

三级资质的条件是：①注册资本人民币 50 万元以上；②物业管理专业人员以及工程、管理、经济等相关专业类的专职管理和技术人员不少于 10 人。其中，具有中级以上职称的人员不少于 5 人，工程、财务等业务负责人具有相应专业中级以上职称；③物业管理专业人员按照国家有关规定取得职业资格证书；④有委托的物业管理项目；⑤建立并严格执行服务质量、服务收费等企业管理制度和标准，建立企业信用档案系统。

3. 资质审批部门或者其上级主管部门，根据利害关系人的请求或者根据职权可以撤销资质证书的情形有（　　）。

A. 审批部门工作人员滥用职权、玩忽职守作出物业管理企业资质审批决定的

B. 超越法定职权作出物业管理企业资质审批决定的

C. 违反法定程序作出物业管理企业资质审批决定的

D. 对具备申请资格或者符合法定条件的物业管理企业颁发资质证书的

E. 依法可以撤销审批的其他情形

【答案】　ABCE

【解析】　对不具备申请资格或者不符合法定条件的物业管理企业颁发资质证书的，资质审批部门或者其上级主管部门，根据利害关系人的请求或者根据职权可以撤销资质证书。

4. 物业管理企业年检的结论包括（　　）。

A. 优秀　　　　　　　　　　　　　　B. 良好

C. 中等　　　　　　　　　　　　　　D. 合格

E. 不合格

【答案】　DE

三、问答题

1. 如果你是物业公司的经办人员，负责办理物业管理企业的资质申请，那么你需要准备的资料有哪些？

【答题要点】

（1）企业资质等级申报表；

（2）营业执照；

（3）企业资质证书正、副本；

（4）物业管理专业人员的职业资格证书和劳动合同，管理和技术人员的职称证书和劳动合同，工程、财务负责人的职称证书和劳动合同；

（5）物业服务合同复印件；

（6）物业管理业绩材料。

2. 一个物业管理企业申请企业资质，存在哪些违规行为物业管理企业资质审批部门不得批准资质？

【答题要点】

（1）聘用未取得物业管理职业资格证书的人员从事物业管理活动的；

（2）将一个物业管理区域内的全部物业管理业务一并委托给他人的；

（3）挪用专项维修资金的；

（4）擅自改变物业管理用房用途的；

（5）擅自改变物业管理区域内按照规划建设的公共建筑和共用设施用途的；

（6）擅自占用、挖掘物业管理区域内道路、场地，损害业主共同利益的；

（7）擅自利用物业共用部位、共用设施设备进行经营的；

（8）物业服务合同终止时，不按规定移交物业管理用房和有关资料的；

（9）与物业管理招标人或者其他物业管理投标人相互串通，以不正当手段谋取中标的；

（10）不履行物业服务合同，业主投诉较多，经查证属实的；

（11）超越资质等级承接物业管理业务的；

（12）出租、出借、转让资质证书的；

（13）发生重大责任事故的。

第六节　物业管理从业人员职业资格制度

本节要点

物业管理的职业道德的含义；物业管理职业道德的内容及其要求或注意的问题；物业管理从业人员职业素养的主要内容；物业管理里从业人员的职业资格包含的种类；执业资格考试的有关规定；职业资格证书的种类、执业资格注册的有关规定；物业管理师制度的相关规定。

复习题解

一、单项选择题

1. 政府规定专业技术人员从事某种专业技术性工作的学识、技术和能力的起点标准的职业资格为（　　）。

A. 专业资格　　　　B. 从业资格　　　　C. 执业资格　　　　D. 专业技术职称

【答案】　B

2. 政府对某些责任较大，社会通用性强，关系公共利益的专业技术工作实行的准入控制，是专业技术人员依法独立开业或独立从事某种专业技术工作学识、技术和能力的必备标准为（　　）。

A. 专业资格　　　　B. 从业资格　　　　C. 执业资格　　　　D. 专业技术职称

【答案】　C

3. 执业资格必须通过考试方法取得，考试的报名条件根据不同专业由国家业务主管部门会同（　　）共同确定并组织考试工作。

A. 国家教育部　　　　　　　　　　B. 国家劳动部

C. 国家工商行政管理总局　　　　　D. 国家人事部

【答案】　D

4. 负责组织执业资格考试大纲的拟定、培训教材的编写和命题工作，并组织考前培训和对取得执业资格人员进行注册管理的部门是（　　）。

A. 有关业务主管部门　　　　　　　B. 国家劳动部

　　C. 国家工商行政管理总局　　　　　　D. 国家人事部

【答案】　A

　　5. 负责审定执业资格考试科目、考试大纲、审定命题和确定合格标准，同时会同有关部门组织实施执业资格考试的有关工作部门是（　　　）。

　　A. 国家教育部　　　　　　　　　　　B. 国家劳动部

　　C. 国家工商行政管理总局　　　　　　D. 国家人事部

【答案】　D

　　6. 负责统一印制《从业资格证书》和《执业资格证书》的部门是（　　　）。

　　A. 有关业务主管部门　　　　　　　　B. 国家劳动部

　　C. 国家工商行政管理总局　　　　　　D. 国家人事部

【答案】　D

　　7. 职业资格证书是证书持有人专业水平能力的证明，其有效范围是（　　　）。

　　A. 全国范围　　　　　　　　　　　　B. 省、直辖市、自治区范围内

　　C. 行业领域内　　　　　　　　　　　D. 国际范围

【答案】　A

　　8. 物业管理师资格实行全国统一大纲、统一命题的考试制度，原则上（　　　）。

　　A. 每年举行一次　　　　　　　　　　B. 每年举行两次

　　C. 每两年举行一次　　　　　　　　　D. 每三年举行一次

【答案】　A

　　9. 评聘工程类或经济类高级专业技术职务，且从事物业管理工作满10年的符合报名条件的物业管理师资格考试人员，参加考试的科目包括（　　　）。

　　A. 物业管理基本制度与政策、物业管理实务

　　B. 物业管理基本制度与政策、物业经营管理

　　C. 物业管理综合能力、物业经营管理

　　D. 物业管理实务、物业管理综合能力

【答案】　D

　　10. 评聘工程类或经济类高级专业技术职务，且从事物业管理工作满10年的符合报名条件的物业管理师资格考试人员，免试的科目包括（　　　）。

　　A. 物业管理基本制度与政策、物业管理实务

　　B. 物业管理基本制度与政策、物业经营管理

　　C. 物业管理综合能力、物业经营管理

　　D. 物业管理实务、物业管理综合能力

【答案】　B

　　11. 物业管理师资格考试的取得经济学、管理科学与工程或土建类大学本科学历人员，要求工作满（　　　）年。

　　A. 3　　　　　　　　B. 4　　　　　　　　C. 5　　　　　　　　D. 6

【答案】　B

　　12. 物业管理师资格考试的取得经济学、管理科学与工程或土建类大学本科学历人员，要求从事物业管理工作满（　　　）年。

A. 3　　　　　　B. 4　　　　　　C. 5　　　　　　D. 6

【答案】 A

【解析】 遵守国家法律、法规，恪守职业道德的中华人民共和国公民，凡具备以下条件之一的，均可申请参加物业管理师资格考试：

（1）取得经济学、管理科学与工程或土建类中专学历，工作满 10 年，其中从事物业管理工作满 8 年。

（2）取得经济学、管理科学与工程或土建类大专学历，工作满 6 年，其中从事物业管理工作满 4 年。

（3）取得经济学、管理科学与工程或土建类大学本科学历，工作满 4 年，其中从事物业管理工作满 3 年。

（4）取得经济学、管理科学与工程或土建类双学士学位或研究生班毕业，工作满 3 年，其中从事物业管理工作满 2 年。

（5）取得经济学、管理科学与工程或土建类硕士学位，从事物业管理工作满 2 年。

（6）取得经济学、管理科学与工程或土建类博士学位，从事物业管理工作满 1 年。

（7）取得其他专业相应学历、学位的，工作年限及从事物业管理工作年限均增加 2 年。

13. 物业管理师注册审查机构在收到申请人的注册申请材料后，对申请材料不齐全或者不符合法定形式的，应当当场或者在（　　）个工作日内，一次告知申请人需要补正的全部内容。

A. 3　　　　　　B. 5　　　　　　C. 7　　　　　　D. 15

【答案】 B

14. 注册审查机构批准注册的，在决定批准之日起 10 个工作日内，将批准决定送达注册申请人，并核发（　　）。

A. 物业管理师注册证　　　　　　　　B. 物业管理师职业资格证

C. 物业管理师执业资格证　　　　　　D. 物业管理师证

【答案】 A

15. 物业管理师资格注册审批机构为（　　）。

A. 建设部　　　　　　　　　　　　　B. 人事部

C. 省、自治区、直辖市房地产行政管理部门　D. 县级以上房地产行政管理部门

【答案】 A

16. 取得《物业管理师执业资格证书》人员初始申请注册者，自取得《证书》之日起（　　）年内提出初始注册申请。

A. 1　　　　　　B. 2　　　　　　C. 3　　　　　　D. 4

【答案】 A

17. 物业管理师资格注册有效期为（　　）年。

A. 1　　　　　　B. 2　　　　　　C. 3　　　　　　D. 4

【答案】 C

18. 物业管理师注册有效期届满需要继续执业的，应当在有效期届满前（　　）个工作日内，向注册审查机构申请延续注册。

A. 15　　　　　　B. 20　　　　　　C. 30　　　　　　D. 45

【答案】　C

19. 注册申请人以不正当手段取得注册的，注册审批机构应当撤销其注册，并依法给予行政处罚，当事人在（　　）年内不得再次申请注册。

A. 1　　　　　　　　B. 2　　　　　　　　C. 3　　　　　　　　D. 4

【答案】　C

二、多项选择题

1. 从行业规范要求角度，物业管理职业道德主要内容有（　　）。

A. 守法经营、诚信经营　　　　　　B. 尽职尽责胜任本职工作

C. 努力学习、掌握专业技能　　　　D. 团结互助、公平竞争

E. 降低成本，最大限度赚取利润

【答案】　ABCD

2. 物业管理服务从业人员应当掌握的专业知识和技能中，除了房屋及设备设施管理专业知识和技能外，还主要有（　　）。

A. 企业经营管理专业知识和技能

B. 房地产开发和经营知识

C. 社会关系学专业知识和协调能力

D. 心理学专业知识和人际沟通能力

E. 建筑施工、设计、规划知识和具体的操作能力

【答案】　ABCD

3. 专业技术人员职业资格包括的类别有（　　）。

A. 从业资格　　　　　　　　　　　B. 技术职称

C. 专业技术职称　　　　　　　　　D. 专业资格

E. 执业资格

【答案】　AE

4. 以下属于物业管理经营管理人员的有（　　）。

A. 县级以上房地产行政主管部门的主管物业市场的人员

B. 物业管理处主任

C. 物业经理

D. 小区经理

E. 技术工种人员

【答案】　BCD

5. 有关物业管理师的有关文件有（　　）。

A. 物业管理条例　　　　　　　　　B. 物业管理条例实施细则

C. 物业管理师制度暂行规定　　　　D. 物业管理师资格考试实施办法

E. 物业管理师资格认定考试办法

【答案】　CDE

6. 按职责分工共同负责实施、指导、监督和检查的部门有（　　）。

A. 国家建设部　　　　　　　　　　B. 国家劳动部

C. 国家工商行政管理总局　　　　　D. 国家人事部

E. 国家教育部

【答案】 AD

7. 取得《资格证书》人员初始申请注册者需要提交的必备材料主要有（　　）。

A. 中华人民共和国物业管理师初始注册申请表

B. 资格证书

C. 与聘用单位签订的劳动合同

D. 通过继续教育的证明材料

E. 工作调动证明

【答案】 ABC

【解析】 取得《资格证书》人员超过 1 年逾期提出初始注册申请的，在申请初始注册时，还应当提交通过继续教育的证明材料。

8. 注册申请人有以下情形之一的，注册审批机构不予注册的有（　　）。

A. 不具有完全民事行为能力的法律的

B. 刑事处罚尚未执行完毕的

C. 在物业管理活动中受到刑事处罚，自刑事处罚执行完毕之日起至申请注册之日止不满 2 年的

D. 工作调动证明或者与原聘用单位解除劳动合同的

E. 法规规定不予注册的其他情形

【答案】 ABCE

三、问答题

1. 从重视合同，诚信经营角度，物业管理企业应把握哪几个环节？

【答题要点】

诚信订立合同；认真履行合同。

2. 本人或者聘用单位可以向当地注册审查机构提出申请，经注册审批机构核准后，办理注销手续并收回《注册证》的情形有哪些？

【答题要点】

（1）不具有完全民事行为能力的；

（2）申请注销注册的；

（3）与聘用单位解除劳动关系的；

（4）注册有效期满且未延续注册的；

（5）被依法撤销注册的；

（6）造成物业管理项目重大责任事故或者受到刑事处罚的；

（7）聘用单位被吊销营业执照的；

（8）聘用单位被吊销物业管理资质证书的；

（9）聘用单位破产的；

（10）应当注销注册的其他情形。

3. 物业管理师的执业范围是什么？

【答题要点】

物业管理师的执业范围是：

（1）制定并组织实施物业管理方案；

（2）审定并监督执行物业管理财务预算；

（3）查验物业共用部位、共用设施设备和有关资料；

（4）负责房屋及配套设施设备和相关场地的维修、养护与管理；

（5）维护物业管理区域内环境卫生和秩序；

（6）法律、法规规定和物业服务合同约定的其他事项。

第七节　住宅专项维修资金制度

本节要点

住宅专项维修资金的定义、交存方式；住宅专项维修资金的一般性规定；住宅专项维修资金的列支；住宅专项维修资金的计划管理；住宅维修资金代收代管的义务；财政部门对住宅专项维修资金的监管职责；住宅维修资金相关主体的法律责任。

复习题解

一、单项选择题

1. 专项用于住房共用部位、共用设施设备保修期满后的维修和更新、改造的资金称为（　　）。

A. 住宅专项维修资金　　　　　　　　　B. 住宅专用维修基金

C. 住宅专项维修基金　　　　　　　　　D. 住宅专用维修资金

【答案】　A

2. 商品住宅（含经济适用住房、集资合作建设的住房以及单位利用自用土地建设的职工住房）的专项维修资金由业主交存，属于（　　）所有。

A. 建设单位　　　　B. 全体业主　　　　C. 地方政府　　　　D. 物业管理单位

【答案】　B

3. 业主应当在办理住宅权属登记手续前，将首次住宅专项维修资金交至（　　）。

A. 前期物业管理单位　　　　　　　　　B. 建设单位

C. 代收代管单位　　　　　　　　　　　D. 业主大会

【答案】　C

4. 业主首次交存住宅专项维修资金的标准为当地住宅建筑安装工程造价的（　　）。

A. 2%～5%　　　　B. 3%～6%　　　　C. 4%～7%　　　　D. 5%～8%

【答案】　D

5. 业户首次交存的住宅专项维修资金，由（　　）代收代管。

A. 直辖市、市、县人民政府建设主管部门或其委托的单位

B. 直辖市、市、县人民政府规划主管部门或其委托的单位

C. 直辖市、市、县人民政府财政主管部门或其委托的单位

D. 直辖市、市、县人民政府建设（房地局）主管部门或其委托的单位

【答案】　D

6. 业主大会决定变更代收代管单位的，原代收代管单位应当在业主大会作出决定之日起（　　）日内，将住宅专项维修资金账面余额全部返还业主大会，并将有关账目等一并移交。

A. 15　　　　　　B. 20　　　　　　C. 30　　　　　　D. 45

【答案】 C

7. 公有住房售房单位从售房款中提取的住宅专项维修资金属于（　　）所有。

A. 业主　　　　　B. 地方财政　　　C. 物业管理单位　　D. 售房单位

【答案】 D

8. 出售公有住宅的维修资金，业主首次交存住宅专项维修资金的标准为当地房改成本价的（　　）。

A. 1%　　　　　　B. 2%　　　　　　C. 3%　　　　　　D. 4%

【答案】 B

9. 出售公有住宅的维修资金，售房单位交存的住宅专项维修资金，多层住宅按照售房款的（　　）从售房款中一次性提取。

A. 5%　　　　　　B. 10%　　　　　C. 15%　　　　　D. 20%

【答案】 D

【解析】 出售公有住宅的维修资金，由业主和售房单位共同交存。其中，业主交存的部分属于业主所有，公有住房售房单位从售房款中提取的住宅专项维修资金属于售房单位所有；

业主首次交存住宅专项维修资金的标准为当地房改成本价的 2%；售房单位交存的住宅专项维修资金，按照多层住宅售房款的 20%，高层住宅售房款的 30%，从售房款中一次性提取；

公有住房售房单位应当在收到售房款之日起 30 日内，将应提取的住宅专项维修资金交予代收代管单位；

公有住房售房单位交存的住宅专项维修资金，按照售房单位的财务隶属关系，由级财政部门或其委托的单位代收代管；

公有住房售房单位交存的住宅专项维修资金，应当存储于当地的一家商业银行，按售房单位设账，按幢核算。

10. 出售公有住宅的维修资金，售房单位交存的住宅专项维修资金，高层住宅按照售房款的（　　）从售房款中一次性提取。

A. 10%　　　　　B. 20%　　　　　C. 25%　　　　　D. 30%

【答案】 D

11. 公有住房售房单位应当在收到售房款之日起（　　）日内，将应提取的住宅专项维修资金交予代收代管单位。

A. 15　　　　　　B. 20　　　　　　C. 30　　　　　　D. 45

【答案】 C

12. 全体业主共同所有的共用部位、共用设施设备维修、更新和改造的资金使用计划，经业主大会通过后实施；未成立业主大会的，经全体业主（　　）以上通过后实施。

A. 1/4　　　　　　B. 1/3　　　　　C. 1/2　　　　　D. 2/3

【答案】　D

13. 部分业主共同所有的共用部位、共用设施设备维修、更新和改造的资金使用计划，经对该共用部位、共用设施设备具有共有关系的业主（　　）以上通过后实施。

A. 1/4　　　　　　　B. 1/3　　　　　　　C. 1/2　　　　　　　D. 2/3

【答案】

14. 公有住房售房单位未按规定交存住宅专项维修资金的，由县级以上地方人民政府财政部门会同同级建设（房地产）主管部门责令限期改正，给予警告，可以并处（　　）万元以下的罚款。

A. 1　　　　　　　　B. 3　　　　　　　　C. 5　　　　　　　　D. 10

【答案】　B

【解析】　开发建设单位或者公有住房单位拒不承担尚未售出商品住房或者公有住房的维修、更新和改造费用，由县级以上地方人民政府财政部门会同同级建设（房地产）主管部门责令限期改正，给予警告，可以并处 3 万元以下的罚款。

住宅专项维修资金代收代管单位未按规定定期向业主公布住宅专项维修资金的交存、使用和增值收益等情况的，由建设（房地产）主管部门、财政部门责令改正，给予警告，并可处以 3 万元以下罚款。

代收代管单位挪用住宅专项维修资金的，由县级以上地方人民政府建设（房地产）主管部门追回挪用的住宅专项维修资金，没收违法所得，可以并处挪用金额 2 倍以下的罚款；构成犯罪的，依法追究直接负责的主管人员和其他直接责任人员的刑事责任。

二、多项选择题

1. 应当按照国家有关规定交纳专项维修资金的有（　　）。

A. 住宅物业的业主

B. 住宅小区内的非住宅物业的业主

C. 与单幢住宅楼结构相连的非住宅物业的业主

D. 非住宅物业的业主

E. 商业物业的业主

【答案】　ABC

2. 住宅共用部位、共用设施设备主要包括（　　）。

A. 住宅区内全体业主共同所有的部位和设施设备

B. 单幢住宅内全体或者部分业主共同所有的部位和设施设备

C. 单幢住宅及与之相连的非住宅物业的全体业主共同所有的部位和设施设备

D. 住宅区的市政管网和设施设备

E. 住宅业主专用部位的设施设备

【答案】　ABC

【解析】　住宅专项维修资金，是指专项用于住房共用部位、共用设施设备保修期满后的维修和更新、改造的资金。住宅共用部位、共用设施设备主要包括：

① 住宅区内全体业主共同所有的部位和设施设备；

② 单幢住宅内全体或者部分业主共同所有的部位和设施设备；

③ 单幢住宅及与之相连的非住宅物业的全体业主共同所有的部位和设施设备。

确定住户共用部位共用设施设备具体范围的主要依据，是相关法律行政法规和住房买卖合同。

3. 代收代管单位不得将住宅专项维修资金用于（　　　）。

A. 购买一级市场国债　　　　　　　　B. 国债回购

C. 委托理财业务　　　　　　　　　　D. 购买的国债用于质押担保

E. 购买的国债用于抵押担保

【答案】　BCDE

4. 应当转入住宅专项维修资金滚存使用的资金包括（　　　）。

A. 利用住宅专项维修资金购买国债的增值收益

B. 利用住房共用部位、共用设施设备进行经营所得的纯收益

C. 住房共用设施设备报废后回收的残值

D. 物业管理企业的经营利润收入

E. 住宅专项维修资金存储的利息收入

【答案】　ABCE

【解析】　住宅专项维修资金的使用，应当遵循方便快捷、公开透明、受益人和负担人相一致的原则，任何单位和个人不得挪作他用；

开发建设单位或者公有住房售房单位应当按照尚未售出商品住房或者公有住房的建筑面积，分摊住房共用部位、共用设施设备的维修、更新和改造费用；

代收代管单位在保证住宅专项维修资金正常使用的前提下，可以按照国家有关规定和业主大会的决定，将住宅专项维修资金用于购买一级市场国债；但不得从事国债回购、委托理财业务或者将购买的国债用于质押、抵押等担保作为；

住宅专项维修资金存储的利息收入，利用住宅专项维修资金购买国债的增值收益，利用住房共用部位、共用设施设备进行经营所得的纯收益，以及住房共用设施设备报废后回收的残值，应当转入住宅专项维修资金滚存使用。

5. 以下费用不得从住宅专项维修资金中列支的有（　　　）。

A. 商品住房共用部位、共用设施设备的维修、更新和改造使用；售房公有住房共用部位、共用设施设备的维修、更新和改造费用

B. 依法应由建设单位承担的住房共用部位、共用设施设备维修、更新和改造费用

C. 依法应由相关单位承担的供水、供电、供气、供热、通信、有线电视等管线和设施设备的维修、养护费用

D. 人为损坏住房共用部位、共用设施设备所需的修复费用

E. 根据物业服务合同约定，应当由物业管理企业从物业服务费用或者物业服务资金中支出的住房共用部位、共用设施设备的维修养护费用

【答案】　BCDE

【解析】　商品住房共用部位、共用设施设备的维修、更新和改造使用，按以下两种方式从住宅专项维修资金中列支：①用于全体业主共同所有的共用部位、共用设施设备，由相关业主按照各自拥有物业建筑面积的比例分摊；②用于部分业主共同所有的共用部位、共用设施设备的，由相关业主按照各自拥有物业建筑面积的比例分摊。

售房公有住房共用部位、共用设施设备的维修、更新和改造费用，由相关业主和公有住

房售房单位按照所交存住宅专项维修资金的比例分摊，其中，应由相关业主承担的，按照商品住户列支方式分摊。

以下费用不得从住宅专项维修资金中列支：

（1）依法应由建设单位承担的住房共用部位、共用设施设备维修、更新和改造费用；

（2）依法应由相关单位承担的供水、供电、供气、供热、通信、有线电视等管线和设施设备的维修、养护费用；

（3）人为损坏住房共用部位、共用设施设备所需的修复费用；

（4）根据物业服务合同约定，应当由物业管理企业从物业服务费用或者物业服务资金中支出的住房共用部位、共用设施设备的维修养护费用。

6. 负责住宅专项维修资金使用计划提出的单位有（　　　　）。

A. 建设单位　　　　　　　　　　B. 物业管理单位

C. 房屋管理单位　　　　　　　　D. 建设（房地产）主管部门

E. 业主

【答案】　BCD

三、问答题

发生危及房屋安全或者其他严重妨碍业主正常生活的紧急情况，对住宅维修资金的应急处理的内容有哪些？

【答题要点】

发生危及房屋安全或者其他严重妨碍业主正常生活的紧急情况，需要立即对住房共用部位、共用设施设备进行维修和更新、改造的，按照以下规定使用住宅专项维修资金：

（1）实施物业管理的，由物业管理企业预先垫付有关费用，再按照规定程序审核确定后从住宅专项维修资金中列支；

（2）未实施物业管理但有房屋管理单位的，由房屋管理单位预先垫付有关费用，再按照规定程序审核后从住宅专项维修资金中列支；

（3）未实施物业管理也没有房屋管理单位的，由有关业主提出使用申请，经建设（房地产）主管部门审核后先从维修资金中支付，再按照规定程序审核后从住宅专项维修资金中列支。

第四章 房地产相关制度与政策

本部分考试目的是测试应考人员对与物业管理密切联系的房地产相关制度和政策的掌握程度。

掌握：房地产领域的现行法规体系，《住宅质量保证书》、《住宅使用说明书》的要求和主要内容，商品房预售和现售的条件，商品房销售合同的主要内容，房屋租赁合同的主要条款，房地产中介服务的内容，房地产抵押的程序，房地产权属登记的种类。

熟悉：房地产开发项目的规划设计管理，工程竣工验收备案制度，房地产项目转让条件和程序，房屋租赁登记，房地产中介服务管理的内容，房地产抵押登记，房地产权属登记程序，城市异产毗连房屋管理的规定。

了解：施工许可证制度，禁止转让房地产的规定，商品房销售争议的解决规则，房地产中介服务机构的管理、抵押房地产的处分原则，公有住宅售后维修养护管理的规定。

重点内容

1. 房地产领域的现行法规体系
2. 房地产开发项目的规划设计管理
3. 城市规划与房地产开发项目的关系
4. 房地产开发项目管理应遵循的制度
5. 建筑工程质量管理制度
6. 房地产开发的施工许可证制度
7. 工程竣工验收备案制度
8. 房地产项目转让的条件
9. 房地产项目转让的程序
10. 禁止房地产转让的规定
11. 商品房预售的条件
12. 商品房现售的条件
13. 商品房销售合同的主要内容
14. 《住宅质量保证书》的要求和主要内容
15. 《住宅使用说明书》的要求和主要内容
16. 房屋租赁合同的主要条款
17. 禁止房屋租赁的规定
18. 房屋租赁登记备案
19. 设立房地产中介服务机构应具备的条件

20. 房地产中介服务合同的主要内容

21. 房地产中介活动中禁止的行为

22. 房地产抵押程序

23. 不得设定抵押权的房地产

24. 房地产抵押合同

25. 房地产抵押登记

26. 房地产权属登记的种类

27. 房地产权属登记的要求

28. 房地产权属登记管理制度的种类

29. 房地产权属登记的特殊性

30. 房屋权属证书的种类

31. 房屋权属登记程序

32. 异产毗连房屋及其使用规则

33. 危险房屋造成损害事故的法律责任

34. 公有住宅售后的维修养护责任

第一节　房地产与房地产业管理制度简介

本节要点

房地产业的概念；国家对房地产的管理制度分类。

复习题解

一、单项选择题

房地产业属于第（　　）产业。

A. 一　　　　　　　B. 二　　　　　　　C. 三　　　　　　　D. 四

【答案】　C

二、多项选择题

1. 房地产业是国民经济的（　　）。

A. 基础性产业　　　B. 支柱性产业　　　C. 泡沫性产业　　　D. 危机性产业

E. 先导性产业

【答案】　ABE

2. 在国家出台的对房地产的管理制度中，属于行政法规的有（　　）。

A. 城市房屋拆迁管理条例

B. 外商投资开发经营成片土地暂行管理办法

C. 城市危险房屋管理规定

D. 物业管理条例

E. 城市房地产转让管理规定

【答案】　ABE

【解析】　书中没有列出《物业管理条例》，需要给予注意补上。

房地产相关制度与政策体系

法律	《城市房地产管理法》、《土地管理法》和《城市规划法》
行政法规	《城市房地产开发经营管理条例》、《城市房屋拆迁管理条例》、《土地管理法实施条例》、《城市国有土地使用权出让和转让暂行条例》、《外商投资开发经营成片土地暂行管理办法》、《住房公积金管理条例》、《物业管理条例》
部门规章	《房地产开发企业资质管理办法》、《城市房屋拆迁单位管理规定》、《城市商品房预售管理办法》、《城市商品房销售管理办法》、《城市房地产转让管理规定》、《已购公有住房和经济适用住房上市出售管理暂行办法》、《城市房屋租赁管理办法》、《城市廉租住房管理办法》、《城市房地产抵押管理办法》、《城市房地产中介服务管理规定》、《房地产估价师注册管理办法》、《房产测绘管理办法》、《城市房屋权属登记管理办法》、《城市房地产权属档案管理办法》、《城市危险房屋管理规定》、《城市异产毗连房屋管理规定》、《公有住宅售后维修养护管理办法》

3. 在以下法律中，直接关联房地产的有（　　）。

A. 建筑法　　　　　　　　　　　B. 城市房地产管理法

C. 城市规划法　　　　　　　　　D. 土地管理法

E. 行政法

【答案】　BCD

4. 以下属于部门规章的有（　　）。

A. 物业管理条例　　　　　　　　B. 城市危险房屋管理规定

C. 房产测绘管理办法　　　　　　D. 住房公积金管理条例

E. 公有住宅售后维修养护管理办法

【答案】　BCE

第二节　房地产开发经营管理

本节要点

　　设立房地产开发企业的条件；房地产开发企业的资质等级分类及其标准；设立房地产开发企业的程序和市场活动规则；房地产开发的阶段；城市规划的概念；城市总体规划的主要任务；城市详细规划的种类；控制性详细规划的主要内容；修建性详细规划的主要内容；房地产开发项目规划设计的审定；房地产开发项目管理制度、施工管理制度。

复习题解

一、单项选择题

1. 某房地产开发企业成立了 7 年，前 3 年累计完成房屋竣工建筑面积 25 万 m^2，就这一条来说，该企业符合的企业最低资质为（　　）级。

A. 一　　　　　　B. 二　　　　　　C. 三　　　　　　D. 四

【答案】　B

2. 房地产开发企业的资质等级分为（　　）级。

A. 一　　　　　　B. 二　　　　　　C. 三　　　　　　D. 四

【答案】　D

3. 一级房地产开发企业的注册资本不低于（　　）万元。

A. 500　　　　　　　B. 1000　　　　　　　C. 5000　　　　　　　D. 10000

【答案】　C

4. 二级房地产开发企业的注册资本不低于（　　）万元。

A. 500　　　　　　　B. 1000　　　　　　　C. 2000　　　　　　　D. 5000

【答案】　C

房地产开发企业资质

级别	要　　　求
一级	(1)注册资本不低于5000万元 (2)从事房地产开发经营5年以上 (3)近3年房屋建筑面积累计竣工30万 m² 以上，或者累计完成与此相当的房地产开发投资额 (4)连续5年建筑工程质量合格率达100% (5)上一年房屋建筑施工面积15万 m² 以上，或者完成与此相当的房地产开发投资额 (6)有职称的建筑、结构、财务、房地产及有关经济类的专业管理人员不少于40人，其中具有中级以上职称的管理人员不少于20人，持有资格证书的专职会计人员不少于4人 (7)工程技术、财务、统计等业务负责具有相应专业中级以上职称 (8)具有完善的质量保证体系，商品住宅销售中实行了《住宅质量保证书》和《住宅使用说明书》制度 (9)未发生过重大工程质量事故
二级	(1)注册资本不低于2000万元 (2)从事房地产开发经营3年以上 (3)近3年房屋建筑面积累计竣工15万 m² 以上，或者累计完成与此相当的房地产开发投资额 (4)连续3年建筑工程质量合格率达100% (5)上一年房屋建筑施工面积10万 m² 以上，或者完成与此相当的房地产开发投资额 (6)有职称的建筑、结构、财务、房地产及有关经济类的专业管理人员不少于20人，其中具有中级以上职称的管理人员不少于10人，持有资格证书的专职会计人员不少于3人 (7)工程技术、财务、统计等业务负责人具有相应专业中级以上职称 (8)具有完善的质量保证体系，商品住宅销售中实行了《住宅质量保证书》和《住宅使用说明书》制度 (9)未发生过重大工程质量事故
三级	(1)注册资本不低于800万元 (2)从事房地产开发经营2年以上 (3)房屋建筑面积累计竣工5万 m² 以上，或者累计完成与此相当的房地产开发投资额 (4)连续2年建筑工程质量合格率达100% (5)有职称的建筑、结构、财务、房地产及有关经济类的专业管理人员不少于10人，其中具有中级以上职称的管理人员不少于5人，持有资格证书的专职会计人员不少于2人 (6)工程技术、财务等业务负责人具有相应专业中级以上职称，统计等其他业务负责人具有相应专业初级以上职称 (7)具有完善的质量保证体系，商品住宅销售中实行了《住宅质量保证书》和《住宅使用说明书》制度 (8)未发生过重大工程质量事故
四级	(1)注册资本不低于100万元 (2)从事房地产开发经营1年以上 (3)已竣工的建筑工程质量合格率达100% (4)有职称的建筑、结构、财务、房地产及有关经济类的专业管理人员不少于5人，持有资格证书的专职会计人员不少于2人 (5)工程技术负责人具有相应专业中级以上职称，财务负责人具有相应专业初级以上职称，配有专业统计人员 (6)商品住宅销售中实行了《住宅质量保证书》和《住宅使用说明书》制度 (7)未发生过重大工程质量事故

5. 房地产开发企业应当自领取营业执照之日起（　　）日内，到房地产开发主管部门备案。

　　A. 15　　　　　　　　B. 20　　　　　　　　C. 30　　　　　　　　D. 60

【答案】 C

6. 房地产开发主管部门在收到新设立的房地产开发企业备案申请后30日内向符合条件的企业核发（　　）。

　　A. 四级资质证书　　 B. 临时资质证书　　 C. 过渡期资质证书　　 D. 暂定资质证书

【答案】 D

7. 房地产开发主管部门在收到新设立的房地产开发企业备案申请后（　　）日内向符合条件的企业核发暂定资质证书。

　　A. 10　　　　　　　　B. 15　　　　　　　　C. 20　　　　　　　　D. 30

【答案】 D

8. 房地产开发企业《暂定资质证书》有效期为（　　）年。

　　A. 半　　　　　　　　B. 1　　　　　　　　C. 2　　　　　　　　D. 3

【答案】 B

9. 房地产开发企业在《暂定资质证书》有效期满前（　　）内向房地产开发主管部门申请核定资质等级。

　　A. 1个月　　　　　　 B. 45天　　　　　　 C. 2个月　　　　　　 D. 90天

【答案】 A

10. 二级及二级以下的房地产开发企业可以承担的开发建设项目建筑面积在（　　）万 m² 以下。

　　A. 5　　　　　　　　 B. 10　　　　　　　　C. 15　　　　　　　　D. 25

【答案】 D

11. 房地产开发一般可以划分的阶段依次顺序为（　　）。

　　A. 房地产开发前期工作阶段、房地产开发建设阶段、房地产租售经营阶段、投资机会
　　　 选择与决策分析阶段

　　B. 房地产开发前期工作阶段、房地产开发建设阶段、投资机会选择与决策分析阶段、
　　　 房地产租售经营阶段

　　C. 房地产开发前期工作阶段、投资机会选择与决策分析阶段、房地产开发建设阶段、
　　　 房地产租售经营阶段

　　D. 投资机会选择与决策分析阶段、房地产开发前期工作阶段、房地产开发建设阶段、
　　　 房地产租售经营阶段

【答案】 D

12. 规划管理的主要方式是审批、合法"一书两证"，该"一书两证"是（　　）。

　　A. 国有土地使用证、城市房屋拆迁许可证和项目选址意见书

　　B. 开工证、建设工程规划许可证和项目选址意见书

　　C. 国有土地使用证、建设工程规划许可证和项目选址意见书

　　D. 建设工程规划许可证、建设用地规划许可证和选址意见书

【答案】 D

13. 房地产开发企业暂定资质证书的延长期限不得超过（　　）年。

A. 1　　　　　　　　B. 2　　　　　　　　C. 3　　　　　　　　D. 5

【答案】　B

14. 核发建设用地规划许可证的机构是（　　）。

A. 城市房地产行政主管部门　　　　　　B. 土地行政主管部门

C. 城市规划行政主管部门　　　　　　　D. 建设行政主管部门

【答案】　C

15. 核发建设工程规划许可证的机构是（　　）。

A. 城市房地产行政主管部门　　　　　　B. 土地行政主管部门

C. 城市规划行政主管部门　　　　　　　D. 建设行政主管部门

【答案】　C

16. 城市规划区内的建设工程设计任务书报请批准时必须附有城市规划行政主管部门的批准文件是（　　）。

A. 选址意见书　　　　　　　　　　　　B. 建设用地规划许可证

C. 建设工程规划许可证　　　　　　　　D. 开工证

【答案】　A

17. 建设单位向县级以上地方人民政府土地管理部门申请用地之前，必须取得（　　）。

A. 建设用地规划许可证　　　　　　　　B. 建设工程规划许可证

C. 修建性详细规划设计文件　　　　　　D. 建设项目总体规划

【答案】　A

18. 城市规划区内的其他建设工程，建设单位应当再竣工验收后（　　）个月内向城市规划行政主管部门报送竣工资料。

A. 1　　　　　　　　B. 2　　　　　　　　C. 3　　　　　　　　D. 6

【答案】　D

19. 房地产开发项目未按照土地出让合同约定的动工期限开发建设，超过（　　）年未动工开发的，政府可以征收相当于土地使用权出让金20%以下的土地闲置费。

A. 半　　　　　　　　B. 1　　　　　　　　C. 2　　　　　　　　D. 3

【答案】　B

20. 房地产开发项目未按照土地出让合同约定的动工期限开发建设，超过1年未动工开发的，政府可以征收相当于土地使用权出让金（　　）以下的土地闲置费。

A. 20%　　　　　　B. 30%　　　　　　C. 40%　　　　　　D. 50%

【答案】　A

21. 目前房地产开发项目的资本金占项目总投资的比例要求不低于（　　）。

A. 20%　　　　B. 25%　　　　C. 35%　　　　D. 40%

【答案】　C

【解析】　根据国家针对过热行业的固定资产投资政策，从2003年开始将房地产开发项目资本金比例从20%增加到了35%。

22. 转让属于房屋建设工程的房地产开发项目，必须完成开发投资总额的（　　）以上。

A. 20%　　　　　B. 25%　　　　　C. 35%　　　　　D. 40%

【答案】　B

【解析】　这里涉及的几个比例项目，需要注意以数字形式出现。

23. 某住宅开发项目，土地投资 1000 万元，建安投资 2000 万元，基础设施投资 500 万元，该项目若转让，需要投资达到（　　　）万元。

A. 500　　　　　B. 615　　　　　C. 750　　　　　D. 875

【答案】　D

24. 转让房地产开发项目的转让人和受让人应当自（　　　）之日起 30 日内到房地产开发主管部门备案。

A. 转让合同签订　　　　　　　　　　B. 土地使用权变更登记手续办理完毕

C. 转让合同生效　　　　　　　　　　D. 转让合同公证

【答案】　B

【解析】　此要点中还有关于时间的考点和备案部门的考点。

25. 负责申领建筑工程施工许可证的单位是（　　　）。

A. 建设单位　　　　B. 设计单位　　　　C. 施工单位　　　　D. 监理单位

【答案】　A

26. 建设工程工期不足一年的，申领施工许可证时到位资金原则上不得少于工程合同价的（　　　）。

A. 20%　　　　　B. 25%　　　　　C. 35%　　　　　D. 50%

【答案】　D

27. 建设工程工期超过一年的，申领施工许可证时到位资金原则上不得少于工程合同价的（　　　）。

A. 20%　　　　　B. 25%　　　　　C. 30%　　　　　D. 50%

【答案】　C

二、多项选择题

1. 各级资质的房地产开发企业的要求条件都应该具备的是（　　　）。

A. 专业管理人员数量

B. 工程技术人员、财务人员和统计人员的职称要求

C. 商品住宅销售中实行《住宅质量保证书》和《住宅使用说明书》制度要求

D. 未发生过重大工程质量事故的要求

E. 已竣工的建筑工程质量合格率要求

【答案】　CD

2. 房地产开发前期工作阶段的内容，包括（　　　）等方面工作。

A. 取得建设用地　　　　　　　　　　B. 审定项目规划设计

C. 投资机会选择与决策分析　　　　　D. 取得建设项目的立项批复

E. 完成房屋拆迁

【答案】　ABDE

3. 城市规划部门对房地产开发项目的管理，包括（　　　）两个方面。

A. 房屋拆迁管理　　　　　　　　　　B. 项目招标

C. 实施监督检查　　　　　　　　D. 建设项目的立项批复

E. 审定项目规划设计

【答案】 CE

4. 到房地产行政主管部门办理房地产开发企业备案需要提交的必备资料由（　　）。

A. 营业执照复印件和企业章程　　B. 验资证明

C. 建设用地规划许可证　　　　　D. 企业法定代表人的身份证明

E. 专业技术人员的资格证书和劳动合同

【答案】 ABDE

5. 城市总体规划的主要任务是（　　）。

A. 综合研究城市的性质、发展目标和发展规模

B. 确定城市建设用地布局、功能分区和各项建设的总体部署

C. 综合制定城市交通体系和河流、绿地系统

D. 控制各项专业规划和近期建设规划

E. 规定项目与大市政接口、停车泊位、建筑后退距离、建筑间距等

【答案】 ABCD

6. 控制性详细规划的主要内容有（　　）。

A. 控制范围内不同性质用地的界限和建筑类型

B. 规定各地块建筑高度、建筑密度、容积率、绿地率等控制指标

C. 建设条件分析及综合技术论证

D. 确定工程管线走向、管径和工程设施用地界限

E. 提出各地块建筑体量、竖向规划与色彩要求

【答案】 ABDE

【解析】 控制性详细规划的内容还有规定项目与大市政接口、停车泊位、建筑后退距离、建筑间距等；确定各级支路的红线位置、控制点坐标和标高。

7. 以下属于修建性详细规划主要内容的有（　　）。

A. 总平面图布置、建筑、道路、绿化的空间布局和景观设计

B. 道路、绿化、工程管线规划设计

C. 竖向规划设计

D. 工程量估算和投资效益分析

E. 提出各地块建筑体量、竖向规划和色彩要求

【答案】 ABCD

8. 为有效促进城市建设，和谐城市经济与社会发展，房地产开发项目的规划设计必须符合（　　）。

A. 用地数量、位置和强度　　　　B. 建筑用途的功能布局

C. 建筑设计形式、设计标准　　　D. 建筑造价成本低廉

E. 开发商的净利润

【答案】 ABC

9. 申报建设项目选址意见书的主要要求是（　　）。

A. 项目选址的土地权属情况

B. 对拟建工程的说明，包括建筑位置、使用性质、高度、面积等

C. 界址地形图，包括建筑工程用地和相邻单位及建筑

D. 规划部门审定的设计方案

E. 市政府对征用集体土地的批复或国土部门对选址用地范围、数量的意见

【答案】 ABC

【解析】 规划部门审定的设计方案和市政府对征用集体土地的批复或国土部门对选址用地范围、数量的意见术语申报建设用地规划许可证的主要要求。

10. 确定房地产开发项目，应当符合（　　）的要求。

A. 土地利用总体规划　　　　　　B. 年度建设用地计划

C. 城市规划　　　　　　　　　　D. 房地产开发年度计划

E. 居住区详细规划

【答案】 ABCD

11. 以下单位中，依据法律法规和合同约定承担房地产开发项目的质量责任的有（　　）。

A. 建设单位　　　　　　　　　　B. 勘察设计单位

C. 物业管理单位　　　　　　　　D. 施工监理单位

E. 施工单位

【答案】 ABDE

三、综合分析题

某房地产开发企业 2004 年成立，2005 年、2006 年两年的开发房屋竣工面积分别为 6 万 m^2 和 11 万 m^2，合格率 100％，有职称的建筑、结构、财务、房地产及有关经济类的专业管理人员 20 人，其中具有中级以上职称的管理人员 10 人，持有资格证书的专职会计人员 4 人，工程技术、财务、统计等业务负责人具有相应专业中级以上职称，具有完善的质量保证体系，商品住宅销售中实行了《住宅质量保证书》和《住宅使用说明书》制度，未发生过重大工程质量事故；注册资金 1800 万元。请问该房地产开发企业在 2007 年可以申报房地产开发企业几级资质？距离上一级企业资质在哪些方面还存在欠缺，原因是什么？

【答题要点】 三级。

原因：上年房屋施工面积未达到 10 万 m^2；注册资金未达 2000 万元。

第三节 房地产转让管理

本节要点

房地产转让的概念和房地产转让的方式及其他转让房地产的合法方式；土地使用权的处理原则；以出让方式取得土地使用权的房地产转让；以划拨方式取得土地使用权的房地产转让；房地产转让的程序；房地产转让合同的主要条款和内容；禁止房地产转让的有关规定。

复习题解

一、单项选择题

1. 房地产转让的实质是（　　）发生转移。

A. 房地产权属　　　　　　　　　　B. 房地产权益构成

C. 房地产使用状况　　　　　　　　D. 房地产实体状况

【答案】 A

2. 转让以出让方式获得土地使用权的房地产转让，属于房屋建设工程的，必须完成开发投资总额的（　　）以上。

A. 20%　　　　　　B. 25%　　　　　　C. 35%　　　　　　D. 40%

【答案】 B

3. 某转让房地产系 3 年前建成，土地使用权年限为 70 年，整个开发周期为 2 年，则此时转让后的房地产的剩余使用年限为（　　）年。

A. 65　　　　　　B. 67　　　　　　C. 68　　　　　　D. 70

【答案】 A

4. 房地产受让方改变原土地使用年股权出让合同约定的土地使用用途的，必须经过（　　）行政主管部门的同意。

A. 建设　　　　　　B. 城市规划　　　　　　C. 土地　　　　　　D. 房地产

【答案】 B

5. 房地产转让当事人在房地产转让合同签订后（　　）日内持房地产权属证书、当事人的合法证明、转让合同等有关文件向房地产所在地的房地产管理部门提出申请，并申报成交价格。

A. 10　　　　　　B. 30　　　　　　C. 45　　　　　　D. 60

【答案】 B

6. 房地产管理部门对提供的有关文件进行审查，并在（　　）日内作出是否受理申请的书面答复。

A. 7　　　　　　B. 10　　　　　　C. 15　　　　　　D. 20

【答案】 A

二、多项选择题

1. 以下属于房地产有偿转让的情况有（　　）。

A. 房地产买卖、房地产交换发生的房地产转让

B. 以房地产抵债的

C. 一方提供土地使用权，另一方提供资金，合资合作开发经营房地产，房地产权属发生变更的

D. 房地产继承行为或赠与行为发生的房地产转让

E. 因企业被收购、兼并或合并，房地产权属随之转移的

【答案】 ABCE

2. 经人民政府批准可以不办理土地使用权出让手续，但应当将转让房地产所获收益中的土地收益上缴国家的情况有（　　）。

A. 私有住宅转让后仍用于居住的

B. 按照国务院住房制度改革有关规定出售公有住宅的

C. 同一宗土地上部分房屋转让而土地使用权不可分割转让的

D. 转让的房地产暂时难以确定土地使用权出让用途、年限和其他条件的

E. 转让的土地用于开发普通商品住宅的

【答案】 ABCD

三、综合分析题

1. 一份完整的房地产转让合同应当载明的主要条款和内容有哪些？

【答题要点】

《城市房地产转让管理规定》明确了房地产转让合同应当载明的主要条款和内容：①双方当事人的姓名或者名称、住所；②房地产权属证书名称和编号；③房地产座落位置、面积、四至界限；④土地宗地号、土地使用权取得的方式及年限；⑤房地产的用途或使用性质；⑥成交价格及支付方式；⑦房地产交付使用的时间；⑧违约责任；⑨双方约定的其他事项。

2.《城市房地产转让管理规定》明确不得转让房地产的情况有哪些？

【答题要点】

依据有关法律和为维护房地产转让市场秩序，《城市房地产转让管理规定》明确了以下不得转让房地产的情况：

（1）达不到法定条件的房地产不得转让；

（2）司法机关和行政机关依法裁定、决定查封或者以其他形式限制房地产权利的，在权力受到限制期间，不得转让该项房地产；

（3）依法收回土地使用权的；

（4）共有房地产，未经其他共有人书面同意的；

（5）权属有争议的；

（6）未依法登记领取权属证书的；

（7）法律、行政法规规定禁止转让的其他情形。

第四节 商品房销售管理

本节要点

商品房预售的条件；商品房预售管理程序；商品房现售条件；商品房销售必须遵守的原则；商品房买卖合同应当明确的内容；商品房销售的程序和方式；商品房销售的种类和解决规则。

复习题解

一、单项选择题

1. 房地产开发企业预售商品房前，应当向县级以上人民政府（　　）办理预售登记。

A. 土地管理部门　　　　　　　　　　B. 建设管理部门

C. 城市规划管理部门　　　　　　　　D. 房产管理部门

【答案】 D

2. 经对商品房预售申请审查，房地产开发企业的申请符合法定条件的，房地产管理部门应当在受理之日起（　　）日内，依法作出准予预售的行政许可书面决定，发送开发企业。

    A. 7   B. 10   C. 15   D. 20

【答案】 B

    3. 房地产开发企业应当自签约之日起（　　）日内，向房地产管理部门和市、县人民政府土地管理部门办理商品房预售合同登记备案手续。

    A. 10   B. 30   C. 45   D. 60

【答案】 B

    4. 商品房预购人应当在预购商品房交付使用之日起（　　）日内，依法到房地产管理部门和市、县人民政府土地管理部门办理权属登记手续。

    A. 30   B. 60   C. 90   D. 180

【答案】 C

    5. 以下是商品房建筑面积构成的是（　　）。

    A. 套内使用面积＋分摊的共有建筑面积   B. 套内建筑面积＋分摊的共有使用面积

    C. 套内建筑面积＋分摊的共有建筑面积   D. 套内使用面积＋分摊的共有使用面积

【答案】 C

    6. 房地产开发企业应当在商品房交付使用之日起（　　）日内，将需要由其提供的办理房屋权属登记的资料报送房屋所在地房地产行政主管部门。

    A. 30   B. 60   C. 90   D. 180

【答案】 B

    7. 经规划部门批准的规划变更、设计单位同意的设计变更导致商品房的结构型式、户型、空间尺寸、朝向变化，以及出现合同当事人约定的其他影响商品房质量或者使用功能情形的通知要求退房的书面答复必须在收到通知（　　）日内作出。

    A. 10   B. 15   C. 30   D. 45

【答案】 B

    8. 住宅保修期从（　　）竣工验收的住宅交付用户使用之日起计算。

    A. 竣工验收   B. 交付使用   C. 业主入住   D. 业主装修

【答案】 B

    9. 屋面防水的保修期限为（　　）年。

    A. 1   B. 2   C. 3   D. 5

【答案】 C

【解析】《住宅质量保证书》应当包括以下内容：　　　，

    (1) 工程质量监督部门核验的质量等级；

    (2) 地基基础和主体结构在合理使用寿命年限内承担保修；

    (3) 正常使用情况下各部位、部件保修内容与保修期：

    1) 屋面防水 3 年；

    2) 墙面、厨房和卫生间地面、地下室、管道渗漏 1 年；

    3) 墙面、顶棚抹灰层脱落 1 年；

    4) 地面空鼓开裂、大面积起砂 1 年；

    5) 门窗翘裂、五金件损坏 1 年；

6）管道堵塞 2 个月；

7）供热、供冷系统和设备 1 个采暖期或供冷期；

8）卫生洁具 1 年；

9）灯具、电器开关 6 个月；

10）其他部位、部件的保修期限，由房地产开发企业与用户自行约定。

（4）用户报修的单位，答复和处理的时限：

住宅保修期从开发企业将竣工验收的住宅交付用户使用之日起计算，房地产开发企业可以延长上述规定的保修期，但不得不应低于上述规定的保修期限。

二、多项选择题

1. 商品房预售的条件包括（　　）。

A. 持有建设工程规划许可证

B. 按提供预售的商品房计算，投入开发建设的资金达到工程建设总投资的 25％以上，并已经确定施工进度和竣工交付日期

C. 开发企业向市、县人民政府房产管理部门办理预售登记，取得《商品房预售许可证》

D. 商品房已经竣工验收合格

E. 已交付全部土地使用权出让金，取得土地使用权证书

【答案】 ABCE

2. 房地产开发企业申请预售许可，应当提交的证件及资料有（　　）。

A. 工程施工合同及关于施工进度的说明

B. 建设用地规划许可证

C. 投入开发建设的资金占工程建设总投资的比例符合规定条件的证明

D. 土地使用权证、建设工程规划许可证、施工许可证

E. 开发企业的《营业执照》和资质证书

【答案】 ABDE

3. 在商品房预售或现售中，房地产开发企业不得为的行为包括（　　）。

A. 分割拆零销售

B. 选聘物业管理企业

C. 采取售后包租或者变相售后包租的方式销售未竣工商品房

D. 采取返本销售或者变相返本销售的方式销售商品房

E. 在未解除商品房买卖合同前，将作为合同标的物的商品房再行销售给他人

【答案】 ACDE

4. 商品房销售可以采用的计量单位是（　　）。

A. 套　　　　　　　　　　　　　B. 间

C. 单元　　　　　　　　　　　　D. 套内建筑面积

E. 建筑面积

【答案】 ACDE

5. 经规划部门批准的规划变更、设计单位同意的设计变更导致商品房的下列内容发生变化的，房地产开发企业应当在变更确立之日起 10 日内，书面通知买受人的情况有（　　）。

A. 邻里土地用途　　　　　　　　　B. 朝向变化

C. 空间尺寸　　　　　　　　　　　D. 户型

E. 结构型式

【答案】　BCDE

6. 房地产开发企业在向用户交付销售的新建商品住宅时，应在住宅交付用户的同时提供给用户（　　　）。

A. 建设用地规划许可证　　　　　　B. 建设工程规划许可证

C. 住宅质量保证书　　　　　　　　D. 住宅使用说明书

E. 房屋所有权证书

【答案】　CD

7. 房地产开发企业对下列部位、部件的保修期为 1 年的有（　　　）。

A. 卫生洁具、门窗翘裂、五金件损坏　　　B. 地面空鼓开裂、大面积起砂

C. 墙面、顶棚抹灰层脱落　　　　　　　　D. 屋面防水

E. 墙面、厨房和卫生间地面、地下室、管道渗漏

【答案】　ABCE

三、综合分析题

1. 商品房现售应当符合哪些条件？

【答题要点】　商品房现售应当符合以下条件：

（1）现售商品房的房地产开发企业应当具有企业法人营业执照和房地产开发企业资质证书；

（2）取得土地使用权证书或者使用土地的批准文件；

（3）持有建设工程规划许可证和施工许可证；

（4）已通过竣工验收；

（5）拆迁安置已经落实；

（6）供水、供电、供热、燃气、通信等配套基础设施具备交付使用条件，其他配套基础设施和公共设施具备交付使用条件或者已确定施工进度和交付日期；

（7）物业管理方案已经落实。

2. 商品房买卖合同中应该载明的事项有哪些？

【答题要点】　商品房买卖合同应当明确以下主要内容：

（1）当事人名称或者姓名和住所；

（2）商品房基本状况；

（3）商品房的销售方式；

（4）商品房价款的确定方式及总价款、付款方式、付款时间；

（5）交付使用条件及日期；

（6）装饰、设备标准承诺；

（7）供水、供电、供热、燃气、通讯、道路、绿化等配套基础设施和公共设施的交付承诺和有关权益、责任；

（8）公共配套建筑的产权归属；

（9）面积差异的处理方式；

（10）办理产权登记有关事宜；

（11）解决争议的方法；

（12）违约责任；

（13）双方约定的其他事项。

3. 住宅使用说明书应该包括的内容有哪些？

【答题要点】《住宅使用说明书》应当对住宅的结构、性能和各部位（部件）的类型、性能、标准等作出说明，并提出使用注意事项，一般应当包含以下内容：

（1）开发单位、设计单位、施工单位，委托监理的应注明监理单位；

（2）结构类型；

（3）装修、装饰注意事项；

（4）上水、下水、电、燃气、热力、通信、消防等设施配置的说明；

（5）有关设备、设施安装预留位置的说明和安装注意事项；

（6）门、窗类型，使用注意事项；

（7）配电负荷；

（8）承重墙、保温墙、防水层、阳台等部位注意事项的说明；

（9）其他需说明的问题。

第五节　房屋租赁管理

本节要点

房屋租赁的主要原则；防毒租赁合同的主要条款；房屋租赁权利义务的一般规定；关于转租房屋的规定；禁止房屋租赁的规定；可以终止房屋租赁合同的规定；房屋租赁登记的有关规定。

复习题解

一、单项选择题

1. 房屋租赁期限届满，租赁合同约止。承租人需要继续租用的，应当在租赁期限届满前（　　）个月提出，并经出租人同意，重新签订租赁合同。

A. 1　　　　　　　B. 2　　　　　　　C. 3　　　　　　　D. 6

【答案】　C

2. 房屋租赁当事人到直辖市、市、县级人民政府房地产管理部门办理登记备案手续的时间是在租赁合同签订后（　　）日内。

A. 10　　　　　　B. 15　　　　　　C. 30　　　　　　D. 45

【答案】　C

3. 承租人拖欠房租累计（　　）月以上的，出租人可以解除租赁合同。

A. 3　　　　　　　B. 6　　　　　　　C. 9　　　　　　　D. 12

【答案】　B

二、多项选择题

1. 以下关于房屋租赁的说法中，正确的有（   ）。

A. 房屋租赁仅仅是房屋所有人让渡房屋使用权，房屋所有人仍享有对房屋的处分权，但不可以出卖、交换其所有的房屋

B. 出租人如果在租赁期限内死亡，其继承人应当继续履行原租赁合同，以保障承租人的承租权

C. 对于向居民或职工出租的公有房屋，为保障承租人家属的住房权利，住宅用房承租人在租赁期限内死亡的，与其共同居住2年以上的家庭成员可以继续承租该房屋

D. 租用房屋从事生产、经营活动的，由租赁双方协商议定租金和其他租赁条款

E. 在租赁期限内，房屋出租人转让房屋所有权的，房屋受让人应当继续履行原租赁合同的规定

【答案】 BCDE

2. 以下关于转租房屋的有关说法中，正确的有（   ）。

A. 承租人在租赁期限内，可以将承租房屋的部分或全部任意转租给他人

B. 转租合同必须经原出租人书面同意，无需办理转租房屋登记备案手续

C. 转租合同的终止日期不得超过原租赁合同规定的终止日期

D. 出租人可以根据转租合同约定，从转租中获得收益

E. 在房屋转租期间，原租赁合同变更、解除或者终止的，转租合同也随之相应的变更、解除或者终止，但出租人与转租人双方另有约定的除外

【答案】 CDE

【解析】 房屋转租，是指房屋承租人将承租的房屋再出租的行为。承租人在租赁期限内，征得出租人同意，可以将承租房屋的部分或全部转租给他人。房屋转租，应当订立转租合同。转租合同必须经原出租人书面同意，并按照规定办理转租房屋登记备案手续。

3. 以下情况下的房屋不得出租的有（   ）。

A. 未依法取得房屋所有权证的

B. 共有房屋未取得共有人同意的

C. 已抵押，未经抵押权人同意的

D. 司法机关和行政机关依法裁定、决定查封或者以其他形式限制房地产权利的

E. 不符合公安、环保、卫生等主管部门有关规定，但符合安全标准的

【答案】 ABCD

【解析】 根据有关法律规定和为了维护房屋租赁市场秩序，以下情况不得进行房屋租赁：①未依法取得房屋所有权证的；②司法机关和行政机关依法裁定、决定查封或者以其他形式限制房地产权利的；③共有房屋未取得共有人同意的；④权属有争议的；⑤属于违法建筑的；⑥不符合安全标准的；⑦已抵押，未经抵押权人同意的；⑧不符合公安、环保、卫生等主管部门有关规定的；⑨有关法律、法规规定禁止出租的其他情形。

4. 出租人有权终止合同，收回房屋，因此而造成损失的，由承租人赔偿的出租人行为有（   ）。

A. 将承租的房屋擅自转让、转借他人或擅自调换使用的

B. 将承租的房屋擅自拆改结构或改变用途的

C. 公用住宅用房无正当理由闲置 6 个月以上的

D. 拖欠租金累计 3 个月以上的

E. 将承租的房屋擅自转租的

【答案】 ABCE

【解析】 承租人有下列行为之一的，出租人有权终止合同，收回房屋，因此而造成损失的，由承租人赔偿：

（1）将承租的房屋擅自转租的；

（2）将承租的房屋擅自转让、转借他人或擅自调换使用的；

（3）将承租的房屋擅自拆改结构或改变用途的；

（4）拖欠租金累计 6 个月以上的；

（5）公用住宅用房无正当理由闲置 6 个月以上的；

（6）租用承租房屋进行违法活动的；

（7）故意损坏承租房屋的；

（8）法律、法规规定其他可以收回的。

5. 为维护房屋租赁市场秩序，保证国家关于房屋租赁的市场税收，当事人签订、变更、终止租赁合同，均应当向房屋所在地（　　）人民政府房地产管理部门登记备案。

A. 省　　　　　　　　　　　　B. 自治区

C. 直辖市　　　　　　　　　　D. 市

E. 县

【答案】 CDE

6. 办理房屋出租登记时当事人应该持有的文件包括（　　）。

A. 书面租赁合同　　　　　　　B. 房屋所有权证书

C. 土地使用权证书　　　　　　D. 当事人的合法证件

E. 城市人民政府规定的其他文件

【答案】 ABDE

7. 以下关于租赁房屋治安管理的有关说法中，正确的有（　　）。

A. 出租房屋的建筑、消防设备、出入口和通道，必须符合消防安全和治安管理规定，不准出租危险房屋和违章建筑

B. 私有房屋出租人须持房屋所有权证或其他合法证明、居民身份证、户口簿，向房屋所在地派出所申请登记

C. 单位房屋出租人须持房屋所有权证、单位介绍信，到房屋所在地派出所申请登记

D. 经审查对符合房屋出租条件的，由承租人向公安派出所签订治安责任保证书

E. 经审查对符合房屋出租条件的，由出租人向公安派出所签订治安责任保证书

【答案】 ABCE

8. 出租人的主要治安责任有（　　）。

A. 不准将房屋出租给无合法有效证件的人

B. 承租人是外来暂住人员的，应当带领其到公安派出所办理登记并领取暂住证

C. 发现承租人有违法犯罪活动或嫌疑的，应当及时向公安派出所报告

D. 停止房屋租赁的应当及时到公安派出所办理注销登记手续

E. 将承租房屋转租、转借他人的，应当向当地派出所审报备案

【答案】 ABCD

9. 承租人的主要治安责任有（　　　）。

A. 必须持有本人身份证或其他合法证件

B. 租赁房屋用于居住的外来暂住人员，必须按户口管理规定在 3 日内到房屋所在地派出所申报暂时户口登记

C. 将承租房屋转租、转借他人的，应当向当地派出所审报备案

D. 承租房屋不准用于生产、储存、经营易燃易爆或有毒等危险物品

E. 停止房屋租赁的应当及时到公安派出所办理注销登记手续

【答案】 ABCD

三、综合分析题

若由你与房屋租赁方签订租赁合同，那么你所签订的租赁合同应该包括哪些条款？

【答题要点】

房屋租赁，当事人应当签订书面租赁合同，租赁合同应当具备以下条款：

(1) 当事人姓名或者名称及住所；

(2) 房屋的坐落、面积、装修及设施状况；

(3) 租赁用途；

(4) 租赁期限；

(5) 租金及交付方式；

(6) 房屋修缮责任；

(7) 转租的约定；

(8) 变更和解除合同的条件；

(9) 违约责任；

(10) 当事人约定的其他条款。

第六节　房地产中介服务

本节要点

房地产中介服务的概念，包括的种类；房地产咨询业务人员、房地产价格评估人员和房地产经纪人的概念；房地产中介服务机构设立应具备的条件及其义务；房地产中介服务合同的主要内容；房地产中介服务人员的不得行为。

复习题解

一、单项选择题

1. 为委托人提供房地产信息和居间代理业务的经营活动为（　　　）。

A. 房地产咨询　　　B. 房地产价格评估　　C. 房地产经纪　　　　D. 房地产中介

【答案】 C

2. 为进行房地产活动的当事人提供法律、法规、政策、信息、技术等方面服务的经营

活动为（ ）。

A. 房地产咨询　　　　B. 房地产价格评估　　C. 房地产经纪　　　　D. 房地产中介

【答案】 A

3. 房地产估价师执业资格考试办法的制定部门是（ ）。

A. 建设部和人事部　　　　　　　　　B. 建设部和国土资源部

C. 人事部和国家工商行政管理局　　　D. 建设部和国家工商行政管理局

【答案】 A

【解析】 房地产估价员的考试办法，由省、自治区人民政府建设行政主管部门和直辖市房地产管理部门制定。

房地产经纪人的考试办法，由国务院建设行政主管部门和人事主管部门共同制定。

4. 从事房地产咨询业务的，具有房地产及相关专业中等以上学历、初级以上专业技术职称人员须占总人数的（ ）以上。

A. 20%　　　　　　B. 30%　　　　　　C. 40%　　　　　　D. 50%

【答案】 D

5. 设立房地产中介服务机构，应当向当地的（ ）申请设立登记。

A. 房地产行政管理部门　　　　　　　B. 土地行政管理部门

C. 建设行政管理部门　　　　　　　　D. 工商行政管理部门

【答案】 D

【解析】 房地产中介服务机构在领取营业执照后的一个月内，应当到登记机关所在地的县级以上人民政府房地产管理部门备案。

二、多项选择题

1. 房地产价格评估人员包括（ ）。

A. 房地产估价师　　　　　　　　　　B. 房地产估价员

C. 助理房地产估价师　　　　　　　　D. 高级房地产估价师

E. 资深房地产估价师

【答案】 AB

2. 有权制定房地产咨询人员的考试办法的是（ ）。

A. 国家建设行政主管部门　　　　　　B. 省、自治区建设行政主管部门

C. 直辖市房地产管理部门　　　　　　D. 市房地产管理部门

E. 县房地产管理部门

【答案】 BC

3. 房地产中介服务人员在房地产中介活动中不得有的行为有（ ）。

A. 代理所在中介机构与委托人谈判签约

B. 与一方当事人串通损害另一方当事人利益

C. 同时在两个或两个以上中介服务机构执行业务

D. 允许他人以自己的名义从事房地产中介业务

E. 索取、收受委托合同以外的酬金或其他财物，或者利用工作之便，牟取其他不正当的利益

【答案】 BCDE

第七节 房地产抵押管理

本节要点

房地产抵押的一般概念和房地产抵押的特定概念；房地产抵押的主要原则；房地产抵押权的设定规则和不得设定房地产抵押权的情况；房地产抵押合同的有关规定；房地产抵押登记的有关规性；抵押房地产的占有、管理和处分的有关规定。

复习题解

一、单项选择题

1. 抵押房地产投保的，房地产抵押期间保险赔偿的第一受益入是（　　）。

A. 抵押人　　　　　B. 抵押权人　　　　　C. 所有人　　　　　D. 使用人

【答案】 B

2. 除了公司章程另有规定，以有限责任公司、股份有限公司的房地产抵押的，必须经（　　）通过。

A. 监事会　　　　　　　　　　　　B. 经理办公会

C. 工会　　　　　　　　　　　　　D. 董事会或者股东大会

【答案】 D

【解析】 根据有关法律规定，设定房地产抵押权必须符合以下规定：

（1）国有企业、事业单位法人以国家授予其经营管理的房地产抵押的，应当符合国有资产管理的有关规定。

（2）以集体所有制企业的房地产抵押的，必须经集体所有制企业职工（代表）大会通过，并报其上级主管机关备案。

（3）以中外合资企业、合作经营企业和外商独资企业的房地产抵押的，必须经董事会通过，但企业章程另有规定的除外。

（4）以有限责任公司、股份有限公司的房地产抵押的，必须经董事会或者股东大会通过，但企业章程另有规定的除外。

（5）有经营期限的企业以其所有的房地产设定抵押的，所担保债务的履行期限不应当超过该企业的经营期限。

（6）以具有土地使用年限的房地产设定抵押的，所担保债务的履行期限不得超过土地使用权出让合同规定的使用年限减去已经使用年限后的剩余年限。

（7）以共有的房地产抵押的，抵押人应当事先征得其他共有人的书面同意。

（8）预购商品房贷款抵押的，商品房开发项目必须符合房地产转让条件并取得商品房预售许可证。

（9）以已出租的房地产抵押的，抵押人应当将租赁情况告知抵押权人，并将抵押情况告知承租人，原租赁合同继续有效。

3. 抵押当事人应当在房地产抵押合同自签订之日起（　　）日内，到房地产所在地的房地产管理部门办理房地产抵押登记。

A. 10　　　　　　B. 15　　　　　　C. 30　　　　　　D. 45

【答案】　C

4. 凡权属清楚、证明材料齐全的，房地产抵押登记机关应当在受理登记之日起（　　）日内决定是否予以登记。

A. 5　　　　　　　B. 7　　　　　　　C. 10　　　　　　D. 15

【答案】　B

5. 房地产抵押合同自（　　）之日起生效。

A. 贷款合同生效　　B. 抵押合同签订　　C. 抵押登记　　D. 抵押公证

【答案】　C

二、多项选择题

1. 抵押人对抵押财产享有独立的（　　）。

A. 占有权　　　　　　　　　　　　B. 使用权

C. 经营权　　　　　　　　　　　　D. 处分权

E. 转让权

【答案】　ABC

2. 下列关于房地产抵押的有关说法中，正确的有（　　）。

A. 抵押物的价值必须低于所担保的债权，否则就无法成就所担保的债权

B. 房地产抵押后，该抵押房地产的价值大于所担保债权的余额部分，可以再次抵押，但再次抵押所担保的债权不得超出余额部分

C. 同一房地产设定两个以上抵押权的，抵押人应当将已经设定过的抵押情况告知抵押权人，以便抵押人测算担保价值

D. 对以两宗以上房地产设定同一抵押权的，两宗以上房地产视为同一抵押房地产

E. 以在建工程已完工部分抵押的，其土地使用权随之抵押；以依法取得的房屋所有权抵押的，该房屋占用范围内的土地使用权必须同时抵押

【答案】　BCDE

3. 以下不得设定房地产抵押权的有（　　）。

A. 用于教育、医疗、市政等公共福利事业的房地产

B. 共有的房地产

C. 列入文物保护的建筑物和有重要纪念意义的其他建筑物

D. 已依法公告列入拆迁范围的房地产

E. 被依法查封、扣押、监管或者以其他形式限制的房地产

【答案】　ACDE

【解析】权属有争议的房地产和依法不得抵押的其他房地产亦为不得设定抵押权的房地产。

4. 以在建工程抵押的，抵押合同应当载明的内容有（　　）。

A. 《国有土地使用权证》、《建设用地规划许可证》和《建设工程规划许可证》编号

B. 已交纳的土地使用权出让金或需交纳的相当于土地使用权出让金的款额

C. 生效的预购房屋合同

D. 已投入在建工程的工程款

E. 施工进度及工程竣工日期、已完成的工作量和工程量

【答案】 ABDE

三、综合分析

甲企业将出让土地使用权用于向乙银行抵押借款 3000 万元，2005 年 10 月 30 日签订了抵押合同，尚未抵押登记。又于 2006 年 1 月 15 日与丙银行以其抵押并办理了抵押登记，取得贷款金额为 2500 万元，之后于 2006 年 3 月 20 日预定银行以其抵押取得贷款 2800 万元。2006 年 10 月 30 日该企业无力偿还甲企业的借款，法院将该房产拍卖所得扣除拍卖费用以及税金之后为 4500 万元，(1) 请问拍卖所得的处置顺序如何？(2) 剩余拍卖所得如何处置？(3) 若拍卖所得中有 1000 万元为 2006 年 2 月新建的在建工程价值，该 2500 万元该如何考虑？

【答题要点】 (1) 处分抵押房地产所得金额的分配顺序为：①支付处分抵押房地产的费用；②扣除抵押房地产应缴纳的税款；③偿还抵押权人债权本息及支付违约金；④赔偿由债务人违反合同而对抵押权人造成的损害；⑤剩余金额交还抵押人。

(2) 处分抵押房地产所得金额不足以支付债务和违约金、赔偿金时，抵押权人有权向债务人追索不足部分。

(3) 首先偿还丙银行 2500 万元，偿还甲银行和丁银行的金额分别为 1034.48 万元和 965.52 万元。

如果有 2500 万元的在建工程，该在建工程价值应该不列入抵押价值，甲无权优先受偿。甲首先受偿 2000 万元，剩余金额在三方之间按照金额比例偿还。

第八节　房地产权属登记

本节要点

房地产权属登记的概念；契证登记制度和权证登记制度；房屋权属登记的种类及其有关规定；房屋权属证书的种类及其相关规定；房屋权属登记程序和处理规则。

复习题解

一、单项选择题

1. 契证登记制度下所进行的房地产权属登记（　　）。

A. 具有公示力和公信力　　　　　　B. 无公示力，也无公信力

C. 只具有公示力，无公信力　　　　D. 只具有公信力，而无公示力

【答案】 C

2. 权证登记制度下所进行的房地产权属登记（　　）。

A. 即具有公示力，又具有公信力　　B. 无公示力，也无公信力

C. 只具有公示力，无公信力　　　　D. 只具有公信力，而无公示力

【答案】 A

【解析】 契证登记制度对当事人关于房地产的权利主张，采取对抗要件制度。当事人关于房地产权利在相关合同中的设定、变更和解除，凭据有关合同、票据和税据进行实证，行

政登记没有证据效力。政府行政主管部门虽然要求房地产权利人进行权属登记，但注重要求权利人提供形式要件，对所提供形式要件的真实性、合法性不做实质性审查。政府行政主管部门对当事人主张的房地产权利，既不颁发权属证件，也不承担证明义务，房地产权属登记的目的仅仅是为了公示，公众可以借助政府登记的公簿，查阅房地产的权属情况和状态。契证登记制度所进行的房地产权属登记，只具有公示力，而无公信力。契证登记制度注重当事人订立的和约，房地产权属方面的合同一经生效，当事人之间的债权与物权即同时成立。

一旦发生房地产权利争议，当事人完全凭据有关合同、票据与税据，通过诉讼主张权利。发生的房地产权利争议，最终取决于法院审理后的确认，不以政府登记的房地产权利为准，政府登记机关也不承担登记责任。

权证登记制度对当事人关于房地产的权利主张，采取成立要件制度。即政府登记机关既要求房地产权利人提供法定形式的登记要件，又要对所提供形式要件的真实性、合法性进行实质性审查。经行政审查无误的，给予房地产权利登记，并颁发有关权属证件。政府颁发的房地产权属证件不仅具有公信效力，而且政府登记机关对登记确认的房地产权属负有证明义务，房地产权利人可以依据政府颁发的权属证件，行使确认的权能。权证登记制度认为，当事人关于房地产权利在相关合同中的设定、变更和解除，仅仅是债权的设定、变更和解除，只能得到法律关于债权的保护，而不能得到物权的保护。当事人关于房地产的债权文件，必须经政府行政主管部门审查、核准并颁发相关证件后，才产生物权效力。

如果发生房地产行政确权争议，必须通过行政诉讼解决争议，政府行政机关同时承担登记责任。经行政诉讼，如果政府行政机关登记确权有误，司法部门也不代行行政权，而是判决行政登记机关撤消确权决定，由行政机关根据查明的事实作出新的房地产权属登记决定。

3. 在一定期限内对本行政区域内的房屋进行统一的权属总登记的部门是（　　）。
A. 县级以上人民政府　　　　　　　　B. 县级以上人民政府房地产管理部门
C. 县级以上人民政府土地和房屋管理部门　　D. 县级以上人民政府土地管理部门

【答案】 A

4. 实施房屋权属总登记、验证、换证，县级以上地方人民政府应当在规定期限开始前（　　）日前公告。
A. 10　　　　　　B. 15　　　　　　C. 30　　　　　　D. 60

【答案】 C

5. 规定房屋权属总登记、验证、换证期限的部门是（　　）。
A. 县级以上人民政府　　　　　　　　B. 县级以上人民政府房地产管理部门
C. 县级以上人民政府土地和房屋管理部门　　D. 县级以上人民政府土地管理部门

【答案】 A

6. 新建房屋申请人应当在房屋竣工后的（　　）内向登记机关申请房屋所有权初始登记。
A. 30 日　　　　　B. 60 日　　　　　C. 3 个月　　　　　D. 1 年

7. 集体土地上的房屋转为国有土地上的房屋，申请人应当自土地权属性质变更之日起（　　）内，申请房屋所有权初始登记。
A. 30 日　　　　　B. 60 日　　　　　C. 3 个月　　　　　D. 半年

【答案】 A

8. 当事人申请转移登记的，应当自房屋所有权主体转移事实发生之日起（ ）日内申请转移登记。

A. 30   B. 60   C. 90   D. 180

【答案】 C

9. 权利人申请变更登记，应当自变更事实发生之日起（ ）日内提出申请，并提交房屋权属证书以及相关的证明文件。

A. 30   B. 60   C. 90   D. 180

【答案】 A

10. 房屋的他项权利不包括（ ）。

A. 所有权   B. 抵押权   C. 典权   D. 承租权

【答案】 A

11. 申请房屋他项权利登记，权利人应当自他项权利成立之日起（ ）日内提出申请。

A. 30   B. 60   C. 90   D. 180

【答案】 A

12. 原权利人应当于发生房屋灭失、他项权利终止、土地使用年限届满之日起（ ）日内申请注销登记。

A. 30   B. 60   C. 90   D. 180

【答案】 A

13. 共有房屋的房屋证所有权证的持有者为（ ）。

A. 所有共有人   B. 其中一个共有人

C. 委托产权登记机关   D. 权利人推举的持证人

【答案】 D

14. 房屋权属证书遗失的，权利人应当及时登报声明作废，并向登记机关申请补发，由登记机关作出补发公告，经（ ）无异议的，予以补发。

A. 3 个月   B. 6 个月   C. 9 个月   D. 1 年

【答案】 B

15. 对房屋产权登记，登记机关自受理登记申请之日起（ ）日内决定是否予以登记。

A. 7   B. 10   C. 15   D. 30

【答案】 A

16. 经登记机关审查登记申请，凡权属清楚、产权来源资料齐全的，初始登记、转移登记、变更登记、他项权利登记，在受理登记后的（ ）日内核准登记，并颁发房屋权属证书。

A. 7   B. 10   C. 15   D. 30

【答案】 D

17. 注销登记在受理登记后的（ ）日内核准注销，并注销房屋权属证书。

A. 7   B. 10   C. 15   D. 30

【答案】 C

18. 申请人逾期申请房屋权属登记的，登记机关可以按照规定登记费的（　　）倍以下收取登记费。

A. 2 　　　　　　　　B. 3 　　　　　　　　C. 5 　　　　　　　　D. 7

【答案】 B

二、多项选择题

1. 以下关于我国的房地产权属登记制度的说法中，正确的有（　　）。

A. 我国的房地产权属登记制度基本采用权证登记制度

B. 我国的房地产权属登记制度基本采用契证登记制度

C. 法律要求房地产权利人必须按期进行房地产权属登记，对违反登记规定的给予行政处罚

D. 对权利申请人提供的文件进行实质性的审查，只有房地产权属清楚、证据齐全的，才予登记核准，不符合要求的不予登记

E. 实行房地产权属发证制度，颁发的权属证件受法律保护，具有公信力，是房地产权利人进行房地产活动的凭证

【答案】 ACDE

2. 我国房屋权属登记的种类包括（　　）。

A. 总登记和初始登记　　　　　　　　B. 转移登记和变更登记

C. 他项权利登记和注销登记　　　　　D. 房屋使用权登记

E. 国有土地所有权登记

【答案】 ABC

【解析】 总登记是指县级以上地方人民政府根据需要，在一定期限内对本行政区域内的房屋进行统一的权属登记。凡列入总登记、验证或者换证范围，无论权利人以往是否领取房屋权属证书，权属状况有无变化，均应当在规定的期限内办理登记。各地实施总登记、验证、换证，县级以上地方人民政府应当在规定期限开始之日 30 日前发布公告。

初始登记即指对房屋产权进行的原始登记。一般有三种情况。一是新建房屋进行的初始登记；二是集体土地转为国有土地后，地上房屋纳入城市房屋管理范围所进行的初始登记；三是城市国有土地上少量从未办理过登记的房屋，所进行的初始登记。

转移登记是指房屋所有权主体转移所进行的登记。房屋买卖、交换、继承、赠与、划拨、分割、合并，以及以房地产作价入股、与他人成立企业法人，致使房地产权属发生变更的；一方提供土地使用权，另一方或者多方提供资金，合资、合作开发经营房地产，而使房地产权属发生变更的；因企业被收购、兼并或合并，房地产权属随之转移的；以房地产抵债的。以上情况房屋所有权主体都会发生转移。当事人申请转移登记的，应当自房屋所有权主体转移事实发生之日起 90 日内申请转移登记。

变更登记是针对房屋权利人改换姓名、名称，或房屋状况发生变化所进行的登记。房屋状况发生变化包括房屋坐落地点名称和门牌号码的变更，也包括房屋因添建、改建、部分拆除所发生的物资状况变更。权利人申请变更登记，应当自变更事实发生之日起 30 日内提出申请，并提交房屋权属证书以及相关的证明文件。

他项权利是指当事人针对房屋所设定的，除房屋所有权以外的其他权利。其中既包括担保物权，如抵押权，也包括用益物权，如典权、承租权等。申请房屋他项权利登记，权利人

应当自他项权利成立之日起 30 日内提出申请，并提交房屋权属证书，和设定房屋抵押权、典权等他项权利的合同书，以及相关的证明文件。

注销登记即是指房屋灭失、他项权利终止、土地使用年限届满等情况，对房屋档案记载的房屋权属情况所办理的注销手续。原权利人应当于发生房屋灭失、他项权利终止、土地使用年限届满之日起 30 日内申请注销登记。申请办理注销登记，应当提交房屋权属证书、房屋他项权利证书，以及房屋灭失、他项权利终止、土地使用年限届满的有关合同、协议和相关文件。

3. 办理房屋权属初始登记的情形有（　　）。

A. 新建房屋进行的初始登记

B. 集体土地转为国有土地后，地上房屋纳入城市房屋管理范围进行的初始登记

C. 城市国有土地上少量从未办理过登记的房屋，所进行的初始登记

D. 城市规划区内集体所有土地上新建房屋的初始登记

E. 集体土地转为国有土地前进行的初始登记

【答案】　ABC

4. 新建房屋办理房屋权属初始登记需要提供的资料包括（　　）。

A. 用地证明文件或者土地使用权证

B. 建设用地规划许可证、建设工程规划许可证

C. 项目建议书和工程款支付证明资料

D. 施工许可证

E. 房屋竣工验收资料以及其他有关的证明文件

【答案】　ABDE

【解析】　新建的房屋，申请人应当在房屋竣工后的 3 个月内向登记机关申请房屋所有权初始登记。申请人应当提交的文件有：

（1）用地证明文件或者土地使用权证；

（2）建设用地规划许可证；

（3）建设工程规划许可证；

（4）施工许可证；

（5）房屋竣工验收资料以及其他有关的证明文件。

5. 以下情况发生，需要办理房屋转移登记的有（　　）。

A. 房屋权利人改换姓名、名称，或房屋状况发生变化

B. 房屋买卖、交换、继承、赠与、划拨、分割、合并

C. 以房地产作价入股、与他人成立企业法人

D. 一方提供土地使用权，另一方或者多方提供资金，合资、合作开发经营房地产

E. 因企业被收购、兼并或合并；以房地产抵债的

【答案】　BCDE

6. 需要办理房屋权属变更登记的情形有（　　）。

A. 以房地产作价入股、与他人成立企业法人

B. 房屋买卖、交换、继承、赠与、划拨、分割、合并

C. 房屋权利人改换姓名、名称

D. 房屋因添建、改建、部分拆除所发生的物资状况变更

E. 房屋坐落地点名称和门牌号码的变更

【答案】 BCD

7. 对房屋档案记载的房屋权属情况所办理的注销手续的情况有（ ）。

A. 以房地产作价入股、与他人成立企业法人

B. 房屋权利人改换姓名、名称

C. 房屋灭失

D. 他项权利终止

E. 土地使用年限届满

【答案】 CDE

8. 房屋权属证书的种类包括（ ）。

A. 房屋所有权证   B. 房屋共有权证

C. 房屋使用权证   D. 房屋他项权证

E. 房屋租赁权证

【答案】 ABD

9. 以下由登记机关代为进行房屋权属登记的情况有（ ）。

A. 依据法律程序和有关政策由房地产行政主管部门代行管理的房屋

B. 无人主张权利的房屋

C. 因正当理由不能按期提交证明材料的

D. 房屋所有权人依据民法规定委托代管的房屋

E. 法律、法规规定的其他情形

【答案】 ABE

10. 以下申请人可以申请暂缓登记的情况有（ ）。

A. 按照规定需要补办手续的   B. 因正当理由不能按期提交证明材料的

C. 属于临时建筑的   D. 属于违章建筑的

E. 法律、法规规定可以准予暂缓登记的

【答案】 ABE

11. 下列登记机关不予登记的情况有（ ）。

A. 按照规定需要补办手续的   B. 因正当理由不能按期提交证明材料的

C. 属于临时建筑的   D. 属于违章建筑的

E. 法律、法规规定的其他情形

【答案】 CDE

12. 下列登记机关有权注销房屋权属证书的情况有（ ）。

A. 申报不实的

B. 房屋权利灭失，而权利人未在规定期限内办理房屋权属注销登记的

C. 房屋所有权人依据民法规定委托代管的房屋

D. 涂改房屋权属证书的

E. 因登记机关的工作人员工作失误造成房屋权属登记不实的

【答案】 ABDE

第五章　国外及中国香港地区物业管理概况

本章大纲未做要求，为此本章习题仅供参考。

第一节　英国物业管理

一、单项选择题

1. 一般来讲，英国非住宅即商业楼宇的管理费用大多采用的形式是（　　）。

A. 佣金制　　　　　B. 成本加成制　　　　C. 包干制　　　　D. 成本报酬制

【答案】　A

2. 在英国，住在独立式别墅或联排别墅里，别墅之间的道路、绿地及各种市政管线、设施均由政府部门维护管理，业主需每年交纳物业税（　　）。

A. 住宅维修基金　　B. 物业税　　　　　C. 房地产税　　　　D. 物业发展资金

【答案】　B

3. 英国住宅区的物业公司的账目，业主可随时随地到（　　）去查询。

A. 房产登记部门　　B. 工商登记部门　　C. 物业公司　　　　D. 税务部门

【答案】　D

4. 在英国，关于业主的决策机制问题，是通过召开（　　）来决定重大事务。

A. 受益主大会　　　B. 户主大会　　　　C. 业主大会　　　　D. 群众大会

【答案】　C

5. 英国皇家特许屋宇经理学会的简称是（　　）。

A. CPD　　　　　　B. CIH　　　　　　C. CAV　　　　　D. CBH

【答案】　B

6. 加入英国皇家特许屋宇经理学会的条件是加入该学会的条件是：直接从事房屋维修和服务的从业者，或者（　　）年全职大学生或 5 年半脱产大学生，加上 1 年的实践。

A. 2　　　　　　　B. 3　　　　　　　C. 4　　　　　　D. 5

【答案】　B

7. 英国皇家特许屋宇经理学会总部设在英国（　　）。

A. 伦敦市　　　　　B. 利物浦　　　　　C. 阿森纳　　　　　D. 考文垂市

【答案】　D

8. 将帮助人们成为 CIH 的合作会员并可以在名字的后面加上 CertCIH 的缩写以表明专业身份是完成（　　）级资格认证。

A. 一　　　　　　　B. 二　　　　　　　C. 三　　　　　　D. 四

【答案】　D

二、多项选择题

1. 在英国，高层楼房物业管理分为（　　）。

A. 前期物业管理　　　　　　　　　　B. 正常期物业管理

C. 综合物业管理　　　　　　　　　　D. 一般物业管理

E. 暂时物业管理

【答案】 AB

2. 英国皇家特许屋宇经理学会的经济来源主要是（　　）。

A. 个人会员会费　　　　　　　　　　B. 提供各种诸如培训服务所收取的费用

C. 团体会员会费　　　　　　　　　　D. 政府拨款

E. 福利捐款

【答案】 AB

3. 英国 CIH 二级认证课程设计可满足的人群需求包括（　　）。

A. 现在并未从事住房管理行业，但在考虑将来应聘住房管理相关职位的人士

B. 业主希望了解住房知识的

C. 加入住房管理行业的新人，希望提升对于住房管理的整体认识

D. 在住房管理相关领域内工作

E. 住房管理领域内的专业人士，如工程管理与维护人员，希望参与到住房管理服务中的业主

【答案】 ABCD

4. CIH 三级认证课程设计可满足的人群需求包括（　　）。

A. 住房管理领域内的专业人士，如工程管理与维护人员，希望参与到住房管理服务中的业主

B. 希望获取专业技能的一线住房管理工作者

C. 现在并未从事住房管理行业，但在考虑将来应聘住房管理相关职位的人士

D. 加入住房管理行业的新人，希望提升对于住房管理的整体认识

E. 希望在企业内达到管理层职位的人士

【答案】 AB

5. CIH 四级认证课程设计可满足的人群需求包括（　　）。

A. 希望在企业内达到管理层职位的人士

B. 希望在支持性住房管理，学生宿舍管理或普通住宅管理领域内获得高级技能的人士

C. 希望完成 CIH 专业资格认证第一部分的人士

D. 住房管理领域内的专业人士，如工程管理与维护人员，希望参与到住房管理服务中的业主

E. 希望获取专业技能的一线住房管理工作者

【答案】 ABC

6. 英国 CIH 建有的远程教育中心设有（　　）全部课程。

A. 一级　　　　　　　　　　　　　　B. 二级

C. 三级　　　　　　　　　　　　　　D. 四级

E. 高级

【答案】　CD

第二节　美国物业管理

一、单项选择题

1. 1933 年,全美物业管理协会成立,这是全美国境内第一家涉及物业管理的专业协会。它的简称是(　　)。

A. CBMO　　　　　B. BOO　　　　　C. AMO　　　　　D. IREM

【答案】　D

2. 美国物业经理职位分为(　　)个层次。

A. 2　　　　　　　B. 3　　　　　　　C. 4　　　　　　　D. 5

3. 主要负责地区物业发展战略规划,进行市场调研,确定物业投资方式的物业经理是(　　)。

A. 资产经理　　　　B. 物业经理　　　　C. 楼宇经理　　　　D. 投资经理

【答案】　A

4. 职位属于中间层次,其主要职责是负责联系相关代理商,拟订物业财务报表,做广告、物业招租等的物业经理是(　　)。

A. 资产经理　　　　B. 物业经理　　　　C. 楼宇经理　　　　D. 投资经理

【答案】　B

5. 其职能相当于酒店里的住店经理,负责楼宇的日常管理工作,但一般不与小业主或租户发生联系的物业经理是(　　)。

A. 资产经理　　　　B. 物业经理　　　　C. 楼宇经理　　　　D. 投资经理

【答案】　C

6. 美国物业管理从业人员资格认定,主要由(　　)进行。

A. 全美物业管理工会　　　　　　　　B. 全美物业管理联合会

C. 全美物业管理学会　　　　　　　　D. 全美物业管理协会

【答案】　D

7. 美国管理大型居住、商业、零售或工业物业或者综合物业,并且对管理的物业成效负责的管理者称为(　　)。

A. 注册物业管理经理　　　　　　　　B. 合格楼宇经理

C. 合格管理公司　　　　　　　　　　D. 职业投资经理

【答案】　A

【解析】　注册物业管理经理(简称为 CPM)。主要是指管理大型居住、商业、零售或工业物业或者综合物业,并且对管理的物业成效负责的管理者。

合格楼宇经理(简称为 ARM)。主要是指管理一些住宅物业,如受政府补助的中低收入者居住的公寓、私房业主的活动或共管协会(相当于中国的业主委员会)、独立家庭住宅或活动住宅庭院,并且主要负责场所管理的管理者。

合格管理公司(简称为 AMO)。主要是指房地产管理公司,或是房地产公司中的物业管理部门。

8. IREM 要求成为 CPM 总共需要（　　）分。

A. 100　　　　　　B. 150　　　　　　C. 200　　　　　　D. 260

【答案】 D

9. 在申请 AMO 程序前，候选公司需要已从事房地产管理行业（　　）年。

A. 2　　　　　　　B. 3　　　　　　　C. 4　　　　　　　D. 5

【答案】 B

二、多项选择题

1. 美国物业管理从业人员资格的种类包括（　　）。

A. 注册物业管理经理　　　　　　　B. 合格楼宇经理

C. 合格管理公司　　　　　　　　　D. 职业投资经理

E. 执业资产经理

【答案】 ABC

2. 美国物业经理职位分为三个层次，分别如下（　　）。

A. 资产经理　　　　　　　　　　　B. 物业经理

C. 地区经理　　　　　　　　　　　D. 房屋经理

E. 楼宇经理

【答案】 ABE

3. 美国物业管理从业人员资格认定，主要由全美物业管理协会（IREM）进行。目前，美国有（　　）三种资质的认定。

A. CPM　　　　　　　　　　　　B. AMC

C. ARM　　　　　　　　　　　　D. AMO

E. CPN

【答案】 ACD

4. 美国物业管理呈现（　　）特点。

A. 政府加大投资力度

B. 物业管理边界在法律上和物理外观上十分清晰

C. 地方化的财政政策对政府和私人在物业上的关系起到积极的协调作用

D. 物业管理的专业化水平高

E. 实际工作中，服务的量化指标尽量变小，减少纠纷

【答案】 BCDE

5. 在美国 CPM 的候选人条件是除了提交一个 CPM 候选人申请外，还应具备的条件有（　　）。

A. 出版物业管理的专著或发表相当水平的论文

B. 有高中毕业证书并且已到了法定年龄

C. 申请时正在从事物业管理行业，并且至少有 12 个月的合格的物业管理经历

D. 持有物业管理许可并提交复印件，没有许可的要提交未被要求持有的原因

E. 同意物业经理职业道德规程，并取得当地 IREM 分会的同意

【答案】 BCDE

6. ARM 候选人主要是负责管理（　　）。

A. 出租公寓综合楼   B. 出租活动住宅

C. 出租共管住宅   D. 出租单栋家庭住宅

E. 管理大型居住、商业、零售或工业物业或者综合物业

【答案】　ABCD

7. 候选公司便可成为 AMO 需要符合的标准包括（　　）。

A. 一位执行 CPM 负责。如果候选公司有一位 CPM 负责房地产经营管理，且在申请
   AMO 程序前该人已在此职位上至少 180 天，则候选公司符合要求。该人系 AMO
   公司的执行 CPM

B. 完成 IREM 教育。候选 AMO 公司的执行 CPM 应成功地完成特定的 IREM 课程，
   以达到 AMO 的教育要求

C. 道德要求。拥有 AMO 头衔的公司必须对遵照道德规章作出职业承诺，该规章由
   IREM 严格执行。申请 AMO 程序，候选人的公司及所有雇员需要承诺赞成合格的
   AMO 管理公司的职业道德

D. 商业稳定性。为展示相关经验与商业稳定性，在申请 AMO 程序前，候选公司需要
   已从事房地产管理行业 1 年。在此期间，候选公司的经历限制：至多一次名称变更；
   一次或少于一次 50% 的公司股权和所有权变更

E. 保险保证。候选 AMO 公司必须满足最低保险要求，即：一项保险契约覆盖公司全
   部雇员和业主，数值上等于公司月毛收入的至少 10%，最低价值 10000 美元及最高
   价值 500000 美元

【答案】　ABCE

8. 全美物业管理协会所确定的基本物业管理功能主要包括（　　）。

A. 代理业主对物业进行经营   B. 财务计划和报表；最大出租率

C. 客户沟通交流   D. 合法经营；维修保养

E. 最高纳税额

【答案】　ABCD

第三节　日本物业管理

一、单项选择题

1. 要参加日本东京大楼管理业协会的会员单位首先要与协会签订一份（　　），承诺遵
守协会的有关规定。

A. 责任保险委托协议   B. 保留委托契约

C. 会费交纳保险   D. 违约赔偿保险契约

【答案】　B

2. 把管理业务主任者资格认定事项交由日本东京大楼管理业协会负责的是（　　）。

A. 建设大臣   B. 总理大臣   C. 内务大臣   D. 商务大臣

【答案】　A

二、多项选择题

1. 一般说来，日本东京大楼管理业协会主要做的工作包括（　　）。

A. 建筑物的保全诊断   B. 建筑物的日常保养

C. 管理业务主任者资格认定   D. 管理费保证制度

E. 区分所有管理士的认定

【答案】 ABCD

2. 日本东京大楼管理业协会的一些主要活动包括（   ）。

A. 召集会议   B. 资格认定

C. 调查研究   D. 教育研修

E. 刊物和教科书

【答案】 CDE

3. 在日本物业管理活动中，主要呈现的特点有（   ）。

A. 专业水平化   B. 超前管理意识

C. 重视服务意识   D. 高度重视清洁工作

E. 重视各类人员的培训

第四节   新加坡物业管理

一、单项选择题

1. 新加坡建造的住宅分为的种类是（   ）。

A. 共管式公寓和独立式、半独立式的花园洋房

B. 公共组屋和共管式公寓

C. 独立式、半独立式的花园洋房和私人住宅

D. 公共组屋和私人住宅

【答案】 D

2. 新加坡政府规定所出售的公共组屋从领取房屋钥匙3日起保修（   ）年。

A. 1   B. 2   C. 3   D. 4

【答案】 A

3. 新加坡建屋发展局规定每（   ）年对整幢楼房的外墙、公共走廊、楼梯、屋顶及其他公共场所进行依次维修。

A. 3   B. 4   C. 5   D. 6

【答案】 C

4. 在新加坡，为减少装修对周围邻居的干扰，住户在领到钥匙之日起（   ）内必须完成装修工程。

A. 3个月   B. 6个月   C. 9个月   D. 1年

【答案】 A

5. 厨房和卫生间的磨石地坪和墙壁面砖在头（   ）年内不准更换。

A. 1   B. 2   C. 3   D. 5

【答案】 C

6. 所有住宅楼的电梯都由管理单位例行维修和经常检查，一旦电梯发生故障，乘客受困于电梯内，只要按响警铃，（   ）min内电梯维修人员就会来进行抢修。

A. 5   B. 10   C. 20   D. 30

【答案】 A

7. 在新加坡，建屋发展局为市镇理事会提供电脑应用系统和（   ）小时紧急维修服务。

A. 10   B. 12   C. 16   D. 24

【答案】 D

二、多项选择题

1. 新加坡政府解决住宅建设资金的主要渠道有（   ）和其他银行住宅建设资金。

A. 住房公积金   B. 住房保险金

C. 邮政储蓄银行资金   D. 国家住宅建设预算资金

E. 建房协会和金融公司的住宅资金

【答案】 ACDE

2. 新加坡公积金的用途主要有（   ）。

A. 日常生活费用   B. 医疗费用

C. 特别费用   D. 教育费用

E. 旅游费用

【答案】 ABC

3. 新加坡建立多元化的投资体制的主要表现有（   ）。

A. 个人投资建房或购房   B. 金融机构投资建设住宅

C. 企业投资建设住宅   D. 国家投资建设住宅

E. 社会捐款建设住宅

【答案】 ABCD

4. 新加坡物业管理的资金主要来源途径包括（   ）。

A. 业主交费   B. 政府津贴

C. 物业管理单位开展便民服务等收入   D. 管理费

E. 建屋发展局在售屋、再售屋及租屋的利润中留下一笔费用

【答案】 BCDE

5. 新加坡的物业管理单位办理的业务范围包括（   ）。

A. 房屋维修与保养；机电（包括电梯、电器等）及消防设备（包括供水、供电系统）的维修保养

B. 商业房屋（小贩中心、购物中心）的租赁服务与管理

C. 出租住宅的租金缴纳与售房期款的收取；公共场所的出租服务与管理

D. 小区停车场的管理；小区的环境清洁的实施与管理；园艺及绿化管理；配合治安部门搞好治安工作

E. 购房和转销直接

【答案】 ABCD

第五节　中国香港地区物业管理

一、单项选择题

1. 公共屋村房屋的计划维修周期，一般为（   ）年。

A. 2　　　　　　B. 3　　　　　　C. 4　　　　　　D. 5

【答案】D

2. 公共屋村房屋的计划维修工程采用投标的方式，由（　　）负责。

A. 保养工程承造商　　　　　　　　B. 房屋署保养工程科

C. 屋村管理处　　　　　　　　　　D. 维修承造商

【答案】D

3. 在经常性养护的项目中，房屋委员会规定：90%的公共屋村房屋的项目须在（　　）天内完工。

A. 3　　　　　　B. 7　　　　　　C. 10　　　　　　D. 18

【答案】D

4. 负责安排公共屋村经常性的养护的是（　　）人员。

A. 保养工程承造商　　　　　　　　B. 房屋署保养工程科

C. 屋村管理处　　　　　　　　　　D. 维修承造商

【答案】C

5. 公共屋村房屋的计划维修占保养工程的2%，而费用占维修和养护总费用的（　　）。

A. 60%　　　　　B. 70%　　　　　C. 80%　　　　　D. 90%

【答案】D

6. 根据"居者有其屋"计划而营建的居屋是大型综合开发居住小区，由（　　）统一负责实施维修、养护与管理。

A. 香港建设属　　B. 香港房屋局　　C. 香港营造局　　D. 香港房屋署

【答案】D

7. 所有居屋业主必须签署一份（　　）。

A. 业主公约　　　B. 业主公共协议　　C. 业主联合契约　　D. 大厦公共契约

【答案】D

8. 根据《公共契约》，房屋署应承担居屋交付使用后5~10年的管理责任。

A. 3~5　　　　　B. 4~7　　　　　C. 5~10　　　　　D. 6~12

【答案】C

【解析】管理期满后，可以聘请私人管理公司代理。选择私人管理公司必须符合"认可物业管理代理登记册"的基本条件，即不少于5年管理经验和正在实施不少于2000个单位的管理。

9. 对于私人发展商参建居屋计划的物业管理，发展商必须向房屋署交纳保证金，为（　　）年保修期内楼宇维修提供保证。

A. 半　　　　　　B. 1　　　　　　C. 2　　　　　　D. 3

【答案】B

10. 对于私人发展商参建居屋计划的物业管理，发展商除了必须向房屋署交纳保证金，为1年保修期内楼宇维修提供保证外，同时还需提交一份银行保证书作为（　　）年内妥善管理与维修的保证。

A. 3　　　　　　B. 5　　　　　　C. 7　　　　　　D. 10

【答案】D

11. 在香港，私人楼宇如果日久失修，外墙破损或石粒松落，（ ）会对大厦业主发出指令，着令业主在一段期限内完成维修工程，而业主必须对指令作出反应。

A. 屋宇地政署　　　　B. 香港房屋局　　　C. 香港营造局　　　　D. 香港房屋署

【答案】 A

二、多项选择题

1. 公共屋村房屋的维修和养护可分为（ ）。

A. 经常性养护　　　　　　　　　　　B. 预定计划的维修

C. 抢修　　　　　　　　　　　　　　D. 预计养护

E. 计划性维修

【答案】 AB

2. 公共屋村房屋的经常性养护的内容包括（ ）。

A. 疏通下水道　　　　　　　　　　　B. 修理破裂的上水管道

C. 修理平顶漏水　　　　　　　　　　D. 调换损坏的窗玻璃

E. 定期粉刷房屋的外墙

【答案】 ABCD

3. 对于公共屋村房屋保养上的责任由业主承担的有（ ）。

A. 一切公共地方、公共设施的维修　　B. 正常损耗

C. 工程本身处理不当　　　　　　　　D. 材料质量不符合要求造成的损坏

E. 一切因住户不小心、疏忽、错误使用而引起的损坏

【答案】 ABD

4. 居屋管理的主要工作范围包括（ ）。

A. 居屋的保养与维修　　　　　　　　B. 居屋的安全保卫

C. 居屋的清洁服务　　　　　　　　　D. 居屋的公众服务

E. 居屋的物业保险

【答案】 ABCE

5. 商场楼宇管理的服务对象主要是（ ）。

A. 顾客　　　　　　　　　　　　　　B. 店东

C. 营业员　　　　　　　　　　　　　D. 导购

E. 商业主管

【答案】 AB

6. 香港楼宇、屋村管理费主要用于开支的几个方面有（ ）。

A. 管理维修人员的薪金，长期服务金，医疗、劳保等费用；管理处差饷（税金）、电话、文具及杂费

B. 公共地方和公用设施的维修、保养费；公用水电费

C. 清洁用料和服务费；火灾及共用部位的责任保险

D. 楼宇、屋村使用者的经营和设备使用费用

E. 其他和管理有关的支出；不可预见性开支

【答案】 ABCE

附　　录

物业管理条例

第一章　总　　则

第一条　为了规范物业管理活动，维护业主和物业管理企业的合法权益，改善人民群众的生活和工作环境，制定本条例。

第二条　本条例所称物业管理，是指业主通过选聘物业管理企业，由业主和物业管理企业按照物业服务合同约定，对房屋及配套的设施设备和相关场地进行维修、养护、管理，维护相关区域内的环境卫生和秩序的活动。

第三条　国家提倡业主通过公开、公平、公正的市场竞争机制选择物业管理企业。

第四条　国家鼓励物业管理采用新技术、新方法，依靠科技进步提高管理和服务水平。

第五条　国务院建设行政主管部门负责全国物业管理活动的监督管理工作。

县级以上地方人民政府房地产行政主管部门负责本行政区域内物业管理活动的监督管理工作。

第二章　业主及业主大会

第六条　房屋的所有权人为业主。

业主在物业管理活动中，享有下列权利：

（一）按照物业服务合同的约定，接受物业管理企业提供的服务；

（二）提议召开业主大会会议，并就物业管理的有关事项提出建议；

（三）提出制定和修改业主公约、业主大会议事规则的建议；

（四）参加业主大会会议，行使投票权；

（五）选举业主委员会委员，并享有被选举权；

（六）监督业主委员会的工作；

（七）监督物业管理企业履行物业服务合同；

（八）对物业共用部位、共用设施设备和相关场地使用情况享有知情权和监督权；

（九）监督物业共用部位、共用设施设备专项维修资金（以下简称专项维修资金）的管理和使用；

（十）法律、法规规定的其他权利。

第七条　业主在物业管理活动中，履行下列义务：

（一）遵守业主公约、业主大会议事规则；

（二）遵守物业管理区域内物业共用部位和共用设施设备的使用、公共秩序和环境卫生的维护等方面的规章制度；

（三）执行业主大会的决定和业主大会授权业主委员会作出的决定；

（四）按照国家有关规定交纳专项维修资金；

（五）按时交纳物业服务费用；

（六）法律、法规规定的其他义务。

第八条　物业管理区域内全体业主组成业主大会。

业主大会应当代表和维护物业管理区域内全体业主在物业管理活动中的合法权益。

第九条　一个物业管理区域成立一个业主大会。

物业管理区域的划分应当考虑物业的共用设施设备、建筑物规模、社区建设等因素。具体办法由省、自治区、直辖市制定。

第十条　同一个物业管理区域内的业主，应当在物业所在地的区、县人民政府房地产行政主管部门的指导下成立业主大会，并选举产生业主委员会。但是，只有一个业主的，或者业主人数较少且经全体业主一致同意，决定不成立业主大会的，由业主共同履行业主大会、业主委员会职责。

业主在首次业主大会会议上的投票权，根据业主拥有物业的建筑面积、住宅套数等因素确定。具体办法由省、自治区、直辖市制定。

第十一条　业主大会履行下列职责：

（一）制定、修改业主公约和业主大会议事规则；

（二）选举、更换业主委员会委员，监督业主委员会的工作；

（三）选聘、解聘物业管理企业；

（四）决定专项维修资金使用、续筹方案，并监督实施；

（五）制定、修改物业管理区域内物业共用部位和共用设施设备的使用、公共秩序和环境卫生的维护等方面的规章制度；

（六）法律、法规或者业主大会议事规则规定的其他有关物业管理的职责。

第十二条　业主大会会议可以采用集体讨论的形式，也可以采用书面征求意见的形式；但应当有物业管理区域内持有 1/2 以上投票权的业主参加。

业主可以委托代理人参加业主大会会议。

业主大会作出决定，必须经与会业主所持投票权 1/2 以上通过。业主大会作出制定和修改业主公约、业主大会议事规则，选聘和解聘物业管理企业，专项维修资金使用和续筹方案的决定，必须经物业管理区域内全体业主所持投票权 2/3 以上通过。

业主大会的决定对物业管理区域内的全体业主具有约束力。

第十三条　业主大会会议分为定期会议和临时会议。

业主大会定期会议应当按照业主大会议事规则的规定召开。经 20% 以上的业主提议，业主委员会应当组织召开业主大会临时会议。

第十四条　召开业主大会会议，应当于会议召开 15 日以前通知全体业主。

住宅小区的业主大会会议，应当同时告知相关的居民委员会。

业主委员会应当做好业主大会会议记录。

第十五条　业主委员会是业主大会的执行机构，履行下列职责：

（一）召集业主大会会议，报告物业管理的实施情况；

（二）代表业主与业主大会选聘的物业管理企业签订物业服务合同；

（三）及时了解业主、物业使用人的意见和建议，监督和协助物业管理企业履行物业服务合同；

（四）监督业主公约的实施；

（五）业主大会赋予的其他职责。

第十六条 业主委员会应当自选举产生之日起 30 日内，向物业所在地的区、县人民政府房地产行政主管部门备案。

业主委员会委员应当由热心公益事业、责任心强、具有一定组织能力的业主担任。

业主委员会主任、副主任在业主委员会委员中推选产生。

第十七条 业主公约应当对有关物业的使用、维护、管理，业主的共同利益，业主应当履行的义务，违反公约应当承担的责任等事项依法作出约定。

业主公约对全体业主具有约束力。

第十八条 业主大会议事规则应当就业主大会的议事方式、表决程序、业主投票权确定办法、业主委员会的组成和委员任期等事项作出约定。

第十九条 业主大会、业主委员会应当依法履行职责，不得作出与物业管理无关的决定，不得从事与物业管理无关的活动。

业主大会、业主委员会作出的决定违反法律、法规的，物业所在地的区、县人民政府房地产行政主管部门，应当责令限期改正或者撤销其决定，并通告全体业主。

第二十条 业主大会、业主委员会应当配合公安机关，与居民委员会相互协作，共同做好维护物业管理区域内的社会治安等相关工作。

在物业管理区域内，业主大会、业主委员会应当积极配合相关居民委员会依法履行自治管理职责，支持居民委员会开展工作，并接受其指导和监督。

住宅小区的业主大会、业主委员会作出的决定，应当告知相关的居民委员会，并认真听取居民委员会的建议。

第三章 前期物业管理

第二十一条 在业主、业主大会选聘物业管理企业之前，建设单位选聘物业管理企业的，应当签订书面的前期物业服务合同。

第二十二条 建设单位应当在销售物业之前，制定业主临时公约，对有关物业的使用、维护、管理，业主的共同利益，业主应当履行的义务，违反公约应当承担的责任等事项依法作出约定。

建设单位制定的业主临时公约，不得侵害物业买受人的合法权益。

第二十三条 建设单位应当在物业销售前将业主临时公约向物业买受人明示，并予以说明。

物业买受人在与建设单位签订物业买卖合同时，应当对遵守业主临时公约予以书面承诺。

第二十四条 国家提倡建设单位按照房地产开发与物业管理相分离的原则，通过招投标的方式选聘具有相应资质的物业管理企业。

住宅物业的建设单位，应当通过招投标的方式选聘具有相应资质的物业管理企业；投标人少于 3 个或者住宅规模较小的，经物业所在地的区、县人民政府房地产行政主管部门批准，可以采用协议方式选聘具有相应资质的物业管理企业。

第二十五条 建设单位与物业买受人签订的买卖合同应当包含前期物业服务合同约定的

内容。

第二十六条　前期物业服务合同可以约定期限；但是，期限未满、业主委员会与物业管理企业签订的物业服务合同生效的，前期物业服务合同终止。

第二十七条　业主依法享有的物业共用部位、共用设施设备的所有权或者使用权，建设单位不得擅自处分。

第二十八条　物业管理企业承接物业时，应当对物业共用部位、共用设施设备进行查验。

第二十九条　在办理物业承接验收手续时，建设单位应当向物业管理企业移交下列资料：

（一）竣工总平面图，单体建筑、结构、设备竣工图，配套设施、地下管网工程竣工图等竣工验收资料；

（二）设施设备的安装、使用和维护保养等技术资料；

（三）物业质量保修文件和物业使用说明文件；

（四）物业管理所必需的其他资料。

物业管理企业应当在前期物业服务合同终止时将上述资料移交给业主委员会。

第三十条　建设单位应当按照规定在物业管理区域内配置必要的物业管理用房。

第三十一条　建设单位应当按照国家规定的保修期限和保修范围，承担物业的保修责任。

第四章　物业管理服务

第三十二条　从事物业管理活动的企业应当具有独立的法人资格。

国家对从事物业管理活动的企业实行资质管理制度。具体办法由国务院建设行政主管部门制定。

第三十三条　从事物业管理的人员应当按照国家有关规定，取得职业资格证书。

第三十四条　一个物业管理区域由一个物业管理企业实施物业管理。

第三十五条　业主委员会应当与业主大会选聘的物业管理企业订立书面的物业服务合同。

物业服务合同应当对物业管理事项、服务质量、服务费用、双方的权利义务、专项维修资金的管理与使用、物业管理用房、合同期限、违约责任等内容进行约定。

第三十六条　物业管理企业应当按照物业服务合同的约定，提供相应的服务。

物业管理企业未能履行物业服务合同的约定，导致业主人身、财产安全受到损害的，应当依法承担相应的法律责任。

第三十七条　物业管理企业承接物业时，应当与业主委员会办理物业验收手续。

业主委员会应当向物业管理企业移交本条例第二十九条第一款规定的资料。

第三十八条　物业管理用房的所有权依法属于业主。未经业主大会同意，物业管理企业不得改变物业管理用房的用途。

第三十九条　物业服务合同终止时，物业管理企业应当将物业管理用房和本条例第二十九条第一款规定的资料交还给业主委员会。

物业服务合同终止时，业主大会选聘了新的物业管理企业的，物业管理企业之间应当做好交接工作。

第四十条　物业管理企业可以将物业管理区域内的专项服务业务委托给专业性服务企业，但不得将该区域内的全部物业管理一并委托给他人。

第四十一条　物业服务收费应当遵循合理、公开以及费用与服务水平相适应的原则，区别不同物业的性质和特点，由业主和物业管理企业按照国务院价格主管部门会同国务院建设行政主管部门制定的物业服务收费办法，在物业服务合同中约定。

第四十二条　业主应当根据物业服务合同的约定交纳物业服务费用。业主与物业使用人约定由物业使用人交纳物业服务费用的，从其约定，业主负连带交纳责任。

已竣工但尚未出售或者尚未交给物业买受人的物业，物业服务费用由建设单位交纳。

第四十三条　县级以上人民政府价格主管部门会同同级房地产行政主管部门，应当加强对物业服务收费的监督。

第四十四条　物业管理企业可以根据业主的委托提供物业服务合同约定以外的服务项目，服务报酬由双方约定。

第四十五条　物业管理区域内，供水、供电、供气、供热、通信、有线电视等单位应当向最终用户收取有关费用。

物业管理企业接受委托代收前款费用的，不得向业主收取手续费等额外费用。

第四十六条　对物业管理区域内违反有关治安、环保、物业装饰装修和使用等方面法律、法规规定的行为，物业管理企业应当制止，并及时向有关行政管理部门报告。

有关行政管理部门在接到物业管理企业的报告后，应当依法对违法行为予以制止或者依法处理。

第四十七条　物业管理企业应当协助做好物业管理区域内的安全防范工作。发生安全事故时，物业管理企业在采取应急措施的同时，应当及时向有关行政管理部门报告，协助做好救助工作。

物业管理企业雇请保安人员的，应当遵守国家有关规定。保安人员在维护物业管理区域内的公共秩序时，应当履行职责，不得侵害公民的合法权益。

第四十八条　物业使用人在物业管理活动中的权利义务由业主和物业使用人约定，但不得违反法律、法规和业主公约的有关规定。

物业使用人违反本条例和业主公约的规定，有关业主应当承担连带责任。

第四十九条　县级以上地方人民政府房地产行政主管部门应当及时处理业主、业主委员会、物业使用人和物业管理企业在物业管理活动中的投诉。

第五章　物业的使用与维护

第五十条　物业管理区域内按照规划建设的公共建筑和共用设施，不得改变用途。

业主依法确需改变公共建筑和共用设施用途的，应当在依法办理有关手续后告知物业管理企业；物业管理企业确需改变公共建筑和共用设施用途的，应当提请业主大会讨论决定同意后，由业主依法办理有关手续。

第五十一条　业主、物业管理企业不得擅自占用、挖掘物业管理区域内的道路、场地，损害业主的共同利益。

因维修物业或者公共利益，业主确需临时占用、挖掘道路、场地的，应当征得业主委员会和物业管理企业的同意；物业管理企业确需临时占用、挖掘道路、场地的，应当征得业主委员会的同意。

业主、物业管理企业应当将临时占用、挖掘的道路、场地，在约定期限内恢复原状。

第五十二条　供水、供电、供气、供热、通信、有线电视等单位，应当依法承担物业管理区域内相关管线和设施设备维修、养护的责任。

前款规定的单位因维修、养护等需要，临时占用、挖掘道路、场地的，应当及时恢复原状。

第五十三条　业主需要装饰装修房屋的，应当事先告知物业管理企业。

物业管理企业应当将房屋装饰装修中的禁止行为和注意事项告知业主。

第五十四条　住宅物业、住宅小区内的非住宅物业或者与单幢住宅楼结构相连的非住宅物业的业主，应当按照国家有关规定交纳专项维修资金。

专项维修资金属业主所有，专项用于物业保修期满后物业共用部位、共用设施设备的维修和更新、改造，不得挪作他用。

专项维修资金收取、使用、管理的办法由国务院建设行政主管部门会同国务院财政部门制定。

第五十五条　利用物业共用部位、共用设施设备进行经营的，应当在征得相关业主、业主大会、物业管理企业的同意后，按照规定办理有关手续。业主所得收益应当主要用于补充专项维修资金，也可以按照业主大会的决定使用。

第五十六条　物业存在安全隐患，危及公共利益及他人合法权益时，责任人应当及时维修养护，有关业主应当给予配合。

责任人不履行维修养护义务的，经业主大会同意，可以由物业管理企业维修养护，费用由责任人承担。

第六章　法律责任

第五十七条　违反本条例的规定，住宅物业的建设单位未通过招投标的方式选聘物业管理企业或者未经批准，擅自采用协议方式选聘物业管理企业的，由县级以上地方人民政府房地产行政主管部门责令限期改正，给予警告，可以并处 10 万元以下的罚款。

第五十八条　违反本条例的规定，建设单位擅自处分属于业主的物业共用部位、共用设施设备的所有权或者使用权的，由县级以上地方人民政府房地产行政主管部门处 5 万元以上 20 万元以下的罚款；给业主造成损失的，依法承担赔偿责任。

第五十九条　违反本条例的规定，不移交有关资料的，由县级以上地方人民政府房地产行政主管部门责令限期改正；逾期仍不移交有关资料的，对建设单位、物业管理企业予以通报，处 1 万元以上 10 万元以下的罚款。

第六十条　违反本条例的规定，未取得资质证书从事物业管理的，由县级以上地方人民政府房地产行政主管部门没收违法所得，并处 5 万元以上 20 万元以下的罚款；给业主造成损失的，依法承担赔偿责任。

以欺骗手段取得资质证书的，依照本条第一款规定处罚，并由颁发资质证书的部门吊销资质证书。

第六十一条　违反本条例的规定，物业管理企业聘用未取得物业管理职业资格证书的人员从事物业管理活动的，由县级以上地方人民政府房地产行政主管部门责令停止违法行为，处 5 万元以上 20 万元以下的罚款；给业主造成损失的，依法承担赔偿责任。

第六十二条　违反本条例的规定，物业管理企业将一个物业管理区域内的全部物业管理一并委托给他人的，由县级以上地方人民政府房地产行政主管部门责令限期改正，处委托合同价款30％以上50％以下的罚款；情节严重的，由颁发资质证书的部门吊销资质证书。委托所得收益，用于物业管理区域内物业共用部位、共用设施设备的维修、养护，剩余部分按照业主大会的决定使用；给业主造成损失的，依法承担赔偿责任。

第六十三条　违反本条例的规定，挪用专项维修资金的，由县级以上地方人民政府房地产行政主管部门追回挪用的专项维修资金，给予警告，没收违法所得，可以并处挪用数额2倍以下的罚款；物业管理企业挪用专项维修资金，情节严重的，并由颁发资质证书的部门吊销资质证书；构成犯罪的，依法追究直接负责的主管人员和其他直接责任人员的刑事责任。

第六十四条　违反本条例的规定，建设单位在物业管理区域内不按照规定配置必要的物业管理用房的，由县级以上地方人民政府房地产行政主管部门责令限期改正，给予警告，没收违法所得，并处10万元以上50万元以下的罚款。

第六十五条　违反本条例的规定，未经业主大会同意，物业管理企业擅自改变物业管理用房的用途的，由县级以上地方人民政府房地产行政主管部门责令限期改正，给予警告，并处1万元以上10万元以下的罚款；有收益的，所得收益用于物业管理区域内物业共用部位、共用设施设备的维修、养护，剩余部分按照业主大会的决定使用。

第六十六条　违反本条例的规定，有下列行为之一的，由县级以上地方人民政府房地产行政主管部门责令限期改正，给予警告，并按照本条第二款的规定处以罚款；所得收益，用于物业管理区域内物业共用部位、共用设施设备的维修、养护，剩余部分按照业主大会的决定使用：

（一）擅自改变物业管理区域内按照规划建设的公共建筑和共用设施用途的；

（二）擅自占用、挖掘物业管理区域内道路、场地，损害业主共同利益的；

（三）擅自利用物业共用部位、共用设施设备进行经营的。

个人有前款规定行为之一的，处1000元以上1万元以下的罚款；单位有前款规定行为之一的，处5万元以上20万元以下的罚款。

第六十七条　违反物业服务合同约定，业主逾期不交纳物业服务费用的，业主委员会应当督促其限期交纳；逾期仍不交纳的，物业管理企业可以向人民法院起诉。

第六十八条　业主以业主大会或者业主委员会的名义，从事违反法律、法规的活动，构成犯罪的，依法追究刑事责任；尚不构成犯罪的，依法给予治安管理处罚。

第六十九条　违反本条例的规定，国务院建设行政主管部门、县级以上地方人民政府房地产行政主管部门或者其他有关行政管理部门的工作人员利用职务上的便利，收受他人财物或者其他好处，不依法履行监督管理职责，或者发现违法行为不予查处，构成犯罪的，依法追究刑事责任；尚不构成犯罪的，依法给予行政处分。

第七章　附　则

第七十条　本条例自2003年9月1日起施行。

物业管理企业资质管理办法

第一条　为了加强对物业管理活动的监督管理，规范物业管理市场秩序，提高物业管理服务水平，根据《物业管理条例》，制定本办法。

第二条 在中华人民共和国境内申请物业管理企业资质，实施对物业管理企业资质管理，适用本办法。

本办法所称物业管理企业，是指依法设立、具有独立法人资格，从事物业管理服务活动的企业。

第三条 物业管理企业资质等级分为一、二、三级。

第四条 国务院建设主管部门负责一级物业管理企业资质证书的颁发和管理。

省、自治区人民政府建设主管部门负责二级物业管理企业资质证书的颁发和管理，直辖市人民政府房地产主管部门负责二级和三级物业管理企业资质证书的颁发和管理，并接受国务院建设主管部门的指导和监督。

设区的市的人民政府房地产主管部门负责三级物业管理企业资质证书的颁发和管理，并接受省、自治区人民政府建设主管部门的指导和监督。

第五条 各资质等级物业管理企业的条件如下：

（一）一级资质：

1. 注册资本人民币 500 万元以上；

2. 物业管理专业人员以及工程、管理、经济等相关专业类的专职管理和技术人员不少于 30 人。其中，具有中级以上职称的人员不少于 20 人，工程、财务等业务负责人具有相应专业中级以上职称；

3. 物业管理专业人员按照国家有关规定取得职业资格证书；

4. 管理两种类型以上物业，并且管理各类物业的房屋建筑面积分别占下列相应计算基数的百分比之和不低于 100%：

（1）多层住宅 200 万 m²；

（2）高层住宅 100 万 m²；

（3）独立式住宅（别墅）15 万 m²；

（4）办公楼、工业厂房及其他物业 50 万 m²。

5. 建立并严格执行服务质量、服务收费等企业管理制度和标准，建立企业信用档案系统，有优良的经营管理业绩。

（二）二级资质：

1. 注册资本人民币 300 万元以上。

2. 物业管理专业人员以及工程、管理、经济等相关专业类的专职管理和技术人员不少于 20 人。其中，具有中级以上职称的人员不少于 10 人，工程、财务等业务负责人具有相应专业中级以上职称。

3. 物业管理专业人员按照国家有关规定取得职业资格证书。

4. 管理两种类型以上物业，并且管理各类物业的房屋建筑面积分别占下列相应计算基数的百分比之和不低于 100%：

（1）多层住宅 100 万 m²；

（2）高层住宅 50 万 m²；

（3）独立式住宅（别墅）8 万 m²；

（4）办公楼、工业厂房及其他物业 20 万 m²。

5. 建立并严格执行服务质量、服务收费等企业管理制度和标准，建立企业信用档案系统，有良好的经营管理业绩。

（三）三级资质：

1. 注册资本人民币 50 万元以上。

2. 物业管理专业人员以及工程、管理、经济等相关专业类的专职管理和技术人员不少于 10 人。其中，具有中级以上职称的人员不少于 5 人，工程、财务等业务负责人具有相应专业中级以上职称。

3. 物业管理专业人员按照国家有关规定取得职业资格证书。

4. 有委托的物业管理项目。

5. 建立并严格执行服务质量、服务收费等企业管理制度和标准，建立企业信用档案系统。

第六条　新设立的物业管理企业应当自领取营业执照之日起 30 日内，持下列文件向工商注册所在地直辖市、设区的市级人民政府房地产主管部门申请资质：

（一）营业执照；

（二）企业章程；

（三）验资证明；

（四）企业法定代表人的身份证明；

（五）物业管理专业人员的职业资格证书和劳动合同，管理和技术人员的职称证书和劳动合同。

第七条　新设立的物业管理企业，其资质等级按照最低等级核定，并设一年的暂定期。

第八条　一级资质物业管理企业可以承接各种物业管理项目。

二级资质物业管理企业可以承接 30 万 m^2 以下的住宅项目和 8 万 m^2 以下的非住宅项目的物业管理业务。

三级资质物业管理企业可以承接 20 万 m^2 以下住宅项目和 5 万 m^2 以下的非住宅项目的物业管理业务。

第九条　申请核定资质等级的物业管理企业，应当提交下列材料：

（一）企业资质等级申报表；

（二）营业执照；

（三）企业资质证书正、副本；

（四）物业管理专业人员的职业资格证书和劳动合同，管理和技术人员的职称证书和劳动合同，工程、财务负责人的职称证书和劳动合同；

（五）物业服务合同复印件；

（六）物业管理业绩材料。

第十条　资质审批部门应当自受理企业申请之日起 20 个工作日内，对符合相应资质等级条件的企业核发资质证书；一级资质审批前，应当由省、自治区人民政府建设主管部门或者直辖市人民政府房地产主管部门审查，审查期限为 20 个工作日。

第十一条　物业管理企业申请核定资质等级，在申请之日前一年内有下列行为之一的，资质审批部门不予批准：

（一）聘用未取得物业管理职业资格证书的人员从事物业管理活动的；

（二）将一个物业管理区域内的全部物业管理业务一并委托给他人的；

（三）挪用专项维修资金的；

（四）擅自改变物业管理用房用途的；

（五）擅自改变物业管理区域内按照规划建设的公共建筑和共用设施用途的；

（六）擅自占用、挖掘物业管理区域内道路、场地，损害业主共同利益的；

（七）擅自利用物业共用部位、共用设施设备进行经营的；

（八）物业服务合同终止时，不按照规定移交物业管理用房和有关资料的；

（九）与物业管理招标人或者其他物业管理投标人相互串通，以不正当手段谋取中标的；

（十）不履行物业服务合同，业主投诉较多，经查证属实的；

（十一）超越资质等级承接物业管理业务的；

（十二）出租、出借、转让资质证书的；

（十三）发生重大责任事故的。

第十二条　资质证书分为正本和副本，由国务院建设主管部门统一印制，正、副本具有同等法律效力。

第十三条　任何单位和个人不得伪造、涂改、出租、出借、转让资质证书。

企业遗失资质证书，应当在新闻媒体上声明后，方可申请补领。

第十四条　企业发生分立、合并的，应当在向工商行政管理部门办理变更手续后 30 日内，到原资质审批部门申请办理资质证书注销手续，并重新核定资质等级。

第十五条　企业的名称、法定代表人等事项发生变更的，应当在办理变更手续后 30 日内，到原资质审批部门办理资质证书变更手续。

第十六条　企业破产、歇业或者因其他原因终止业务活动的，应当在办理营业执照注销手续后 15 日内，到原资质审批部门办理资质证书注销手续。

第十七条　物业管理企业资质实行年检制度。

各资质等级物业管理企业的年检由相应资质审批部门负责。

第十八条　符合原定资质等级条件的，物业管理企业的资质年检结论为合格。

不符合原定资质等级条件的，物业管理企业的资质年检结论为不合格，原资质审批部门应当注销其资质证书，由相应资质审批部门重新核定其资质等级。

资质审批部门应当将物业管理企业资质年检结果向社会公布。

第十九条　物业管理企业取得资质证书后，不得降低企业的资质条件，并应当接受资质审批部门的监督检查。

资质审批部门应当加强对物业管理企业的监督检查。

第二十条　有下列情形之一的，资质审批部门或者其上级主管部门，根据利害关系人的请求或者根据职权可以撤销资质证书：

（一）审批部门工作人员滥用职权、玩忽职守作出物业管理企业资质审批决定的；

（二）超越法定职权作出物业管理企业资质审批决定的；

（三）违反法定程序作出物业管理企业资质审批决定的；

（四）对不具备申请资格或者不符合法定条件的物业管理企业颁发资质证书的；

（五）依法可以撤销审批的其他情形。

第二十一条　物业管理企业超越资质等级承接物业管理业务的，由县级以上地方人民政府房地产主管部门予以警告，责令限期改正，并处 1 万元以上 3 万元以下的罚款。

第二十二条　物业管理企业无正当理由不参加资质年检的，由资质审批部门责令其限期改正，可处1万元以上3万元以下的罚款。

第二十三条　物业管理企业出租、出借、转让资质证书的，由县级以上地方人民政府房地产主管部门予以警告，责令限期改正，并处1万元以上3万元以下的罚款。

第二十四条　物业管理企业不按照本办法规定及时办理资质变更手续的，由县级以上地方人民政府房地产主管部门责令限期改正，可处2万元以下的罚款。

第二十五条　资质审批部门有下列情形之一的，由其上级主管部门或者监察机关责令改正，对直接负责的主管人员和其他直接责任人员依法给予行政处分；构成犯罪的，依法追究刑事责任：

（一）对不符合法定条件的企业颁发资质证书的；

（二）对符合法定条件的企业不予颁发资质证书的；

（三）对符合法定条件的企业未在法定期限内予以审批的；

（四）利用职务上的便利，收受他人财物或者其他好处的；

（五）不履行监督管理职责，或者发现违法行为不予查处的。

第二十六条　本办法自2004年5月1日起施行。

前期物业管理招标投标管理暂行办法

第一章　总　　则

第一条　为了规范前期物业管理招标投标活动，保护招标投标当事人的合法权益，促进物业管理市场的公平竞争，制定本办法。

第二条　前期物业管理，是指在业主、业主大会选聘物业管理企业之前，由建设单位选聘物业管理企业实施的物业管理。

建设单位通过招投标的方式选聘具有相应资质的物业管理企业和行政主管部门对物业管理招投标活动实施监督管理，适用本办法。

第三条　住宅及同一物业管理区域内非住宅的建设单位，应当通过招投标的方式选聘具有相应资质的物业管理企业；投标人少于3个或者住宅规模较小的，经物业所在地的区、县人民政府房地产行政主管部门批准，可以采用协议方式选聘具有相应资质的物业管理企业。

国家提倡其他物业的建设单位通过招投标的方式，选聘具有相应资质的物业管理企业。

第四条　前期物业管理招标投标应当遵循公开、公平、公正和诚实信用的原则。

第五条　国务院建设行政主管部门负责全国物业管理招标投标活动的监督管理。

省、自治区人民政府建设行政主管部门负责本行政区域内物业管理招标投标活动的监督管理。

直辖市、市、县人民政府房地产行政主管部门负责本行政区域内物业管理招标投标活动的监督管理。

第六条　任何单位和个人不得违反法律、行政法规规定，限制或者排斥具备投标资格的物业管理企业参加投标，不得以任何方式非法干涉物业管理招标投标活动。

第二章 招 标

第七条 本办法所称招标人是指依法进行前期物业管理招标的物业建设单位。

前期物业管理招标由招标人依法组织实施。招标人不得以不合理条件限制或者排斥潜在投标人，不得对潜在投标人实行歧视待遇，不得对潜在投标人提出与招标物业管理项目实际要求不符的过高的资格等要求。

第八条 前期物业管理招标分为公开招标和邀请招标。

招标人采取公开招标方式的，应当在公共媒介上发布招标公告，并同时在中国住宅与房地产信息网和中国物业管理协会网上发布免费招标公告。

招标公告应当载明招标人的名称和地址，招标项目的基本情况以及获取招标文件的办法等事项。

招标人采取邀请招标方式的，应当向 3 个以上物业管理企业发出投标邀请书，投标邀请书应当包含前款规定的事项。

第九条 招标人可以委托招标代理机构办理招标事宜；有能力组织和实施招标活动的，也可以自行组织实施招标活动。

物业管理招标代理机构应当在招标人委托的范围内办理招标事宜，并遵守本办法对招标人的有关规定。

第十条 招标人应当根据物业管理项目的特点和需要，在招标前完成招标文件的编制。招标文件应包括以下内容：

（一）招标人及招标项目简介，包括招标人名称、地址、联系方式、项目基本情况、物业管理用房的配备情况等；

（二）物业管理服务内容及要求，包括服务内容、服务标准等；

（三）对投标人及投标书的要求，包括投标人的资格、投标书的格式、主要内容等；

（四）评标标准和评标方法；

（五）招标活动方案，包括招标组织机构、开标时间及地点等；

（六）物业服务合同的签订说明；

（七）其他事项的说明及法律法规规定的其他内容。

第十一条 招标人应当在发布招标公告或者发出投标邀请书的 10 日前，提交以下材料报物业项目所在地的县级以上地方人民政府房地产行政主管部门备案：

（一）与物业管理有关的物业项目开发建设的政府批件；

（二）招标公告或者招标邀请书；

（三）招标文件；

（四）法律、法规规定的其他材料。

房地产行政主管部门发现招标有违反法律、法规规定的，应当及时责令招标人改正。

第十二条 公开招标的招标人可以根据招标文件的规定，对投标申请人进行资格预审。实行投标资格预审的物业管理项目，招标人应当在招标公告或者投标邀请书中载明资格预审的条件和获取资格预审文件的办法。

资格预审文件一般应当包括资格预审申请书格式、申请人须知，以及需要投标申请人提供的企业资格文件、业绩、技术装备、财务状况和拟派出的项目负责人与主要管理人员的简历、业绩等证明材料。

第十三条　经资格预审后，公开招标的招标人应当向资格预审合格的投标申请人发出资格预审合格通知书，告知获取招标文件的时间、地点和方法，并同时向资格不合格的投标申请人告知资格预审结果。

在资格预审合格的投标申请人过多时，可以由招标人从中选择不少于5家资格预审合格的投标申请人。

第十四条　招标人应当确定投标人编制投标文件所需要的合理时间。公开招标的物业管理项目，自招标文件发出之日起至投标人提交投标文件截止之日止，最短不得少于20日。

第十五条　招标人对已发出的招标文件进行必要的澄清或者修改的，应当在招标文件要求提交投标文件截止时间至少15日前，以书面形式通知所有的招标文件收受人。该澄清或者修改的内容为招标文件的组成部分。

第十六条　招标人根据物业管理项目的具体情况，可以组织潜在的投标申请人踏勘物业项目现场，并提供隐蔽工程图纸等详细资料。对投标申请人提出的疑问应当予以澄清并以书面形式发送给所有的招标文件收受人。

第十七条　招标人不得向他人透露已获取招标文件的潜在投标人的名称、数量以及可能影响公平竞争的有关招标投标的其他情况。

招标人设有标底的，标底必须保密。

第十八条　在确定中标人前，招标人不得与投标人就投标价格、投标方案等实质内容进行谈判。

第十九条　通过招标投标方式选择物业管理企业的，招标人应当按照以下规定时限完成物业管理招标投标工作：

（一）新建现售商品房项目应当在现售前30日完成；

（二）预售商品房项目应当在取得《商品房预售许可证》之前完成；

（三）非出售的新建物业项目应当在交付使用前90日完成。

第三章　投　标

第二十条　本办法所称投标人是指响应前期物业管理招标、参与投标竞争的物业管理企业。

投标人应当具有相应的物业管理企业资质和招标文件要求的其他条件。

第二十一条　投标人对招标文件有疑问需要澄清的，应当以书面形式向招标人提出。

第二十二条　投标人应当按照招标文件的内容和要求编制投标文件，投标文件应当对招标文件提出的实质性要求和条件作出响应。

投标文件应当包括以下内容：

（一）投标函；

（二）投标报价；

（三）物业管理方案；

（四）招标文件要求提供的其他材料。

第二十三条　投标人应当在招标文件要求提交投标文件的截止时间前，将投标文件密封送达投标地点。招标人收到投标文件后，应当向投标人出具标明签收人和签收时间的凭证，并妥善保存投标文件。在开标前，任何单位和个人均不得开启投标文件。在招标文件要求提交投标文件的截止时间后送达的投标文件，为无效的投标文件，招标人应当拒收。

第二十四条 投标人在招标文件要求提交投标文件的截止时间前，可以补充、修改或者撤回已提交的投标文件，并书面通知招标人。补充、修改的内容为投标文件的组成部分，并应当按照本办法第二十三条的规定送达、签收和保管。在招标文件要求提交投标文件的截止时间后送达的补充或者修改的内容无效。

第二十五条 投标人不得以他人名义投标或者以其他方式弄虚作假，骗取中标。

投标人不得相互串通投标，不得排挤其他投标人的公平竞争，不得损害招标人或者其他投标人的合法权益。

投标人不得与招标人串通投标，损害国家利益、社会公共利益或者他人的合法权益。

禁止投标人以向招标人或者评标委员会成员行贿等不正当手段谋取中标。

第四章 开标、评标和中标

第二十六条 开标应当在招标文件确定的提交投标文件截止时间的同一时间公开进行；开标地点应当为招标文件中预先确定的地点。

第二十七条 开标由招标人主持，邀请所有投标人参加。开标应当按照下列规定进行：由投标人或者其推选的代表检查投标文件的密封情况，也可以由招标人委托的公证机构进行检查并公证。经确认无误后，由工作人员当众拆封，宣读投标人名称、投标价格和投标文件的其他主要内容。

招标人在招标文件要求提交投标文件的截止时间前收到的所有投标文件，开标时都应当当众予以拆封。

开标过程应当记录，并由招标人存档备查。

第二十八条 评标由招标人依法组建的评标委员会负责。

评标委员会由招标人代表和物业管理方面的专家组成，成员为5人以上单数，其中招标人代表以外的物业管理方面的专家不得少于成员总数的2/3。

评标委员会的专家成员，应当由招标人从房地产行政主管部门建立的专家名册中采取随机抽取的方式确定。

与投标人有利害关系的人不得进入相关项目的评标委员会。

第二十九条 房地产行政主管部门应当建立评标的专家名册。省、自治区、直辖市人民政府房地产行政主管部门可以将专家数量少的城市的专家名册予以合并或者实行专家名册计算机联网。

房地产行政主管部门应当对进入专家名册的专家进行有关法律和业务培训，对其评标能力、廉洁公正等进行综合考评，及时取消不称职或者违法违规人员的评标专家资格。被取消评标专家资格的人员，不得再参加任何评标活动。

第三十条 评标委员会成员应当认真、公正、诚实、廉洁地履行职责。

评标委员会成员不得与任何投标人或者与招标结果有利害关系的人进行私下接触，不得收受投标人、中介人、其他利害关系人的财物或者其他好处。

评标委员会成员和与评标活动有关的工作人员不得透露对投标文件的评审和比较、中标候选人的推荐情况以及与评标有关的其他情况。

前款所称与评标活动有关的工作人员，是指评标委员会成员以外的因参与评标监督工作或者事务性工作而知悉有关评标情况的所有人员。

第三十一条　评标委员会可以用书面形式要求投标人对投标文件中含义不明确的内容作必要的澄清或者说明。投标人应当采用书面形式进行澄清或者说明，其澄清或者说明不得超出投标文件的范围或者改变投标文件的实质性内容。

第三十二条　在评标过程中召开现场答辩会的，应当事先在招标文件中说明，并注明所占的评分比重。

评标委员会应当按照招标文件的评标要求，根据标书评分、现场答辩等情况进行综合评标。除了现场答辩部分外，评标应当在保密的情况下进行。

第三十三条　评标委员会应当按照招标文件确定的评标标准和方法，对投标文件进行评审和比较，并对评标结果签字确认。

第三十四条　评标委员会经评审，认为所有投标文件都不符合招标文件要求的，可以否决所有投标。

依法必须进行招标的物业管理项目的所有投标被否决的，招标人应当重新招标。

第三十五条　评标委员会完成评标后，应当向招标人提出书面评标报告，阐明评标委员会对各投标文件的评审和比较意见，并按照招标文件规定的评标标准和评标方法，推荐不超过3名有排序的合格的中标候选人。

招标人应当按照中标候选人的排序确定中标人。当确定中标的中标候选人放弃中标或者因不可抗力提出不能履行合同的，招标人可以依序确定其他中标候选人为中标人。

第三十六条　招标人应当在投标有效期截止时限30日前确定中标人。投标有效期应当在招标文件中载明。

第三十七条　招标人应当向中标人发出中标通知书，同时将中标结果通知所有未中标的投标人，并应当返还其投标书。

招标人应当自确定中标人之日起15日内，向物业项目所在地的县级以上地方人民政府房地产行政主管部门备案。备案资料应当包括开标评标过程、确定中标人的方式及理由、评标委员会的评标报告、中标人的投标文件等资料。委托代理招标的，还应当附招标代理委托合同。

第三十八条　招标人和中标人应当自中标通知书发出之日起30日内，按照招标文件和中标人的投标文件订立书面合同；招标人和中标人不得再行订立背离合同实质性内容的其他协议。

第三十九条　招标人无正当理由不与中标人签订合同，给中标人造成损失的，招标人应当给予赔偿。

第五章　附　　则

第四十条　投标人和其他利害关系人认为招标投标活动不符合本办法有关规定的，有权向招标人提出异议，或者依法向有关部门投诉。

第四十一条　招标文件或者投标文件使用两种以上语言文字的，必须有一种是中文；如对不同文本的解释发生异议的，以中文文本为准。用文字表示的数额与数字表示的金额不一致的，以文字表示的金额为准。

第四十二条　本办法第三条规定住宅规模较小的，经物业所在地的区、县人民政府房地产行政主管部门批准，可以采用协议方式选聘物业管理企业的，其规模标准由省、自治区、直辖市人民政府房地产行政主管部门确定。

第四十三条 业主和业主大会通过招投标的方式选聘具有相应资质的物业管理企业的，参照本办法执行。

第四十四条 本办法自 2003 年 9 月 1 日起施行。

物业管理师制度暂行规定

第一章 总 则

第一条 为了规范物业管理行为，提高物业管理专业管理人员素质，维护房屋所有权人及使用人的利益，根据《物业管理条例》及国家职业资格证书制度有关规定，制定本规定。

第二条 本规定适用于在物业管理企业中，从事物业管理工作的专业管理人员。

第三条 本规定所称物业管理师，是指经全国统一考试，取得《中华人民共和国物业管理师资格证书》（以下简称《资格证书》），并依法注册取得《中华人民共和国物业管理师注册证》（以下简称《注册证》），从事物业管理工作的专业管理人员。

物业管理师英文译为：Certified Property Manager

第四条 国家对从事物业管理工作的专业管理人员，实行职业准入制度，纳入全国专业技术人员职业资格证书制度统一规划。

第五条 建设部、人事部共同负责全国物业管理师职业准入制度的实施工作，并按职责分工对该制度的实施进行指导、监督和检查。

县级以上地方人民政府房地产主管部门和人事行政部门按职责分工实施物业管理师职业准入制度。

第二章 考 试

第六条 物业管理师资格实行全国统一大纲、统一命题的考试制度，原则上每年举行一次。

第七条 建设部组织成立物业管理师资格考试专家委员会，负责拟定考试科目、考试大纲，组织命题，建立并管理考试试题库等工作。

第八条 人事部组织专家审定考试科目、考试大纲、考试试题，组织实施考试工作；会同建设部研究确定合格标准，并对考试考务工作进行指导、监督和检查。

第九条 凡中华人民共和国公民，遵守国家法律、法规，恪守职业道德，并具备下列条件之一的，可以申请参加物业管理师资格考试：

（一）取得经济学、管理科学与工程或土建类中专学历，工作满 10 年，其中从事物业管理工作满 8 年。

（二）取得经济学、管理科学与工程或土建类大专学历，工作满 6 年，其中从事物业管理工作满 4 年。

（三）取得经济学、管理科学与工程或土建类大学本科学历，工作满 4 年，其中从事物业管理工作满 3 年。

（四）取得经济学、管理科学与工程或土建类双学士学位或研究生班毕业，工作满 3 年，其中从事物业管理工作满 2 年。

（五）取得经济学、管理科学与工程或土建类硕士学位，从事物业管理工作满 2 年。

（六）取得经济学、管理科学与工程或土建类博士学位，从事物业管理工作满 1 年。

（七）取得其他专业相应学历、学位的，工作年限及从事物业管理工作年限均增加 2 年。

第十条　物业管理师资格考试合格，由人事部、建设部委托省、自治区、直辖市人民政府人事行政部门，颁发人事部统一印制，人事部、建设部用印的《资格证书》。该证书在全国范围内有效。

第十一条　以不正当手段取得《资格证书》的，由省、自治区、直辖市人民政府人事行政部门收回《资格证书》。自收回《资格证书》之日起，3 年内不得再次参加物业管理师资格考试。

第三章　注　　册

第十二条　取得《资格证书》的人员，经注册后方可以物业管理师的名义执业。

第十三条　建设部为物业管理师资格注册审批机构。省、自治区、直辖市人民政府房地产主管部门为物业管理师资格注册审查机构。

第十四条　取得《资格证书》并申请注册的人员，应当受聘于一个具有物业管理资质的企业，并通过聘用企业向本企业工商注册所在省的注册审查机构提出注册申请。

第十五条　注册审查机构在收到申请人的注册申请材料后，对申请材料不齐全或者不符合法定形式的，应当当场或者在 5 个工作日内，一次告知申请人需要补正的全部内容，逾期不告知的，自收到申请材料之日起即为受理。

对受理或者不予受理的注册申请，均应出具加盖注册审查机构专用印章和注明日期的书面凭证。

第十六条　注册审查机构自受理注册申请之日起 20 个工作日内，按规定条件和程序完成申请材料的审查工作，并将注册申请人员材料和审查意见报注册审批机构审批。

注册审批机构自受理注册申请人员材料之日起 20 个工作日内作出决定。在规定的期限内不能作出决定的，应当将延长期限的理由告知申请人。

对作出批准决定的，应当自决定批准之日起 10 个工作日内，将批准决定送达注册申请人，并核发《注册证》。对作出不予批准决定的，应当书面说明理由，并告知申请人享有依法申请行政复议或者提起行政诉讼的权力。

第十七条　物业管理师资格注册有效期为 3 年。《注册证》在有效期限内是物业管理师的执业凭证，由持证人保管和使用。

第十八条　初始注册者，可以自取得《资格证书》之日起 1 年内提出注册申请。逾期未申请者，在申请初始注册时，必须符合本规定继续教育的要求。

初始注册时需要提交下列材料：

（一）《中华人民共和国物业管理师初始注册申请表》；

（二）《资格证书》；

（三）与聘用单位签订的劳动合同；

（四）逾期申请初始注册人员的继续教育证明材料。

第十九条　注册有效期届满需要继续执业的，应当在有效期届满前 30 个工作日内，按照本规定第十四条规定的程序申请延续注册。注册审批机构应当根据申请人的申请，在规定的时限内作出延续注册的决定；逾期未作出决定的，视为准予延续注册。

延续注册时需要提交下列材料：

（一）《中华人民共和国物业管理师延续注册申请表》；

（二）与聘用单位签订的劳动合同；

（三）达到注册期内继续教育要求的证明材料。

第二十条　在注册有效期内，物业管理师变更执业单位，应按照本规定第十四条规定的程序办理变更注册手续。变更注册后，其《注册证》在原注册有效期内继续有效。

变更注册时需要提交下列材料：

（一）《中华人民共和国物业管理师变更注册申请表》；

（二）与新聘用单位签订的劳动合同；

（三）工作调动证明或者与原聘用单位解除劳动合同的证明，退休人员的退休证明。

第二十一条　物业管理师因丧失行为能力、死亡或者被宣告失踪的，其《注册证》失效。

第二十二条　注册申请人有下列情形之一的，注册审批机构不予注册：

（一）不具有完全民事行为能力的；

（二）刑事处罚尚未执行完毕的；

（三）在物业管理活动中受到刑事处罚，自刑事处罚执行完毕之日起至申请注册之日止不满 2 年的；

（四）法律、法规规定不予注册的其他情形。

第二十三条　物业管理师或者聘用单位有下列情形之一的，应由本人或聘用单位按规定的程序向当地注册审查机构提出申请，由注册审批机构核准后，办理注销手续，收回《注册证》。

（一）不具有完全民事行为能力的；

（二）申请注销注册的；

（三）与聘用单位解除劳动关系的；

（四）注册有效期满且未延续注册的；

（五）被依法撤销注册的；

（六）造成物业管理项目重大责任事故或者受到刑事处罚的；

（七）聘用单位被吊销营业执照的；

（八）聘用单位被吊销物业管理资质证书的；

（九）聘用单位破产的；

（十）应当注销注册的其他情形。

第二十四条　注册申请人以不正当手段取得注册的，注册审批机构应当撤销注册，并依法给予行政处罚；当事人在 3 年内不得再次申请注册；构成犯罪的，依法追究刑事责任。

第二十五条　被注销注册或者不予注册的人员，重新具备初始注册条件，并符合本规定继续教育要求的，可按照本规定第十四条规定的程序申请注册。

第二十六条　注册审批机构应当定期公布注册有关情况。当事人对注销注册、不予注册或者撤销注册有异议的，可依法申请行政复议或者提起行政诉讼。

第四章　执　　业

第二十七条　物业管理师依据《物业管理条例》和相关法律、法规及规章开展执业活动。

第二十八条　物业管理项目负责人应当由物业管理师担任。物业管理师只能在一个具有物业管理资质的企业负责物业管理项目的管理工作。

第二十九条　物业管理师应当具备的执业能力：

（一）掌握物业管理、建筑工程、房地产开发与经营等专业知识；

（二）具有一定的经济学、管理学、社会学、心理学等相关学科的知识；

（三）能够熟练运用物业管理相关法律、法规和有关规定；

（四）具有丰富的物业管理实践经验。

第三十条　物业管理师的执业范围：

（一）制定并组织实施物业管理方案；

（二）审定并监督执行物业管理财务预算；

（三）查验物业共用部位、共用设施设备和有关资料；

（四）负责房屋及配套设施设备和相关场地的维修、养护与管理；

（五）维护物业管理区域内环境卫生和秩序；

（六）法律、法规规定和《物业管理合同》约定的其他事项。

第三十一条　物业管理项目管理中的关键性文件，必须由物业管理师签字后实施，并承担相应法律责任。

第三十二条　物业管理师应当妥善处理物业管理活动中出现的问题，按照物业服务合同的约定，诚实守信，为业主提供质价相符的物业管理服务。

第三十三条　物业管理师应当接受继续教育，更新知识，不断提高业务水平。每年接受继续教育时间应当不少于 40 学时。

第五章　附　则

第三十四条　对在本规定发布之日前，长期从事物业管理工作，具有丰富物业管理实践经验，并符合考试认定条件的专业管理人员，可通过考试认定办法取得物业管理师资格。

第三十五条　取得《资格证书》的人员，用人单位可以根据工作需要聘任经济师职务。

第三十六条　符合考试报名条件的香港、澳门居民，可以申请参加物业管理师资格考试。申请人在报名时应提交本人身份证明、国务院教育行政部门认可的相应专业学历或者学位证书、从事工作及物业管理相关实践年限证明。台湾地区专业技术人员参加考试的办法另行规定。外籍专业人员申请参加物业管理师资格考试、注册和执业等管理办法另行制定。

第三十七条　物业管理师继续教育内容、物业管理企业配备物业管理师数量和注册管理等具体办法，由建设部另行规定。

第三十八条　各级人事行政部门和房地产主管部门及物业管理师资格考试等机构，在实施物业管理师制度过程中，因工作失误，使专业管理人员合法权益受到损害的，应当依据国家有关规定给予相应赔偿，并可向有关责任人追偿。

第三十九条　各级人事行政部门和房地产主管部门及物业管理师资格考试等机构的工作

人员，有不履行工作职责，监督不力，为本人或他人谋取私利等违法违纪行为的，视情节轻重，给予行政处分。构成犯罪的，依法追究刑事责任。

第四十条 本规定自 2005 年 12 月 1 日起施行。

物业管理师资格考试实施办法

第一条 人事部、建设部共同成立物业管理师资格考试办公室（以下简称考试办公室，设在建设部），负责考试相关政策的研究及管理工作。具体考务工作委托人事部考试中心负责。

各省、自治区、直辖市的考试工作由当地人事行政部门会同房地产主管部门组织实施，并协商确定具体职责分工。

第二条 物业管理师资格考试科目为《物业管理基本制度与政策》、《物业管理实务》、《物业管理综合能力》和《物业经营管理》。

第三条 资格考试分 4 个半天进行。《物业管理基本制度与政策》、《物业经营管理》、《物业管理综合能力》3 个科目的考试均为 2.5 小时，《物业管理实务》科目考试时间为 3 个小时。

第四条 符合《物业管理师制度暂行规定》（以下简称《暂行规定》）有关报名条件的人员，均可报名参加物业管理师资格考试。

第五条 符合《暂行规定》有关报名条件，并于 2004 年 12 月 31 日前，评聘工程类或经济类高级专业技术职务，且从事物业管理工作满 10 年的人员，可免试《物业管理基本制度与政策》、《物业经营管理》2 个科目，只参加《物业管理实务》、《物业管理综合能力》2 个科目的考试。

第六条 考试成绩实行 2 年为一个周期的滚动管理办法，参加全部 4 个科目考试的人员必须在连续两个考试年度内通过全部科目；免试部分科目的人员必须在一个考试年度内通过应试科目。

第七条 参加考试由本人提出申请，携带所在单位出具的有关证明及相关材料到当地考试管理机构报名。考试管理机构按规定的程序和报名条件审查合格后，发给准考证。参加考试人员凭准考证在指定的时间、地点参加考试。

国务院各部门所属单位和中央管理企业的专业管理人员按属地原则报名参加考试。

第八条 考试日期为每年第三季度。考点原则上设在省会城市和直辖市的大、中专院校或高考定点学校，如确需在其他城市设置，须经建设部和人事部批准。

第九条 物业管理师资格考试及有关项目的收费标准，须经当地价格行政部门批准，并公布于众，接受群众监督。

第十条 坚持考试与培训分开的原则。凡参与考试工作（包括命、审题与组织管理）的人员，不得参加考试和举办与考试内容有关的培训工作。应考人员参加相关培训坚持自愿的原则。

第十一条 考试考务工作应严格执行考试工作的有关规章制度，切实做好试卷命制、印刷、发送过程中的保密工作，严格遵守保密制度，严防泄密。

第十二条 考试工作人员应严格遵守考试工作纪律，认真执行考试回避制度。对违反考试纪律和有关规定行为的，按照《专业技术人员资格考试违纪违规行为处理规定》（人事部令第 3 号）处理。

物业管理师资格认定考试办法

一、认定考试申报条件

遵守中华人民共和国宪法和各项法律、法规，恪守职业道德，身体健康，评聘为中级及以上专业技术职务，担任物业管理项目经理或物业管理项目管理处主任及以上职务满 5 年，管理过 2 个以上物业管理项目，管理面积达到 20 万 m^2，管理业绩良好，取得建设部颁发的物业管理经理岗位培训合格证书，并同时具备下列条件（一）和（二）中各一项的在职在编人员，可报名参加物业管理师资格认定考试。

（一）学历与工作经历

1. 具有大学本科以上学历或学位，从事物业管理工作满 5 年。

2. 具有大学专科学历，从事物业管理工作满 10 年。

3. 具有中专学历，从事物业管理工作满 15 年。

（二）专业水平与业绩

1. 在有国内统一刊号（CN）或国际刊号（ISSN）的期刊上，作为第一作者发表过物业管理专业论文 2 篇及以上（每篇不少于 2000 字）；

2. 出版有统一书号（ISBN）的物业管理相关专业著作（本人独立撰写章节在 30000 字以上）。

3. 获得物业管理相关专业省部级以上科技成果奖项目的主要技术负责人（前 5 名）。

二、认定考试组织

物业管理师资格认定考试由人事部、建设部共同负责，并成立"全国物业管理师认定考试办公室"（以下简称"全国认定考试办公室"），负责认定考试的管理工作。

各省、自治区人事厅、建设厅和直辖市人事局、房地产管理局按职责分工负责本地区认定考试管理工作。

三、认定考试方式

（一）认定考试采取全国统一组织、闭卷笔答方式进行。

（二）认定考试科目为《物业管理实务》。考试主要考察物业管理专业工作的实际能力。

（三）认定考试合格标准由人事部、建设部共同研究确定。

四、认定考试申报材料

（一）《物业管理师资格认定考试申报表》（附件 1）一式两份；

（二）学历或学位证书、评聘专业技术职务证书、物业管理企业资质证书、物业管理企业经理岗位培训合格证书、获奖证书、担任项目负责人任命文件和论文、专著封面及内容说明的复印件。

（三）所在单位出具的职业道德和管理业绩证明，获奖单位出具的获奖项目主要技术负责人证明。

（四）本人近期 1 寸免冠相片 3 张。

五、认定考试程序

（一）符合认定考试条件的人员，通过聘用单位向单位工商登记注册所在地省、自治区、直辖市房地产主管部门报送申请材料。

（二）各省、自治区、直辖市房地产主管部门对申报人员材料进行审查，提出审查意见，并经当地人事行政部门复审合格后，由物业管理师资格认定考试考务机构向申请人核发准考证。

（三）参加认定考试人员按照有关规定，携带相关证件，在准考证指定的时间和地点参加考试。

（四）认定考试结束后，各省、自治区、直辖市物业管理师资格认定考试管理部门将认定考试人员申报材料、考试信息软盘和《物业管理师资格认定考试合格人员情况汇总表》（附件2）一并报全国认定考试办公室。

（五）全国认定考试办公室组织有关专家对各地报送的申报人员材料和考试人员成绩进行审核，将审核合格人员名单进行公示。经公示无异议后，由建设部、人事部审批后向社会公告获得《中华人民共和国物业管理师资格证书》人员的名单。

对未通过认定考试的申请人，委托各省、自治区、直辖市物业管理师资格认定考试管理部门向其说明不通过的理由。

六、认定考试有关要求

（一）各地应及时将本通知精神向社会公告。认定考试申请材料上报和考试时间及各环节工作另行通知。

（二）各地区应严格按照规定的条件和程序，认真做好申报、审查和复审工作。凡不认真把关和弄虚作假的，按照《行政许可法》有关规定处理。

（三）各地区在审查、复审时，应核查各类证书及相关证明文件的原件。报送的各类证书等相关证明文件的复印件应由所在单位人事部门负责人签署意见、加盖单位印章，并承担相关责任。

（四）物业管理师资格认定考试考务各环节工作，应按照《物业管理师资格考试实施办法》有关要求进行。对违反考试纪律和有关规定行为的，按照《专业技术人员资格考试违纪违规行为处理规定》处理。

（五）全国认定考试办公室公示网站为：中国住宅与房地产信息网站（http：//www. realestate. gov. cn）、中国物业管理协会网站（http：//www. ecpmi. org. cn）。

关于实施物业管理师制度职责分工有关问题的通知

建办人函［2006］296 号

各省、自治区建设厅，北京市建委、上海市房屋土地资源管理局，天津市、重庆市国土资源和房屋管理局，新疆生产建设兵团建设局：

为落实人事部、建设部《关于印发〈物业管理师制度暂行规定〉、〈物业管理师资格考试实施办法〉和〈物业管理师资格认定考试办法〉的通知》（国人部发［2005］95 号）要求，进一步做好物业管理师制度的实施工作，现就实施物业管理师制度有关职责分工问题通知如下：

一、物业管理师执业资格制度是行政许可事项，实施的主体是建设部。建设部负责物业管理师执业资格制度有关政策制定、注册许可审批和执业行为的市场监管；负责与国务院有关部门的工作协调等相关工作。

二、根据有关规定，建设部成立物业管理师制度管理委员会，负责组织和协调物业管理师制度实施和管理工作。管委会由建设部有关司、建设部执业资格注册中心和中国物业管理协会等有关人员组成。

三、建设部执业资格注册中心受建设部委托，负责建立并管理资格考试命题专家库及试题库，组织编写考试大纲，进行考试命题，与人事部考试中心共同负责考务组织工作。会同中国物业管理协会，负责执业资格注册的具体工作。

四、中国物业管理协会受建设部委托，组织制定物业管理师实践标准，编写物业管理师考试参考教材。开展师资培训、注册执业人员的继续教育、信用档案体系建设、资格互认工作。在建设部执业资格注册中心统一组织下，开展考试大纲编写、命题、建立命题专家库和试题库工作。

五、建设部执业资格注册中心和中国物业管理协会要加强协调配合，在建设部、人事部的监督指导下，共同做好物业管理师执业资格制度的有关工作。

二〇〇六年五月十六日

业主大会规程

第一条　为了规范业主大会的活动，维护业主的合法权益，根据《物业管理条例》，制定本规程。

第二条　业主大会应当代表和维护物业管理区域内全体业主在物业管理活动中的合法权益。

第三条　一个物业管理区域只能成立一个业主大会。

业主大会由物业管理区域内的全体业主组成。

业主大会应当设立业主委员会作为执行机构。

业主大会自首次业主大会会议召开之日起成立。

第四条　只有一个业主，或者业主人数较少且经全体业主同意，决定不成立业主大会的，由业主共同履行业主大会、业主委员会职责。

第五条　业主筹备成立业主大会的，应当在物业所在地的区、县人民政府房地产行政主管部门和街道办事处（乡镇人民政府）的指导下，由业主代表、建设单位（包括公有住房出售单位）组成业主大会筹备组（以下简称筹备组），负责业主大会筹备工作。

筹备组成员名单确定后，以书面形式在物业管理区域内公告。

第六条　筹备组应当做好下列筹备工作：

（一）确定首次业主大会会议召开的时间、地点、形式和内容；

（二）参照政府主管部门制订的示范文本，拟定《业主大会议事规则》（草案）和《业主公约》（草案）；

（三）确认业主身份，确定业主在首次业主大会会议上的投票权数；

（四）确定业主委员会委员候选人产生办法及名单；

（五）做好召开首次业主大会会议的其他准备工作。

前款（一）、（二）、（三）、（四）项的内容应当在首次业主大会会议召开15日前以书面形式在物业管理区域内公告。

第七条　业主在首次业主大会会议上的投票权数，按照省、自治区、直辖市制定的具体办法确定。

第八条　筹备组应当自组成之日起30日内在物业所在地的区、县人民政府房地产行政主管部门的指导下，组织业主召开首次业主大会会议，并选举产生业主委员会。

第九条　业主大会履行以下职责：

（一）制定、修改业主公约和业主大会议事规则；

（二）选举、更换业主委员会委员，监督业主委员会的工作；

（三）选聘、解聘物业管理企业；

（四）决定专项维修资金使用、续筹方案，并监督实施；

（五）制定、修改物业管理区域内物业共用部位和共用设施设备的使用、公共秩序和环境卫生的维护等方面的规章制度；

（六）法律、法规或者业主大会议事规则规定的其他有关物业管理的职责。

第十条　业主大会议事规则应当就业主大会的议事方式、表决程序、业主投票权确定办法、业主委员会的组成和委员任期等事项依法作出约定。

第十一条　业主公约应当对有关物业的使用、维护、管理，业主的共同利益，业主应当履行的义务，违反公约应当承担的责任等事项依法作出约定。

业主公约对全体业主具有约束力。

第十二条　业主大会会议分为定期会议和临时会议。

业主大会定期会议应当按照业主大会议事规则的规定由业主委员会组织召开。

有下列情况之一的，业主委员会应当及时组织召开业主大会临时会议：

（一）20％以上业主提议的；

（二）发生重大事故或者紧急事件需要及时处理的；

（三）业主大会议事规则或者业主公约规定的其他情况。

发生应当召开业主大会临时会议的情况，业主委员会不履行组织召开会议职责的，区、县人民政府房地产行政主管部门应当责令业主委员会限期召开。

第十三条　业主委员会应当在业主大会会议召开15日前将会议通知及有关材料以书面形式在物业管理区域内公告。

住宅小区的业主大会会议，应当同时告知相关的居民委员会。

第十四条　业主因故不能参加业主大会会议的，可以书面委托代理人参加。

第十五条　业主大会会议可以采用集体讨论的形式，也可以采用书面征求意见的形式；但应当有物业管理区域内持有1/2以上投票权的业主参加。

第十六条　物业管理区域内业主人数较多的，可以幢、单元、楼层等为单位，推选一名业主代表参加业主大会会议。

推选业主代表参加业主大会会议的，业主代表应当于参加业主大会会议3日前，就业主大会会议拟讨论的事项书面征求其所代表的业主意见，凡需投票表决的，业主的赞同、反对及弃权的具体票数经本人签字后，由业主代表在业主大会投票时如实反映。

业主代表因故不能参加业主大会会议的，其所代表的业主可以另外推选一名业主代表参加。

第十七条　业主大会作出决定，必须经与会业主所持投票权1/2以上通过。

业主大会作出制定和修改业主公约、业主大会议事规则、选聘、解聘物业管理企业、专项维修资金使用、续筹方案的决定，必须经物业管理区域内全体业主所持投票权2/3以上通过。

第十八条　业主大会会议应当由业主委员会作书面记录并存档。

第十九条　业主大会作出的决定对物业管理区域内的全体业主具有约束力。

业主大会的决定应当以书面形式在物业管理区域内及时公告。

第二十条　业主委员会应当自选举产生之日起3日内召开首次业主委员会会议，推选产生业主委员会主任1人，副主任1～2人。

第二十一条　业主委员会委员应当符合下列条件：

（一）本物业管理区域内具有完全民事行为能力的业主；

（二）遵守国家有关法律、法规；

（三）遵守业主大会议事规则、业主公约，模范履行业主义务；

（四）热心公益事业，责任心强，公正廉洁，具有社会公信力；

（五）具有一定组织能力；

（六）具备必要的工作时间。

第二十二条　业主委员会应当自选举产生之日起30日内，将业主大会的成立情况、业主大会议事规则、业主公约及业主委员会委员名单等材料向物业所在地的区、县人民政府房地产行政主管部门备案。

业主委员会备案的有关事项发生变更的，依照前款规定重新备案。

第二十三条　业主委员会履行以下职责：

（一）召集业主大会会议，报告物业管理的实施情况；

（二）代表业主与业主大会选聘的物业管理企业签订物业服务合同；

（三）及时了解业主、物业使用人的意见和建议，监督和协助物业管理企业履行物业服务合同；

（四）监督业主公约的实施；

（五）业主大会赋予的其他职责。

第二十四条　业主委员会应当督促违反物业服务合同约定逾期不交纳物业服务费用的业主，限期交纳物业服务费用。

第二十五条　经三分之一以上业主委员会委员提议或者业主委员会主任认为有必要的，应当及时召开业主委员会会议。

第二十六条　业主委员会会议应当作书面记录，由出席会议的委员签字后存档。

第二十七条　业主委员会会议应当有过半数委员出席，作出决定必须经全体委员人数半数以上同意。

业主委员会的决定应当以书面形式在物业管理区域内及时公告。

第二十八条　业主委员会任期届满2个月前，应当召开业主大会会议进行业主委员会的换届选举；逾期未换届的，房地产行政主管部门可以指派工作人员指导其换届工作。

原业主委员会应当在其任期届满之日起10日内，将其保管的档案资料、印章及其他属于业主大会所有的财物移交新一届业主委员会，并做好交接手续。

第二十九条　经业主委员会或者20%以上业主提议，认为有必要变更业主委员会委员的，由业主大会会议作出决定，并以书面形式在物业管理区域内公告。

第三十条　业主委员会委员有下列情形之一的，经业主大会会议通过，其业主委员会委员资格终止：

（一）因物业转让、灭失等原因不再是业主的；

（二）无故缺席业主委员会会议连续3次以上的；

（三）因疾病等原因丧失履行职责能力的；

（四）有犯罪行为的；

（五）以书面形式向业主大会提出辞呈的；

（六）拒不履行业主义务的；

（七）其他原因不宜担任业主委员会委员的。

第三十一条　业主委员会委员资格终止的，应当自终止之日起3日内将其保管的档案资料、印章及其他属于业主大会所有的财物移交给业主委员会。

第三十二条　因物业管理区域发生变更等原因导致业主大会解散的，在解散前，业主大会、业主委员会应当在区、县人民政府房地产行政主管部门和街道办事处（乡镇人民政府）的指导监督下，做好业主共同财产清算工作。

第三十三条　业主大会、业主委员会应当依法履行职责，不得作出与物业管理无关的决定，不得从事与物业管理无关的活动。

业主大会、业主委员会作出的决定违反法律、法规的，物业所在地的区、县人民政府房地产行政主管部门，应当责令限期改正或者撤销其决定，并通告全体业主。

第三十四条　业主大会、业主委员会应当配合公安机关，与居民委员会相互协作，共同做好维护物业管理区域内的社会治安等相关工作。

在物业管理区域内，业主大会、业主委员会应当积极配合相关居民委员会依法履行自治管理职责，支持居民委员会开展工作，并接受其指导和监督。

住宅小区的业主大会、业主委员会作出的决定，应当告知相关的居民委员会，并听取居民委员会的建议。

第三十五条　业主大会和业主委员会开展工作的经费由全体业主承担；经费的筹集、管理、使用具体由业主大会议事规则规定。

业主大会和业主委员会工作经费的使用情况应当定期以书面形式在物业管理区域内公告，接受业主的质询。

第三十六条　业主大会和业主委员会的印章依照有关法律法规和业主大会议事规则的规定刻制、使用、管理。

违反印章使用规定，造成经济损失或者不良影响的，由责任人承担相应的责任。

普通住宅小区物业管理服务等级标准（试行）

一　级

项　目	内　容　与　标　准
（一）基本要求	1. 服务与被服务双方签订规范的物业服务合同，双方权利义务关系明确 2. 承接项目时，对住宅小区共用部位、共用设施设备进行认真查验，验收手续齐全 3. 管理人员、专业操作人员按照国家有关规定取得物业管理职业资格证书或者岗位证书 4. 有完善的物业管理方案，质量管理、财务管理、档案管理等制度健全 5. 管理服务人员统一着装、佩戴标志，行为规范，服务主动、热情 6. 设有服务接待中心，公示 24 小时服务电话。急修半小时内，其他报修按双方约定时间到达现场，有完整的报修、维修和回访记录 7. 根据业主需求，提供物业服务合同之外的特约服务和代办服务的，公示服务项目与收费价目 8. 按有关规定和合同约定公布物业服务费用或者物业服务资金的收支情况 9. 按合同约定规范使用住房专项维修资金 10. 每年至少 1 次征询业主对物业服务的意见，满意率 80％以上
（二）房屋管理	1. 对房屋共用部位进行日常管理和维修养护，检修记录和保养记录齐全 2. 根据房屋实际使用年限，定期检查房屋共用部位的使用状况，需要维修，属于小修范围的，及时组织修复；属于大、中修范围的，及时编制维修计划和住房专项维修资金使用计划，向业主大会或者业主委员会提出报告与建议，根据业主大会的决定，组织维修 3. 每日巡查 1 次小区房屋单元门、楼梯通道以及其他共用部位的门窗、玻璃等，做好巡查记录，并及时维修养护 4. 按照住宅装饰装修管理有关规定和业主公约（业主临时公约）要求，建立完善的住宅装饰装修管理制度。装修前，依规定审核业主（使用人）的装修方案，告知装修人有关装饰装修的禁止行为和注意事项。每日巡查 1 次装修施工现场，发现影响房屋外观、危及房屋结构安全及拆改共用管线等损害公共利益现象的，及时劝阻并报告业主委员会和有关主管部门 5. 对违反规划私搭乱建和擅自改变房屋用途的行为及时劝阻，并报告业主委员会和有关主管部门 6. 小区主出入口设有小区平面示意图，主要路口设有路标。各组团、栋及单元（门）、户和公共配套设施、场地有明显标志
（三）共用设施设备维修养护	1. 对共用设施设备进行日常管理和维修养护（依法应由专业部门负责的除外） 2. 建立共用设施设备档案（设备台账），设施设备的运行、检查、维修、保养等记录齐全 3. 设施设备标志齐全、规范，责任人明确；操作维护人员严格执行设施设备操作规程及保养规范；设施设备运行正常 4. 对共用设施设备定期组织巡查，做好巡查记录，需要维修，属于小修范围的，及时组织修复；属于大、中修范围或者需要更新改造的，及时编制维修、更新改造计划和住房专项维修资金使用计划，向业主大会或业主委员会提出报告与建议，根据业主大会的决定，组织维修或者更新改造 5. 载人电梯 24 小时正常运行 6. 消防设施设备完好，可随时启用；消防通道畅通 7. 设备房保持整洁、通风，无跑、冒、滴、漏和鼠害现象 8. 小区道路平整，主要道路及停车场交通标志齐全、规范 9. 路灯、楼道灯完好率不低于 95％ 10. 容易危及人身安全的设施设备有明显警示标志和防范措施；对可能发生的各种突发设备故障有应急方案
（四）协助维护公共秩序	1. 小区主出入口 24 小时站岗值勤 2. 对重点区域、重点部位每 1 小时至少巡查 1 次；配有安全监控设施的，实施 24 小时监控 3. 对进出小区的车辆实施证、卡管理，引导车辆有序通行、停放 4. 对进出小区的装修、家政等劳务人员实行临时出入证管理 5. 对火灾、治安、公共卫生等突发事件有应急预案，事发时及时报告业主委员会和有关部门，并协助采取相应措施

续表

项　目	内　容　与　标　准
(五)保洁 服务	1. 高层按层、多层按幢设置垃圾桶,每日清运2次。垃圾袋装化,保持垃圾桶清洁、无异味 2. 合理设置果壳箱或者垃圾桶,每日清运2次 3. 小区道路、广场、停车场、绿地等每日清扫2次;电梯厅、楼道每日清扫2次,每周拖洗1次;一层共用大厅每日拖洗1次;楼梯扶手每日擦洗1次;共用部位玻璃每周清洁1次;路灯、楼道灯每月清洁1次。及时清除道路积水、积雪 4. 共用雨、污水管道每年疏通1次;雨、污水井每月检查1次,视检查情况及时清掏;化粪池每月检查1次,每半年清掏1次,发现异常及时清掏 5. 二次供水水箱按规定清洗,定时巡查,水质符合卫生要求 6. 根据当地实际情况定期进行消毒和灭虫除害
(六)绿化养 护管理	1. 有专业人员实施绿化养护管理 2. 草坪生长良好,及时修剪和补栽补种,无杂草、杂物 3. 花卉、绿篱、树木应根据其品种和生长情况,及时修剪整形,保持观赏效果 4. 定期组织浇灌、施肥和松土,做好防涝、防冻 5. 定期喷洒药物,预防病虫害

二　级

项　目	内　容　与　标　准
(一)基本 要求	1. 服务与被服务双方签订规范的物业服务合同,双方权利义务关系明确 2. 承接项目时,对住宅小区共用部位、共用设施设备进行认真查验,验收手续齐全 3. 管理人员、专业操作人员按照国家有关规定取得物业管理职业资格证书或者岗位证书 4. 有完善的物业管理方案,质量管理、财务管理、档案管理等制度健全 5. 管理服务人员统一着装,佩戴标志,行为规范,服务主动、热情 6. 公示16小时服务电话。急修1小时内、其他报修按双方约定时间到达现场,有报修、维修和回访记录 7. 根据业主需求,提供物业服务合同之外的特约服务和代办服务的,公示服务项目与收费价目 8. 按有关规定和合同约定公布物业服务费用或者物业服务资金的收支情况 9. 按合同约定规范使用住房专项维修资金 10. 每年至少1次征询业主对物业服务的意见,满意率75%以上
(二)房屋 管理	1. 对房屋共用部位进行日常管理和维修养护,检修记录和保养记录齐全 2. 根据房屋实际使用年限,适时检查房屋共用部位的使用状况,需要维修,属于小修范围的,及时组织修复;属于大、中修范围的,及时编制维修计划和住房专项维修资金使用计划,向业主大会或者业主委员会提出报告与建议,根据业主大会的决定,组织维修 3. 每3日巡查1次小区房屋单元门、楼梯通道以及其他共用部位的门窗、玻璃等,做好巡查记录,并及时维修养护 4. 按照住宅装饰装修管理有关规定和业主公约(业主临时公约)要求,建立完善的住宅装饰装修管理制度。装修前,依规定审核业主(使用人)的装修方案,告知装修人有关装饰装修的禁止行为和注意事项。每3日巡查1次装修施工现场,发现影响房屋外观、危及房屋结构安全及拆改共用管线等损害公共利益现象的,及时劝阻并报告业主委员会和有关主管部门 5. 对违反规划私搭乱建和擅自改变房屋用途的行为及时劝阻,并报告业主委员会和有关主管部门 6. 小区主出入口设有小区平面示意图,各组团、栋及单元(门)、户有明显标志
(三)共用 设施设备 维修养护	1. 对共用设施设备进行日常管理和维修养护(依法应由专业部门负责的除外) 2. 建立共用设施设备档案(设备台账),设施设备的运行、检查、维修、保养等记录齐全 3. 设施设备标志齐全、规范,责任人明确;操作维护人员严格执行设施设备操作规程及保养规范;设施设备运行正常 4. 对共用设施设备定期组织巡查,做好巡查记录,需要维修,属于小修范围的,及时组织修复;属于大、中修范围或者需要更新改造的,及时编制维修、更新改造计划和住房专项维修资金使用计划,向业主大会或业主委员会提出报告与建议,根据业主大会的决定,组织维修或者更新改造 5. 载人电梯早6点至晚12点正常运行 6. 消防设施设备完好,可随时启用;消防通道畅通 7. 设备房保持整洁、通风,无跑、冒、滴、漏和鼠害现象 8. 小区主要道路及停车场交通标志齐全 9. 路灯、楼道灯完好率不低于90% 10. 容易危及人身安全的设施设备有明显警示标志和防范措施;对可能发生的各种突发设备故障有应急方案

续表

项　目	内　容　与　标　准
（四）协助维护公共秩序	1. 小区主出入口 24 小时值勤 2. 对重点区域、重点部位每 2 小时至少巡查 1 次 3. 对进出小区的车辆进行管理，引导车辆有序通行、停放 4. 对进出小区的装修等劳务人员实行登记管理 5. 对火灾、治安、公共卫生等突发事件有应急预案，事发时及时报告业主委员会和有关部门，并协助采取相应措施
（五）保洁服务	1. 按幢设置垃圾桶，生活垃圾每天清运 1 次 2. 小区道路、广场、停车场、绿地等每日清扫 1 次；电梯厅、楼道每日清扫 1 次，半月拖洗 1 次；楼梯扶手每周擦洗 2 次；共用部位玻璃每月清洁 1 次；路灯、楼道灯每季度清洁 1 次。及时清除区内主要道路积水、积雪 3. 区内公共雨、污水管道每年疏通 1 次；雨、污水井每季度检查 1 次，并视检查情况及时清掏；化粪池每 2 个月检查 1 次，每年清掏 1 次，发现异常及时清掏 4. 二次供水水箱按规定期清洗，定时巡查，水质符合卫生要求 5. 根据当地实际情况定期进行消毒和灭虫除害
（六）绿化养护管理	1. 有专业人员实施绿化养护管理 2. 对草坪、花卉、绿篱、树木定期进行修剪、养护 3. 定期清除绿地杂草、杂物 4. 适时组织浇灌、施肥和松土，做好防涝、防冻 5. 适时喷洒药物，预防病虫害

三　级

项　目	内　容　与　标　准
（一）基本要求	1. 服务与被服务双方签订规范的物业服务合同，双方权利义务关系明确 2. 承接项目时，对住宅小区共用部位、共用设施设备进行认真查验，验收手续齐全 3. 管理人员、专业操作人员按照国家有关规定取得物业管理职业资格证书或者岗位证书 4. 有完善的物业管理方案，质量管理、财务管理、档案管理等制度健全 5. 管理服务人员佩戴标志，行为规范，服务主动、热情 6. 公示 8 小时服务电话。报修按双方约定时间到达现场，有报修、维修记录 7. 按有关规定和合同约定公布物业服务费用或者物业服务资金的收支情况 8. 按合同约定规范使用住房专项维修资金 9. 每年至少 1 次征询业主对物业服务的意见，满意率 70% 以上
（二）房屋管理	1. 对房屋共用部位进行日常管理和维修养护，检修记录和保养记录齐全 2. 根据房屋实际使用年限，检查房屋共用部位的使用状况，需要维修，属于小修范围的，及时组织修复；属于大、中修范围的，及时编制维修计划和住房专项维修资金使用计划，向业主大会或者业主委员会提出报告与建议，根据业主大会的决定，组织维修 3. 每周巡查 1 次小区房屋单元门、楼梯通道以及其他共用部位的门窗、玻璃等，定期维修养护 4. 按照住宅装饰装修管理有关规定和业主公约（业主临时公约）要求，建立完善的住宅装饰装修管理制度。装修前，依规定审核业主（使用人）的装修方案，告知装修人有关装饰装修的禁止行为和注意事项。至少 2 次巡查装修施工现场，发现影响房屋外观、危及房屋结构安全及拆改共用管线等损害公共利益现象的，及时劝阻并报告业主委员会和有关主管部门 5. 对违反规划私搭乱建和擅自改变房屋用途的行为及时劝阻，并报告业主委员会和有关主管部门 6. 各组团、栋、单元（门）、户有明显标志

续表

项　目	内　容　与　标　准
（三）共用设施设备维修养护	1. 对共用设施设备进行日常管理和维修养护（依法应由专业部门负责的除外） 2. 建立共用设施设备档案（设备台账），设施设备的运行、检修等记录齐全 3. 操作维护人员严格执行设施设备操作规程及保养规范；设施设备运行正常 4. 对共用设施设备定期组织巡查，做好巡查记录，需要维修，属于小修范围的，及时组织修复；属于大、中修范围或者需要更新改造的，及时编制维修、更新改造计划和住房专项维修资金使用计划，向业主大会或业主委员会提出报告与建议，根据业主大会的决定，组织维修或者更新改造 5. 载人电梯早 6 点至晚 12 点正常运行 6. 消防设施设备完好，可随时启用；消防通道畅通 7. 路灯、楼道灯完好率不低于 80% 8. 容易危及人身安全的设施设备有明显警示标志和防范措施；对可能发生的各种突发设备故障有应急方案
（四）协助维护公共秩序	1. 小区 24 小时值勤 2. 对重点区域、重点部位每 3 小时至少巡查 1 次 3. 车辆停放有序 4. 对火灾、治安、公共卫生等突发事件有应急预案，事发时及时报告业主委员会和有关部门，并协助采取相应措施
（五）保洁服务	1. 小区内设有垃圾收集点，生活垃圾每天清运 1 次 2. 小区公共场所每日清扫 1 次；电梯厅、楼道每日清扫 1 次；共用部位玻璃每季度清洁 1 次；路灯、楼道灯每半年清洁 1 次 3. 区内公共雨、污水管道每年疏通 1 次；雨、污水井每半年检查 1 次，并视检查情况及时清掏；化粪池每季度检查 1 次，每年清掏 1 次，发现异常及时清掏 4. 二次供水水箱按规定清洗，水质符合卫生要求
（六）绿化养护管理	1. 对草坪、花卉、绿篱、树木定期进行修剪、养护 2. 定期清除绿地杂草、杂物 3. 预防花草、树木病虫害

物业服务收费管理办法

第一条　为规范物业服务收费行为，保障业主和物业管理企业的合法权益，根据《中华人民共和国价格法》和《物业管理条例》，制定本办法。

第二条　本办法所称物业服务收费，是指物业管理企业按照物业服务合同的约定，对房屋及配套的设施设备和相关场地进行维修、养护、管理，维护相关区域内的环境卫生和秩序。向业主所收取的费用。

第三条　国家提倡业主通过公开、公平、公正的市场竞争机制选择物业管理企业；鼓励物业管理企业开展正当的价格竞争，禁止价格欺诈，促进物业服务收费通过市场竞争形成。

第四条　国务院价格主管部门会同国务院建设行政主管部门负责全国物业服务收费的监督管理工作。

县级以上地方人民政府价格主管部门会同同级房地产行政主管部门负责本行政区域内物业服务收费的监督管理工作。

第五条　物业服务收费应当遵循合理、公开以及费用与服务水平相适应的原则。

第六条　物业服务收费应当区分不同物业的性质和特点分别实行政府指导价和市场调节价。具体定价形式由省、自治区、直辖市人民政府价格主管部门会同房地产行政主管部门

普通住宅小区物业管理服务等级标准（试行）

一　级

项　目	内　容　与　标　准
（一）基本要求	1. 服务与被服务双方签订规范的物业服务合同，双方权利义务关系明确 2. 承接项目时，对住宅小区共用部位、共用设施设备进行认真查验，验收手续齐全 3. 管理人员、专业操作人员按照国家有关规定取得物业管理职业资格证书或者岗位证书 4. 有完善的物业管理方案，质量管理、财务管理、档案管理等制度健全 5. 管理服务人员统一着装，佩戴标志，行为规范，服务主动、热情 6. 设有服务接待中心，公示 24 小时服务电话。急修半小时内，其他报修按双方约定时间到达现场，有完整的报修、维修和回访记录 7. 根据业主需求，提供物业服务合同之外的特约服务和代办服务的，公示服务项目与收费价目 8. 按有关规定和合同约定公布物业服务费用或者物业服务资金的收支情况 9. 按合同约定规范使用住房专项维修资金 10. 每年至少 1 次征询业主对物业服务的意见，满意率 80% 以上
（二）房屋管理	1. 对房屋共用部位进行日常管理和维修养护，检修记录和保养记录齐全 2. 根据房屋实际使用年限，定期检查房屋共用部位的使用状况，需要维修，属于小修范围的，及时组织修复；属于大、中修范围的，及时编制维修计划和住房专项维修资金使用计划，向业主大会或者业主委员会提出报告与建议，根据业主大会的决定，组织维修 3. 每日巡查 1 次小区房屋单元门、楼梯通道以及其他共用部位的门窗、玻璃等，做好巡查记录，并及时维修养护 4. 按照住宅装饰装修管理有关规定和业主公约（业主临时公约）要求，建立完善的住宅装饰装修管理制度。装修前，依规定审核业主（使用人）的装修方案，告知装修人有关装饰装修的禁止行为和注意事项。每日巡查 1 次装修施工现场，发现影响房屋外观、危及房屋结构安全及拆改共用管线等损害公共利益现象的，及时劝阻并报告业主委员会和有关主管部门 5. 对违反规划私搭乱建和擅自改变房屋用途的行为及时劝阻，并报告业主委员会和有关主管部门 6. 小区主出入口设有小区平面示意图，主要路口设有路标。各组团、栋及单元（门）、户和公共配套设施、场地有明显标志
（三）共用设施设备维修养护	1. 对共用设施设备进行日常管理和维修养护（依法应由专业部门负责的除外） 2. 建立共用设施设备档案（设备台账），设施设备的运行、检查、维修、保养等记录齐全 3. 设施设备标志齐全、规范，责任人明确；操作维护人员严格执行设施设备操作规程及保养规范；设施设备运行正常 4. 对共用设施设备定期组织巡查，做好巡查记录，需要维修，属于小修范围的，及时组织修复；属于大、中修范围或者需要更新改造的，及时编制维修、更新改造计划和住房专项维修资金使用计划，向业主大会或业主委员会提出报告与建议，根据业主大会的决定，组织维修或者更新改造 5. 载人电梯 24 小时正常运行 6. 消防设施设备完好，可随时启用；消防通道畅通 7. 设备房保持整洁、通风，无跑、冒、滴、漏和鼠害现象 8. 小区道路平整，主要道路及停车场交通标志齐全、规范 9. 路灯、楼道灯完好率不低于 95% 10. 容易危及人身安全的设施设备有明显警示标志和防范措施；对可能发生的各种突发设备故障有应急方案
（四）协助维护公共秩序	1. 小区主出入口 24 小时站岗值勤 2. 对重点区域、重点部位每 1 小时至少巡查 1 次；配有安全监控设施的，实施 24 小时监控 3. 对进出小区的车辆实施证、卡管理，引导车辆有序通行、停放 4. 对进出小区的装修、家政等劳务人员实行临时出入证管理 5. 对火灾、治安、公共卫生等突发事件有应急预案，事发时及时报告业主委员会和有关部门，并协助采取相应措施

续表

项 目	内 容 与 标 准
(五)保洁服务	1. 高层按层、多层按幢设置垃圾桶,每日清运 2 次。垃圾袋装化,保持垃圾桶清洁、无异味 2. 合理设置果壳箱或者垃圾桶,每日清运 2 次 3. 小区道路、广场、停车场、绿地等每日清扫 2 次;电梯厅、楼道每日清扫 2 次,每周拖洗 1 次;一层共用大厅每日拖洗 1 次;楼梯扶手每日擦洗 1 次;共用部位玻璃每周清洁 1 次;路灯、楼道灯每月清洁 1 次。及时清除道路积水、积雪 4. 共用雨、污水管道每年疏通 1 次;雨、污水井每月检查 1 次,视检查情况及时清掏;化粪池每月检查 1 次,每半年清掏 1 次,发现异常及时清掏 5. 二次供水水箱按规定清洗,定时巡查,水质符合卫生要求 6. 根据当地实际情况定期进行消毒和灭虫除害
(六)绿化养护管理	1. 有专业人员实施绿化养护管理 2. 草坪生长良好,及时修剪和补栽补种,无杂草、杂物 3. 花卉、绿篱、树木应根据其品种和生长情况,及时修剪整形,保持观赏效果 4. 定期组织浇灌、施肥和松土,做好防涝、防冻 5. 定期喷洒药物,预防病虫害

二 级

项 目	内 容 与 标 准
(一)基本要求	1. 服务与被服务双方签订规范的物业服务合同,双方权利义务关系明确 2. 承接项目时,对住宅小区共用部位、共用设施设备进行认真查验,验收手续齐全 3. 管理人员、专业操作人员按照国家有关规定取得物业管理职业资格证书或者岗位证书 4. 有完善的物业管理方案,质量管理、财务管理、档案管理等制度健全 5. 管理服务人员统一着装、佩戴标志,行为规范,服务主动、热情 6. 公示 16 小时服务电话。急修 1 小时内、其他报修按双方约定时间到达现场,有报修、维修和回访记录 7. 根据业主需求,提供物业服务合同之外的特约服务和代办服务的,公示服务项目与收费价目 8. 按有关规定和合同约定公布物业服务费用或者物业服务资金的收支情况 9. 按合同约定规范使用住房专项维修资金 10. 每年至少 1 次征询业主对物业服务的意见,满意率 75% 以上
(二)房屋管理	1. 对房屋共用部位进行日常管理和维修养护,检修记录和保养记录齐全 2. 根据房屋实际使用年限,适时检查房屋共用部位的使用状况,需要维修,属于小修范围的,及时组织修复;属于大、中修范围的,及时编制维修计划和住房专项维修资金使用计划,向业主大会或者业主委员会提出报告与建议,根据业主大会的决定,组织维修 3. 每 3 日巡查 1 次小区房屋单元门、楼梯通道以及其他共用部位的门窗、玻璃等,做好巡查记录,并及时维修养护 4. 按照住宅装饰装修管理有关规定和业主公约(业主临时公约)要求,建立完善的住宅装饰装修管理制度。装修前,依规定审核业主(使用人)的装修方案,告知装修人有关装饰装修的禁止行为和注意事项。每3 日巡查 1 次装修施工现场,发现影响房屋外观、危及房屋结构安全及拆改共用管线等损害公共利益现象的,及时劝阻并报告业主委员会和有关主管部门 5. 对违反规划私搭乱建和擅自改变房屋用途的行为及时劝阻,并报告业主委员会和有关主管部门 6. 小区主出入口设有小区平面示意图,各组团、栋及单元(门)、户有明显标志
(三)共用设施设备维修养护	1. 对共用设施设备进行日常管理和维修养护(依法应由专业部门负责的除外) 2. 建立共用设施设备档案(设备台账),设施设备的运行、检查、维修、保养等记录齐全 3. 设施设备标志齐全、规范,责任人明确;操作维修人员严格执行设施设备操作规程及保养规范;设施设备运行正常 4. 对共用设施设备定期组织巡查,做好巡查记录,需要维修,属于小修范围的,及时组织修复;属于大、中修范围或者需要更新改造的,及时编制维修、更新改造计划和住房专项维修资金使用计划,向业主大会或业主委员会提出报告与建议,根据业主大会的决定,组织维修或者更新改造 5. 载人电梯早 6 点至晚 12 点正常运行 6. 消防设施设备完好,可随时启用;消防通道畅通 7. 设备房保持整洁、通风,无跑、冒、滴、漏及鼠害现象 8. 小区主要道路及停车场交通标志齐全 9. 路灯、楼道灯完好率不低于 90% 10. 容易危及人身安全的设施设备有明显警示标志和防范措施;对可能发生的各种突发设备故障有应急方案

普通住宅小区物业管理服务等级标准（试行）

一 级

项 目	内 容 与 标 准
（一）基本要求	1. 服务与被服务双方签订规范的物业服务合同，双方权利义务关系明确 2. 承接项目时，对住宅小区共用部位、共用设施设备进行认真查验，验收手续齐全 3. 管理人员、专业操作人员按照国家有关规定取得物业管理职业资格证书或者岗位证书 4. 有完善的物业管理方案，质量管理、财务管理、档案管理等制度健全 5. 管理服务人员统一着装、佩戴标志，行为规范，服务主动、热情 6. 设有服务接待中心，公示 24 小时服务电话。急修半小时内，其他报修按双方约定时间到达现场，有完整的报修、维修和回访记录 7. 根据业主需求，提供物业服务合同之外的特约服务和代办服务的，公示服务项目与收费价目 8. 按有关规定和合同约定公布物业服务费用或者物业服务资金的收支情况 9. 按合同约定规范使用住房专项维修资金 10. 每年至少 1 次征询业主对物业服务的意见，满意率 80% 以上
（二）房屋管理	1. 对房屋共用部位进行日常管理和维修养护，检修记录和保养记录齐全 2. 根据房屋实际使用年限，定期检查房屋共用部位的使用状况，需要维修，属于小修范围的，及时组织修复；属于大、中修范围的，及时编制维修计划和住房专项维修资金使用计划，向业主大会或者业主委员会提出报告与建议，根据业主大会的决定，组织维修 3. 每日巡查 1 次小区房屋单元门、楼梯通道以及其他共用部位的门窗、玻璃等，做好巡查记录，并及时维修养护 4. 按照住宅装饰装修管理有关规定和业主公约（业主临时公约）要求，建立完善的住宅装饰装修管理制度。装修前，依规定审核业主（使用人）的装修方案，告知装修人有关装饰装修的禁止行为和注意事项。每日巡查 1 次装修施工现场，发现影响房屋外观、危及房屋结构安全及拆改共用管线等损害公共利益现象的，及时劝阻并报告业主委员会和有关主管部门 5. 对违反规划私搭乱建和擅自改变房屋用途的行为及时劝阻，并报告业主委员会和有关主管部门 6. 小区主出入口设有小区平面示意图，主要路口设有路标。各组团、栋及单元（门）、户和公共配套设施、场地有明显标志
（三）共用设施设备维修养护	1. 对共用设施设备进行日常管理和维修养护（依法应由专业部门负责的除外） 2. 建立共用设施设备档案（设备台账），设施设备的运行、检查、维修、保养等记录齐全 3. 设施设备标志齐全、规范，责任人明确；操作维护人员严格执行设施设备操作规程及保养规范；设施设备运行正常 4. 对共用设施设备定期组织巡查，做好巡查记录，需要维修，属于小修范围的，及时组织修复；属于大、中修范围或者需要更新改造的，及时编制维修、更新改造计划和住房专项维修资金使用计划，向业主大会或业主委员会提出报告与建议，根据业主大会的决定，组织维修或者更新改造 5. 载人电梯 24 小时正常运行 6. 消防设施设备完好，可随时启用；消防通道畅通 7. 设备房保持整洁、通风，无跑、冒、滴、漏和鼠害现象 8. 小区道路平整，主要道路及停车场交通标志齐全、规范 9. 路灯、楼道灯完好率不低于 95% 10. 容易危及人身安全的设施设备有明显警示标志和防范措施；对可能发生的各种突发设备故障有应急方案
（四）协助维护公共秩序	1. 小区主出入口 24 小时站岗值勤 2. 对重点区域、重点部位每 1 小时至少巡查 1 次；配有安全监控设施的，实施 24 小时监控 3. 对进出小区的车辆实施证、卡管理，引导车辆有序通行、停放 4. 对进出小区的装修、家政等劳务人员实行临时出入证管理 5. 对火灾、治安、公共卫生等突发事件有应急预案，事发时及时报告业主委员会和有关部门，并协助采取相应措施

续表

项　目	内　容　与　标　准
(五)保洁 服务	1. 高层按层、多层按幢设置垃圾桶,每日清运 2 次。垃圾袋装化,保持垃圾桶清洁、无异味 2. 合理设置果壳箱或者垃圾桶,每日清运 2 次 3. 小区道路、广场、停车场、绿地等每日清扫 2 次;电梯厅、楼道每日清扫 2 次,每周拖洗 1 次;一层共用大厅每日拖洗 1 次;楼梯扶手每日擦洗 1 次;共用部位玻璃每周清洁 1 次;路灯、楼道灯每月清洁 1 次。及时清除道路积水、积雪 4. 共用雨、污水管道每年疏通 1 次;雨、污水井每月检查 1 次,视检查情况及时清掏;化粪池每月检查 1 次,每半年清掏 1 次,发现异常及时清掏 5. 二次供水水箱按规定清洗,定时巡查,水质符合卫生要求 6. 根据当地实际情况定期进行消毒和灭虫除害
(六)绿化养 护管理	1. 有专业人员实施绿化养护管理 2. 草坪生长良好,及时修剪和补栽补种,无杂草、杂物 3. 花卉、绿篱、树木应根据其品种和生长情况,及时修剪整形,保持观赏效果 4. 定期组织浇灌、施肥和松土,做好防涝、防冻 5. 定期喷洒药物,预防病虫害

<h1 align="center">二　级</h1>

项　目	内　容　与　标　准
(一)基本 要求	1. 服务与被服务双方签订规范的物业服务合同,双方权利义务关系明确 2. 承接项目时,对住宅小区共用部位、共用设施设备进行认真查验,验收手续齐全 3. 管理人员、专业操作人员按照国家有关规定取得物业管理职业资格证书或者岗位证书 4. 有完善的物业管理方案,质量管理、财务管理、档案管理等制度健全 5. 管理服务人员统一着装、佩戴标志,行为规范,服务主动、热情 6. 公示 16 小时服务电话。急修 1 小时内、其他报修按双方约定时间到达现场,有报修、维修和回访记录 7. 根据业主需求,提供物业服务合同之外的特约服务和代办服务的,公示服务项目与收费价目 8. 按有关规定和合同约定公布物业服务费用或者物业服务资金的收支情况 9. 按合同约定规范使用住房专项维修资金 10. 每年至少 1 次征询业主对物业服务的意见,满意率 75% 以上
(二)房屋 管理	1. 对房屋共用部位进行日常管理和维修养护,检修记录和保养记录齐全 2. 根据房屋实际使用年限,适时检查房屋共用部位的使用状况,需要维修,属于小修范围的,及时组织修复;属于大、中修范围的,及时编制维修计划和住房专项维修资金使用计划,向业主大会或者业主委员会提出报告与建议,根据业主大会的决定,组织维修 3. 每 3 日巡查 1 次小区房屋单元门、楼梯通道以及其他共用部位的门窗、玻璃等,做好巡查记录,并及时维修养护 4. 按照住宅装饰装修管理有关规定和业主公约(业主临时公约)要求,建立完善的住宅装饰装修管理制度。装修前,依规定审核业主(使用人)的装修方案,告知装修人有关装饰装修的禁止行为和注意事项。每 3 日巡查 1 次装修施工现场,发现影响房屋外观、危及房屋结构安全及拆改共用管线等损害公共利益现象的,及时劝阻并报告业主委员会和有关主管部门 5. 对违反规划私搭乱建和擅自改变房屋用途的行为及时劝阻,并报告业主委员会和有关主管部门 6. 小区主出入口设有小区平面示意图,各组团、栋及单元(门)、户有明显标志
(三)共用 设施设备 维修养护	1. 对共用设施设备进行日常管理和维修养护(依法应由专业部门负责的除外) 2. 建立共用设施设备档案(设备台账),设施设备的运行、检查、维修、保养等记录齐全 3. 设施设备标志齐全、规范,责任人明确;操作维护人员严格执行设施设备操作规程及保养规范;设施设备运行正常 4. 对共用设施设备定期组织巡查,做好巡查记录,需要维修,属于小修范围的,及时组织修复;属于大、中修范围或者需要更新改造的,及时编制维修、更新改造计划和住房专项维修资金使用计划,向业主大会或业主委员会提出报告与建议,根据业主大会的决定,组织维修或者更新改造 5. 载人电梯早 6 点至晚 12 点正常运行 6. 消防设施设备完好,可随时启用;消防通道畅通 7. 设备房保持整洁、通风,无跑、冒、滴、漏和鼠害现象 8. 小区主要道路及停车场交通标志齐全 9. 路灯、楼道灯完好率不低于 90% 10. 容易危及人身安全的设施设备有明显警示标志和防范措施;对可能发生的各种突发设备故障有应急方案

普通住宅小区物业管理服务等级标准（试行）

一　级

项　目	内　容　与　标　准
（一）基本 要求	1. 服务与被服务双方签订规范的物业服务合同，双方权利义务关系明确 2. 承接项目时，对住宅小区共用部位、共用设施设备进行认真查验，验收手续齐全 3. 管理人员、专业操作人员按照国家有关规定取得物业管理职业资格证书或者岗位证书 4. 有完善的物业管理方案，质量管理、财务管理、档案管理等制度健全 5. 管理服务人员统一着装，佩戴标志，行为规范，服务主动、热情 6. 设有服务接待中心，公示 24 小时服务电话。急修半小时内、其他报修按双方约定时间到达现场，有完整的报修、维修和回访记录 7. 根据业主需求，提供物业服务合同之外的特约服务和代办服务的，公示服务项目与收费价目 8. 按有关规定和合同约定公布物业服务费用或者物业服务资金的收支情况 9. 按合同约定规范使用住房专项维修资金 10. 每年至少 1 次征询业主对物业服务的意见，满意率 80% 以上
（二）房屋 管理	1. 对房屋共用部位进行日常管理和维修养护，检修记录和保养记录齐全 2. 根据房屋实际使用年限，定期检查房屋共用部位的使用状况，需要维修，属于小修范围的，及时组织修复；属于大、中修范围的，及时编制维修计划和住房专项维修资金使用计划，向业主大会或者业主委员会提出报告与建议，根据业主大会的决定，组织维修 3. 每日巡查 1 次小区房屋单元门、楼梯通道以及其他共用部位的门窗、玻璃等，做好巡查记录，并及时维修养护 4. 按照住宅装饰装修管理有关规定和业主公约（业主临时公约）要求，建立完善的住宅装饰装修管理制度。装修前，依规定审核业主（使用人）的装修方案，告知装修人有关装饰装修的禁止行为和注意事项。每日巡查 1 次装修施工现场，发现影响房屋外观、危及房屋结构安全及拆改共用管线等损害公共利益现象的，及时劝阻并报告业主委员会和有关主管部门 5. 对违反规划私搭乱建和擅自改变房屋用途的行为及时劝阻，并报告业主委员会和有关主管部门 6. 小区主出入口设有小区平面示意图，主要路口设有路标。各组团、栋及单元（门）、户和公共配套设施、场地有明显标志
（三）共用 设施设备 维修养护	1. 对共用设施设备进行日常管理和维修养护（依法应由专业部门负责的除外） 2. 建立共用设施设备档案（设备台账），设施设备的运行、检查、维修、保养等记录齐全 3. 设施设备标志齐全、规范，责任人明确；操作维护人员严格执行设施设备操作规程及保养规范；设施设备运行正常 4. 对共用设施设备定期组织巡查，做好巡查记录，需要维修，属于小修范围的，及时组织修复；属于大、中修范围或者需要更新改造的，及时编制维修、更新改造计划和住房专项维修资金使用计划，向业主大会或业主委员会提出报告与建议，根据业主大会的决定，组织维修或者更新改造 5. 载人电梯 24 小时正常运行 6. 消防设施设备完好，可随时启用；消防通道畅通 7. 设备房保持整洁、通风，无跑、冒、滴、漏和鼠害现象 8. 小区道路平整，主要道路及停车场交通标志齐全、规范 9. 路灯、楼道灯完好率不低于 95% 10. 容易危及人身安全的设施设备有明显警示标志和防范措施；对可能发生的各种突发设备故障有应急方案
（四）协助 维护公 共秩序	1. 小区主出入口 24 小时站岗值勤 2. 对重点区域、重点部位每 1 小时至少巡查 1 次；配有安全监控设施的，实施 24 小时监控 3. 对进出小区的车辆实施证、卡管理，引导车辆有序通行、停放 4. 对进出小区的装修、家政等劳务人员实行临时出入证管理 5. 对火灾、治安、公共卫生等突发事件有应急预案，事发时及时报告业主委员会和有关部门，并协助采取相应措施

续表

项 目	内 容 与 标 准
（五）保洁 服务	1. 高层按层、多层按幢设置垃圾桶，每日清运 2 次。垃圾袋装化，保持垃圾桶清洁、无异味 2. 合理设置果壳箱或者垃圾桶，每日清运 2 次 3. 小区道路、广场、停车场、绿地等每日清扫 2 次；电梯厅、楼道每日清扫 2 次，每周拖洗 1 次；一层共用大厅每日拖洗 1 次；楼梯扶手每日擦洗 1 次；共用部位玻璃每周清洁 1 次；路灯、楼道灯每月清洁 1 次。及时清除道路积水、积雪 4. 共用雨、污水管道每年疏通 1 次；雨、污水井每月检查 1 次，视检查情况及时清掏；化粪池每月检查 1 次，每半年清掏 1 次，发现异常及时清掏 5. 二次供水水箱按规定清洗，定时巡查，水质符合卫生要求 6. 根据当地实际情况定期进行消毒和灭虫除害
（六）绿化养 护管理	1. 有专业人员实施绿化养护管理 2. 草坪生长良好，及时修剪和补栽补种，无杂草、杂物 3. 花卉、绿篱、树木应根据其品种和生长情况，及时修剪整形，保持观赏效果 4. 定期组织浇灌、施肥和松土，做好防涝、防冻 5. 定期喷洒药物，预防病虫害

二 级

项 目	内 容 与 标 准
（一）基本 要求	1. 服务与被服务双方签订规范的物业服务合同，双方权利义务关系明确 2. 承接项目时，对住宅小区共用部位、共用设施设备进行认真查验，验收手续齐全 3. 管理人员、专业操作人员按照国家有关规定取得物业管理职业资格证书或者岗位证书 4. 有完善的物业管理方案，质量管理、财务管理、档案管理等制度健全 5. 管理服务人员统一着装、佩戴标志，行为规范，服务主动、热情 6. 公示 16 小时服务电话。急修 1 小时内、其他报修按双方约定时间到达现场，有报修、维修和回访记录 7. 根据业主需求，提供物业服务合同之外的特约服务和代办服务的，公示服务项目与收费价目 8. 按有关规定和合同约定公布物业服务费用或者物业服务资金的收支情况 9. 按合同约定规范使用住房专项维修资金 10. 每年至少 1 次征询业主对物业服务的意见，满意率 75% 以上
（二）房屋 管理	1. 对房屋共用部位进行日常管理和维修养护，检修记录和保养记录齐全 2. 根据房屋实际使用年限，适时检查房屋共用部位的使用状况，需要维修，属于小修范围的，及时组织修复；属于大、中修范围的，及时编制维修计划和住房专项维修资金使用计划，向业主大会或者业主委员会提出报告与建议，根据业主大会的决定，组织维修 3. 每 3 日巡查 1 次小区房屋单元门、楼梯通道以及其他共用部位的门窗、玻璃等，做好巡查记录，并及时维修养护 4. 按照住宅装饰装修管理有关规定和业主公约（业主临时公约）要求，建立完善的住宅装饰装修管理制度。装修前，依规定审核业主（使用人）的装修方案，告知装修人有关装饰装修的禁止行为和注意事项。每3 日巡查 1 次装修施工现场，发现影响房屋外观、危及房屋结构安全及拆改共用管线等损害公共利益现象的，及时劝阻并报告业主委员会和有关主管部门 5. 对违反规划私搭乱建和擅自改变房屋用途的行为及时劝阻，并报告业主委员会和有关主管部门 6. 小区主出入口设有小区平面示意图，各组团、栋及单元（门）、户有明显标志
（三）共用 设施设备 维修养护	1. 对共用设施设备进行日常管理和维修养护（依法应由专业部门负责的除外） 2. 建立共用设施设备档案（设备台账），设施设备的运行、检查、维修、保养等记录齐全 3. 设施设备标志齐全、规范，责任人明确；操作维护人员严格执行设施设备操作规程及保养规范；设施设备运行正常 4. 对共用设施设备定期组织巡查，做好巡查记录，需要维修，属于小修范围的，及时组织修复；属于大、中修范围或者需要更新改造的，及时编制维修、更新改造计划和住房专项维修资金使用计划，向业主大会或业主委员会提出报告与建议，根据业主大会的决定，组织维修或者更新改造 5. 载人电梯早 6 点至晚 12 点正常运行 6. 消防设施设备完好，可随时启用；消防通道畅通 7. 设备房保持整洁、通风，无跑、冒、滴、漏和鼠害现象 8. 小区主要道路及停车场交通标志齐全 9. 路灯、楼道灯完好率不低于 90% 10. 容易危及人身安全的设施设备有明显警示标志和防范措施；对可能发生的各种突发设备故障有应急方案

普通住宅小区物业管理服务等级标准（试行）

一　级

项　目	内　容　与　标　准
（一）基本要求	1. 服务与被服务双方签订规范的物业服务合同，双方权利义务关系明确 2. 承接项目时，对住宅小区共用部位、共用设施设备进行认真查验，验收手续齐全 3. 管理人员、专业操作人员按照国家有关规定取得物业管理职业资格证书或者岗位证书 4. 有完善的物业管理方案，质量管理、财务管理、档案管理等制度健全 5. 管理服务人员统一着装、佩戴标志，行为规范，服务主动、热情 6. 设有服务接待中心，公示 24 小时服务电话。急修半小时内，其他报修按双方约定时间到达现场，有完整的报修、维修和回访记录 7. 根据业主需求，提供物业服务合同之外的特约服务和代办服务的，公示服务项目与收费价目 8. 按有关规定和合同约定公布物业服务费用或者物业服务资金的收支情况 9. 按合同约定规范使用住房专项维修资金 10. 每年至少 1 次征询业主对物业服务的意见，满意率 80％以上
（二）房屋管理	1. 对房屋共用部位进行日常管理和维修养护，检修记录和保养记录齐全 2. 根据房屋实际使用年限，定期检查房屋共用部位的使用状况，需要维修，属于小修范围的，及时组织修复；属于大、中修范围的，及时编制维修计划和住房专项维修资金使用计划，向业主大会或者业主委员会提出报告与建议，根据业主大会的决定，组织维修 3. 每日巡查 1 次小区房屋单元门、楼梯通道以及其他共用部位的门窗、玻璃等，做好巡查记录，并及时维修养护 4. 按照住宅装饰装修管理有关规定和业主公约（业主临时公约）要求，建立完善的住宅装饰装修管理制度。装修前，依规定审核业主（使用人）的装修方案，告知装修人有关装饰装修的禁止行为和注意事项。每日巡查 1 次装修施工现场，发现影响房屋外观、危及房屋结构安全及拆改共用管线等损害公共利益现象的，及时劝阻并报告业主委员会和有关主管部门 5. 对违反规划私搭乱建和擅自改变房屋用途的行为及时劝阻，并报告业主委员会和有关主管部门 6. 小区主出入口设有小区平面示意图，主要路口设有路标。各组团、栋及单元（门）、户和公共配套设施、场地有明显标志
（三）共用设施设备维修养护	1. 对共用设施设备进行日常管理和维修养护（依法应由专业部门负责的除外） 2. 建立共用设施设备档案（设备台账），设施设备的运行、检查、维修、保养等记录齐全 3. 设施设备标志齐全、规范，责任人明确；操作维护人员严格执行设施设备操作规程及保养规范；设施设备运行正常 4. 对共用设施设备定期组织巡查，做好巡查记录，需要维修，属于小修范围的，及时组织修复；属于大、中修范围或者需要更新改造的，及时编制维修、更新改造计划和住房专项维修资金使用计划，向业主大会或业主委员会提出报告与建议，根据业主大会的决定，组织维修或者更新改造 5. 载人电梯 24 小时正常运行 6. 消防设施设备完好，可随时启用；消防通道畅通 7. 设备房保持整洁、通风，无跑、冒、滴、漏和鼠害现象 8. 小区道路平整，主要道路及停车场交通标志齐全、规范 9. 路灯、楼道灯完好率不低于 95％ 10. 容易危及人身安全的设施设备有明显警示标志和防范措施；对可能发生的各种突发设备故障有应急方案
（四）协助维护公共秩序	1. 小区主出入口 24 小时站岗值勤 2. 对重点区域、重点部位每 1 小时至少巡查 1 次；配有安全监控设施的，实施 24 小时监控 3. 对进出小区的车辆实施证、卡管理，引导车辆有序通行、停放 4. 对进出小区的装修、家政等劳务人员实行临时出入证管理 5. 对火灾、治安、公共卫生等突发事件有应急预案，事发时及时报告业主委员会和有关部门，并协助采取相应措施

续表

项　目	内　容　与　标　准
(五)保洁 服务	1. 高层按层、多层按幢设置垃圾桶,每日清运 2 次。垃圾袋装化,保持垃圾桶清洁、无异味 2. 合理设置果壳箱或者垃圾桶,每日清运 2 次 3. 小区道路、广场、停车场、绿地等每日清扫 2 次;电梯厅、楼道每日清扫 2 次,每周拖洗 1 次;一层共用大厅每日拖洗 1 次;楼梯扶手每日擦洗 1 次;共用部位玻璃每周清洁 1 次;路灯、楼道灯每月清洁 1 次。及时清除道路积水、积雪 4. 共用雨、污水管道每年疏通 1 次;雨、污水井每月检查 1 次,视检查情况及时清掏;化粪池每月检查 1次,每半年清掏 1 次,发现异常及时清掏 5. 二次供水水箱按规定清洗,定时巡查,水质符合卫生要求 6. 根据当地实际情况定期进行消毒和灭虫除害
(六)绿化养 护管理	1. 有专业人员实施绿化养护管理 2. 草坪生长良好,及时修剪和补栽补种,无杂草、杂物 3. 花卉、绿篱、树木应根据其品种和生长情况,及时修剪整形,保持观赏效果 4. 定期组织浇灌、施肥和松土,做好防涝、防冻 5. 定期喷洒药物,预防病虫害

二　级

项　目	内　容　与　标　准
(一)基本 要求	1. 服务与被服务双方签订规范的物业服务合同,双方权利义务关系明确 2. 承接项目时,对住宅小区共用部位、共用设施设备进行认真查验,验收手续齐全 3. 管理人员、专业操作人员按照国家有关规定取得物业管理职业资格证书或者岗位证书 4. 有完善的物业管理方案,质量管理、财务管理、档案管理等制度健全 5. 管理服务人员统一着装、佩戴标志,行为规范,服务主动、热情 6. 公示 16 小时服务电话。急修 1 小时内、其他报修按双方约定时间到达现场,有报修、维修和回访记录 7. 根据业主需求,提供物业服务合同之外的特约服务和代办服务的,公示服务项目与收费价目 8. 按有关规定和合同约定公布物业服务费用或者物业服务资金的收支情况 9. 按合同约定规范使用住房专项维修资金 10. 每年至少 1 次征询业主对物业服务的意见,满意率 75% 以上
(二)房屋 管理	1. 对房屋共用部位进行日常管理和维修养护,检修记录和保养记录齐全 2. 根据房屋实际使用年限,适时检查房屋共用部位的使用状况,需要维修,属于小修范围的,及时组织修复;属于大、中修范围的,及时编制维修计划和住房专项维修资金使用计划,向业主大会或者业主委员会提出报告与建议,根据业主大会的决定,组织维修 3. 每 3 日巡查 1 次小区房屋单元门、楼梯通道以及其他共用部位的门窗、玻璃等,做好巡查记录,并及时维修养护 4. 按照住宅装饰装修管理有关规定和业主公约(业主临时公约)要求,建立完善的住宅装饰装修管理制度。装修前,依规定审核业主(使用人)的装修方案,告知装修人有关装饰装修的禁止行为和注意事项。每3 日巡查 1 次装修施工现场,发现影响房屋外观、危及房屋结构安全及拆改共用管线等损害公共利益现象的,及时劝阻并报告业主委员会和有关主管部门 5. 对违反规划私搭乱建和擅自改变房屋用途的行为及时劝阻,并报告业主委员会和有关主管部门 6. 小区主出入口设有小区平面示意图,各组团、栋及单元(门)、户有明显标志
(三)共用 设施设备 维修养护	1. 对共用设施设备进行日常管理和维修养护(依法应由专业部门负责的除外) 2. 建立共用设施设备档案(设备台账),设施设备的运行、检查、维修、保养等记录齐全 3. 设施设备标志齐全、规范,责任人明确;操作维护人员严格执行设施设备操作规程及保养规范;设施设备运行正常 4. 对共用设施设备定期组织巡查,做好巡查记录,需要维修,属于小修范围的,及时组织修复;属于大、中修范围或者需要更新改造的,及时编制维修、更新改造计划和住房专项维修资金使用计划,向业主大会或业主委员会提出报告与建议,根据业主大会的决定,组织维修或者更新改造 5. 载人电梯早 6 点至晚 12 点正常运行 6. 消防设施设备完好,可随时启用;消防通道畅通 7. 设备房保持整洁、通风,无跑、冒、滴、漏和鼠害现象 8. 小区主要道路及停车场交通标志齐全 9. 路灯、楼道灯完好率不低于 90% 10. 容易危及人身安全的设施设备有明显警示标志和防范措施;对可能发生的各种突发设备故障有应急方案

续表

项　目	内　容　与　标　准
(四)协助维护公共秩序	1. 小区主出入口 24 小时值勤 2. 对重点区域、重点部位每 2 小时至少巡查 1 次 3. 对进出小区的车辆进行管理,引导车辆有序通行、停放 4. 对进出小区的装修等劳务人员实行登记管理 5. 对火灾、治安、公共卫生等突发事件有应急预案,事发时及时报告业主委员会和有关部门,并协助采取相应措施
(五)保洁服务	1. 按幢设置垃圾桶,生活垃圾每天清运 1 次 2. 小区道路、广场、停车场、绿地等每日清扫 1 次;电梯厅、楼道每日清扫 1 次,半月拖洗 1 次;楼梯扶手每周擦洗 2 次;共用部位玻璃每月清洁 1 次;路灯、楼道灯每季度清洁 1 次。及时清除区内主要道路积水、积雪 3. 区内公共雨、污水管道每年疏通 1 次;雨、污水井每季度检查 1 次,并视检查情况及时清掏;化粪池每 2 个月检查 1 次,每年清掏 1 次,发现异常及时清掏 4. 二次供水水箱按规定期清洗,定时巡查,水质符合卫生要求 5. 根据当地实际情况定期进行消毒和灭虫除害
(六)绿化养护管理	1. 有专业人员实施绿化养护管理 2. 对草坪、花卉、绿篱、树木定期进行修剪、养护 3. 定期清除绿地杂草、杂物 4. 适时组织浇灌、施肥和松土,做好防涝、防冻 5. 适时喷洒药物,预防病虫害

三　级

项　目	内　容　与　标　准
(一)基本要求	1. 服务与被服务双方签订规范的物业服务合同,双方权利义务关系明确 2. 承接项目时,对住宅小区共用部位、共用设施设备进行认真查验,验收手续齐全 3. 管理人员、专业操作人员按照国家有关规定取得物业管理职业资格证书或者岗位证书 4. 有完善的物业管理方案,质量管理、财务管理、档案管理等制度健全 5. 管理服务人员佩戴标志,行为规范,服务主动、热情 6. 公示 8 小时服务电话。报修按双方约定时间到达现场,有报修、维修记录 7. 按有关规定和合同约定公布物业服务费用或者物业服务资金的收支情况 8. 按合同约定规范使用住房专项维修资金 9. 每年至少 1 次征询业主对物业服务的意见,满意率 70% 以上
(二)房屋管理	1. 对房屋共用部位进行日常管理和维修养护,检修记录和保养记录齐全 2. 根据房屋实际使用年限,检查房屋共用部位的使用状况,需要维修,属于小修范围的,及时组织修复;属于大、中修范围的,及时编制维修计划和住房专项维修资金使用计划,向业主大会或者业委员会提出报告与建议,根据业主大会的决定,组织维修 3. 每周巡查 1 次小区房屋单元门、楼梯通道以及其他共用部位的门窗、玻璃等,定期维修养护 4. 按照住宅装饰装修管理有关规定和业主公约(业主临时公约)要求,建立完善的住宅装饰装修管理制度。装修前,依规定审核业主(使用人)的装修方案,告知装修人有关装饰装修的禁止行为和注意事项。至少 2 次巡查装修施工现场,发现影响房屋外观、危及房屋结构安全及拆改共用管线等损害公共利益现象的,及时劝阻并报告业主委员会和有关主管部门 5. 对违反规划私搭乱建和擅自改变房屋用途的行为及时劝阻,并报告业主委员会和有关主管部门 6. 各组团、栋、单元(门)、户有明显标志

续表

项　目	内　容　与　标　准
（三）共用设施设备维修养护	1. 对共用设施设备进行日常管理和维修养护（依法应由专业部门负责的除外） 2. 建立共用设施设备档案（设备台账），设施设备的运行、检修等记录齐全 3. 操作维护人员严格执行设施设备操作规程及保养规范；设施设备运行正常 4. 对共用设施设备定期组织巡查，做好巡查记录，需要维修，属于小修范围的，及时组织修复；属于大、中修范围或者需要更新改造的，及时编制维修、更新改造计划和住房专项维修资金使用计划，向业主大会或业主委员会提出报告与建议，根据业主大会的决定，组织维修或者更新改造 5. 载人电梯早 6 点至晚 12 点正常运行 6. 消防设施设备完好，可随时启用；消防通道畅通 7. 路灯、楼道灯完好率不低于 80% 8. 容易危及人身安全的设施设备有明显警示标志和防范措施；对可能发生的各种突发设备故障有应急方案
（四）协助维护公共秩序	1. 小区 24 小时值勤 2. 对重点区域、重点部位每 3 小时至少巡查 1 次 3. 车辆停放有序 4. 对火灾、治安、公共卫生等突发事件有应急预案，事发时及时报告业主委员会和有关部门，并协助采取相应措施
（五）保洁服务	1. 小区内设有垃圾收集点，生活垃圾每天清运 1 次 2. 小区公共场所每日清扫 1 次；电梯厅、楼道每日清扫 1 次；共用部位玻璃每季度清洁 1 次；路灯、楼道灯每半年清洁 1 次 3. 区内公共雨、污水管道每年疏通 1 次；雨、污水井每半年检查 1 次，并视检查情况及时清掏；化粪池每季度检查 1 次，每年清掏 1 次，发现异常及时清掏 4. 二次供水水箱按规定清洗，水质符合卫生要求
（六）绿化养护管理	1. 对草坪、花卉、绿篱、树木定期进行修剪、养护 2. 定期清除绿地杂草、杂物 3. 预防花草、树木病虫害

物业服务收费管理办法

第一条　为规范物业服务收费行为，保障业主和物业管理企业的合法权益，根据《中华人民共和国价格法》和《物业管理条例》，制定本办法。

第二条　本办法所称物业服务收费，是指物业管理企业按照物业服务合同的约定，对房屋及配套的设施设备和相关场地进行维修、养护、管理，维护相关区域内的环境卫生和秩序。向业主所收取的费用。

第三条　国家提倡业主通过公开、公平、公正的市场竞争机制选择物业管理企业；鼓励物业管理企业开展正当的价格竞争，禁止价格欺诈，促进物业服务收费通过市场竞争形成。

第四条　国务院价格主管部门会同国务院建设行政主管部门负责全国物业服务收费的监督管理工作。

县级以上地方人民政府价格主管部门会同同级房地产行政主管部门负责本行政区域内物业服务收费的监督管理工作。

第五条　物业服务收费应当遵循合理、公开以及费用与服务水平相适应的原则。

第六条　物业服务收费应当区分不同物业的性质和特点分别实行政府指导价和市场调节价。具体定价形式由省、自治区、直辖市人民政府价格主管部门会同房地产行政主管部门确定。

第七条　物业服务收费实行政府指导价的。有定价权限的人民政府价格主管部门应当会同房地产行政主管部门根据物业管理服务等级标准等因素，制定相应的基准价及其浮动幅度，并定期公布。具体收费标准由业主与物业管理企业根据规定的基准价和浮动幅度在物业服务合同中约定。

实行市场调节价的物业服务收费，由业主与物业管理企业在物业服务合同中约定。

第八条　物业管理企业应当按照政府价格主管部门的规定实行明码标价，在物业管理区域内的显著位置，将服务内容、服务标准以及收费项目、收费标准等有关情况进行公示。

第九条　业主与物业管理企业可以采取包干制或者酬金制等形式约定物业服务费用。

包干制是指由业主向物业管理企业支付固定物业服务费用。盈余或者亏损均由物业管理企业享有或者承担的物业服务计费方式。

酬金制是指在预收的物业服务资金中按约定比例或者约定数额提取酬金支付给物业管理企业，其余全部用于物业服务合同约定的支出。结余或者不足均由业主享有或者承担的物业服务计费方式。

第十条　建设单位与物业买受人签订的买卖合同，应当约定物业管理服务内容、服务标准、收费标准、计费方式及计费起始时间等内容，涉及物业买受人共同利益的约定应当一致。

第十一条　实行物业服务费用包干制的，物业服务费用的构成包括物业服务成本、法定税费和物业管理企业的利润。

实行物业服务费用酬金制的，预收的物业服务资金包括物业服务支出和物业管理企业的酬金。

物业服务成本或者物业服务支出构成一般包括以下部分：

1. 管理服务人员的工资、社会保险和按规定提取的福利费等
2. 物业共用部位、共用设施设备的日常运行、维护费用；
3. 物业管理区域清洁卫生费用；
4. 物业管理区域绿化养护费用；
5. 物业管理区域秩序维护费用；
6. 办公费用；
7. 物业管理企业固定资产折旧；
8. 物业共用部位、共用设施设备及公众责任保险费用；
9. 经业主同意的其他费用。

物业共用部位、共用设施设备的大修、中修和更新、改造费用，应当通过专项维修资金予以列支，不得计入物业服务支出或者物业服务成本。

第十二条　实行物业服务费用酬金制的，预收的物业服务支出属于代管性质，为所交纳的业主所有，物业管理企业不得将其用于物业服务合同约定以外的支出。

物业管理企业应当向业主大会或者全体业主公布物业服务资金年度预决算并每年不少于一次公布物业服务资金的收支情况。

业主或者业主大会对公布的物业服务资金年度预决算和物业服务资金的收支情况提出质询时，物业管理企业应当及时答复。

第十三条 物业服务收费采取酬金制方式，物业管理企业或者业主大会可以按照物业服务合同约定聘请专业机构对物业服务资金年度预决算和物业服务资金的收支情况进行审计。

第十四条 物业管理企业在物业服务中应当遵守国家的价格法律法规，严格履行物业服务合同，为业主提供质价相符的服务。

第十五条 业主应当按照物业服务合同的约定按时足额交纳物业服务费用或者物业服务资金。业主违反物业服务合同约定逾期不交纳服务费用或者物业服务资金的，业主委员会应当督促其限期交纳；逾期仍不交纳的，物业管理企业可以依法追缴。

业主与物业使用人约定由物业使用人交纳物业服务费用或者物业服务资金的，从其约定，业主负连带交纳责任。

物业发生产权转移时，业主或者物业使用人应当结清物业服务费用或者物业服务资金。

第十六条 纳入物业管理范围的已竣工但尚未出售，或者因开发建设单位原因未按时交给物业买受人的物业，物业服务费用或者物业服务资金由开发建设单位全额交纳。

第十七条 物业管理区域内，供水、供电、供气、供热、通信、有线电视等单位应当向最终用户收取有关费用。物业管理企业接受委托代收上述费用的，可向委托单位收取手续费，不得向业主收取手续费等额外费用。

第十八条 利用物业共用部位、共用设施设备进行经营的。应当在征得相关业主、业主大会、物业管理企业的同意后，按照规定办理有关手续。业主所得收益应当主要用于补充专项维修资金，也可以按照业主大会的决定使用。

第十九条 物业管理企业已接受委托实施物业服务并相应收取服务费用的，其他部门和单位不得重复收取性质和内容相同的费用。

第二十条 物业管理企业根据业主的委托提供物业服务合同约定以外的服务，服务收费由双方约定。

第二十一条 政府价格主管部门会同房地产行政主管部门，应当加强对物业管理企业的服务内容、标准和收费项目、标准的监督。物业管理企业违反价格法律、法规和规定，由政府价格主管部门依据《中华人民共和国价格法》和《价格违法行为行政处罚规定》予以处罚。

第二十二条 各省、自治区、直辖市人民政府价格主管部门、房地产行政主管部门可以依据本办法制定具体实施办法。并报国家发展和改革委员会、建设部备案。

第二十三条 本办法由国家发展和改革委员会会同建设部负责解释。

第二十四条 本办法自 2004 年 1 月 1 日起执行，原国家计委、建设部印发的《城市住宅小区物业管理服务收费暂行办法》（计价费［1996］266 号）同时废止。

物业管理企业财务管理规定

财基字［1998］7 号

第一章 总 则

第一条 为了规范物业管理企业财务行为，有利于企业公平竞争，加强财务管理和经济核算，结合物业管理企业的特点及其管理要求，制定本规定。

除本规定另有规定外，物业管理企业执行《施工、房地产开发企业财务制度》。

第二条 本规定适用于中华人民共和国境内的各类物业管理企业（以下简称企业），包括国有企业、集体企业、私营企业、外商投资企业等各类经济性质的企业；有限责任公司、股份有限公司等各类组织形式的企业。

其他行业独立核算的物业管理企业也适用本规定。

第二章　代管基金

第三条　代管基金是指企业接受业主管理委员会或者物业产权人、使用人委托代管的房屋共用部位维修基金和共用设施设备维修基金。

房屋共用部位维修基金是指专项用于房屋共用部位大修理的资金。房屋的共用部位，是指承重结构部位（包括楼盖、屋顶、梁、柱、内外墙体和基础等）、外墙面、楼梯间、走廊通道、门厅、楼内存车库等。

共用设施设备维修基金是指专项用于共用设施和共用设备大修理的资金。共用设施设备是指共用的上下水管道、公用水箱、加压水泵、电梯、公用天线、供电干线、共用照明、暖气干线、消防设施、住宅区的道路、路灯、沟渠、池、井、室外停车场、游泳池、各类球场等。

第四条　代管基金作为企业长期负债管理。

代管基金应当专户存储，专款专用，并定期接受业主管理委员会或者物业产权人、使用人的检查与监督。

代管基金利息净收入应当经业主管理委员会或者物业产权人、使用人认可后转作代管基金滚存使用和管理。

第五条　企业有偿使用业主管理委员会或者物业产权人使用人提供的管理用房、商业用房和共用设施设备，应当设立备查账簿单独进行实物管理，并按照国家法律、法规的规定或者双方签订的合同、协议支付有关费用（如租赁费、承包费等）。

管理用房是指业主管理委员会或者物业产权人、使用人向企业提供的办公用房。

商业用房是指业主管理委员会或者物业产权人、使用人向企业提供的经营用房。

第六条　企业支付的管理用房和商业用房有偿使用费，经业主管理委员会或者物业产权人、使用人认可后转作企业代管的房屋共用部位维修基金；企业支付的共用设施设备有偿使用费，经业主管理委员会或者物业产权人、使用人认可后转作企业代管的共用设施设备维修基金。

第三章　成本和费用

第七条　企业在从事物业管理活动中，为物业产权人、使用人提供维修、管理和服务等过程中发生的各项支出，按照国家规定计入成本、费用。

第八条　企业在从事物业管理活动中发生的各项直接支出，计入营业成本。营业成本包括直接人工费、直接材料费和间接费用等。实行一级成本核算的企业，可不设间接费用，有关支出直接计入管理费用。

直接人工费包括企业直接从事物业管理活动等人员的工资、奖金及职工福利费等。

直接材料费包括企业在物业管理活动中直接消耗的各种材料、辅助材料、燃料和动力、构配件、零件、低值易耗品、包装物等。

间接费用包括企业所属物业管理单位管理人员的工资、奖金及职工福利费、固定资产折旧费及修理费、水电费、取暖费、办公费、差旅费、邮电通信费、交通运输费、租赁费、财产保险费、劳动保护费、保安费、绿化维护费、低值易耗品摊销及其他费用等。

第九条　企业经营共用设施设备，支付的有偿使用费，计入营业成本。

第十条　企业支付的管理用房有偿使用费，计入营业成本或者管理费用。

第十一条　企业对管理用房进行装饰装修发生的支出，计入递延资产，在有效使用期限内，分期摊入营业成本或者管理费用。

第十二条　企业可以于年度终了，按照年末应收账款余额的 0.3% ~ 0.5% 计提坏账准备金，计入管理费用。

企业发生的坏帐损失，冲减坏帐准备金。收回已核销的坏帐，增加坏帐准备金。

不计提坏帐准备金的企业，发生的坏帐损失，计入管理费用。收回已核销的坏帐，冲减管理费用。

第四章　营业收入及利润

第十三条　营业收入是指企业从事物业管理和其他经营活动所取得的各项收入，包括主营业务收入和其他业务收入。

第十四条　主营业务收入是指企业在从事物业管理活动中，为物业产权人、使用人提供维修、管理和服务所取得的收入，包括物业管理收入、物业经营收入和物业大修收入。

物业管理收入是指企业向物业产权人、使用人收取的公共性服务费收入、公众代办性服务费收入和特约服务收入。

物业经营收入是指企业经营业主管理委员会或者物业产权人、使用人提供的房屋建筑物和共用设施取得的收入，如房屋出租收入和经营停车场、游泳池、各类球场等共用设施收入。

物业大修收入是指企业接受业主管理委员会或者物业产权人、使用人的委托，对房屋共用部位、共用设施设备进行大修取得的收入。

第十五条　企业应当在劳务已经提供，同时收讫价款或取得收取价款的凭证时确认为营业收入的实现。

物业大修收入应当经业主管理委员会或者物业产权人、使用人签证认可后，确认为营业收入的实现。

企业与业主管理委员会或者物业产权人、使用人双方签订付款合同或协议的，应当根据合同或者协议所规定的付款日期确认为营业收入的实现。

第十六条　企业利润总额包括营业利润、投资净收益、营业外收支净额以及补贴收入。

第十七条　补贴收入是指国家拨给企业的政策性亏损补贴和其他补贴。

第十八条　营业利润包括主营业务利润和其他业务利润。

主营业务利润是指主营业务收入减去营业税金及附加，再减去营业成本、管理费用及财务费用后的净额。

营业税金及附加包括营业税、城市维护建设税和教育费附加。

其他业务利润是指其他业务收入减去其他业务支出和其他业务缴纳的税金及附加后的净额。

第十九条　其他业务收入是指企业从事主营业务以外的其他业务活动所取得的收入，包括房屋中介代销手续费收入、材料物资销售收入、废品回收收入、商业用房经营收入及无形资产转让收入等。

商业用房经营收入是指企业利用业主管理委员会或者物业产权人、使用人提供的商业用房，从事经营活动取得的收入，如开办健身房、歌舞厅、美容美发屋、商店、饮食店等经营收入。

第二十条　其他业务支出是指企业从事其他业务活动所发生的有关成本和费用支出。

企业支付的商业用房有偿使用费，计入其他业务支出。

企业对商业用房进行装饰装修发生的支出，计入递延资产，在有效使用期限内，分期摊入其他业务支出。

<h2 style="text-align:center">第五章　附　　则</h2>

第二十一条　本规定自 1998 年 1 月 1 日起施行。

<h2 style="text-align:center">商品住宅实行住宅质量保证书和住宅使用说明书制度的规定</h2>

第一条　为加强商品住宅质量管理，确保商品住宅售后服务质量和水平，维护商品住宅消费者的合法权益，制定本规定。

第二条　本规定适用于房地产开发企业出售的商品住宅。

第三条　房地产开发企业在向用户交付销售的新建商品住宅时，必须提供《住宅质量保证书》和《住宅使用说明书》。《住宅质量保证书》可以作为商品房购合同的补充约定。

第四条　《住宅质量保证书》是房地产开发企业对销售的商品住宅承担质量责任的法律文件，房地产开发企业应当按《住宅质量保证书》的约定，承担保修责任。

商品住宅售出后，委托物业管理公司等单位维修的，应在《住宅质量保证书》中明示所委托的单位。

第五条　《住宅质量保证书》应当包括以下内容：

1. 工程质量监督部门核验的质量等级。

2. 地基基础和主体结构在合理使用寿命年限内承担保修。

3. 正常使用情况下各部位、部件保修内容与保修期：

屋面防水 3 年；墙面、厨房和卫生间地面、地下室、管道渗漏 1 年；墙面、顶棚抹灰层脱落 1 年；地面空鼓开裂、大面积起砂 1 年；门窗翘裂、五金件损坏 1 年；管道堵塞 2 个月；供热、供冷系统和设备 1 个采暖期或供冷期；卫生洁具 1 年；灯具、电器 6 个月。其他部位、部件的保修期限，由房地产开发企业与用户自行约定。

4. 用户报修的单位，答复和处理的时限。

第六条　住宅保修期从开发企业将竣工验收的住宅交付用户使用之日起计算，保修期限不应低于本规定第五条规定的期限。房地产开发企业可以延长保修期。

国家对住宅工程质量保修期另有规定的，保修期限按照国家规定执行。

第七条　房地产开发企业向用户交付商品住宅时，应当有交付验收手续，并由用户对住宅设备、设施的正常运行签字认可。用户验收后自行添置、改动的设施、设备，由用户自行承担维修责任。

第八条　《住宅使用说明书》应当对住宅的结构、性能和各部位（部件）的类型、性能、标准等做出说明，并提出使用注意事项，一般应当包含以下内容：

1. 开发单位、设计单位、施工单位，委托监理的应注明监理单位。

2. 结构类型。

3. 装修、装饰注意事项。

4. 上水、下水、电、燃气、热力、通信、消防等设施配置的说明。

5. 有关设备、设施安装预留位置的说明和安装注意事项。

6. 门、窗类型，使用注意事项。

7. 配电负荷。

8. 承重墙、保温墙、防水层、阳台等部位注意事项的说明。

9. 其他需说明的问题。

第九条　住宅中配置的设备、设施，生产厂家另有使用说明书的，应附于《住宅使用说明书》中。

第十条　《住宅质量保证书》和《住宅使用说明书》应在住宅交付用户的同时提供给用户。

第十一条　《住宅质量保证书》和《住宅使用说明书》以购买者购买的套（幢）发放。每套（幢）住宅均应附有各自的《住宅质量保证书》和《住宅使用说明书》。

第十二条　房地产开发企业在《住宅使用说明书》中对住户合理使用住宅应有提示。因用户使用不当或擅自改动结构、设备位置和不当装修等造成的质量问题，开发企业不承担保修责任；因住户使用不当或擅自改动结构，造成房屋质量受损或其他用户损失，由责任人承担相应责任。

第十三条　其他住宅和非住宅的商品房屋，可参照本规定执行。

第十四条　本规定由建设部负责解释。

第十五条　本规定从 1998 年 9 月 1 日起实施。

城市异产毗连房屋管理规定

（1989 年 11 月 21 日建设部令第 5 号发布，2001 年 8 月 15 日根据《建设部关于
修改〈城市异产毗连房屋管理规定〉的决定》修正）

第一条　为加强城市异产毗连房屋的管理，维护房屋所有人、使用人的合法权益，明确管理、修缮责任，保障房屋的正常使用，特制定本规定。

第二条　本规定适用于城市（指直辖市、市、建制镇，下同）内的异产毗连房屋。

本规定所称异产毗连房屋，系指结构相连或具有共有、共用设备和附属建筑，而为不同所有人所有的房屋。

第三条　异产毗连房屋的所有人按照城市房地产行政主管部门核发的所有权证规定的范围行使权利，并承担相应的义务。

第四条　国务院建设行政主管部门负责全国的城市异产毗连房屋管理工作。

县级以上地方人民政府房地产行政主管部门负责本辖区的城市异产毗连房屋管理工作。

第五条　所有人和使用人对房屋的使用和修缮，必须符合城市规划、房地产管理、消防和环境保护等部门的要求，并应按照有利使用、共同协商、公平合理的原则，正确处理毗连关系。

第六条　所有人和使用人对共有、共用的门厅、阳台、屋面、楼道、厨房、厕所以及院路、上下水设施等，应共同合理使用并承担相应的义务；除另有约定外，任何一方不得多占、独占。

所有人和使用人在房屋共有、共用部位，不得有损害他方利益的行为。

第七条　异产毗连房屋所有人以外的人如需使用异产毗连房屋的共有部位时，应取得各所有人一致同意，并签定书面协议。

第八条　一方所有人如需改变共有部位的外形或结构时，除须经城市规划部门批准外，还须征得其他所有人的书面同意。

第九条　异产毗连房屋发生自然损坏（因不可抗力造成的损坏，视同自然损坏），所需修缮费用依下列原则处理：

（一）共有房屋主体结构中的基础、柱、梁、墙的修缮，由共有房屋所有人按份额比例分担。

（二）共有墙体的修缮（包括因结构需要而涉及的相邻部位的修缮），按两侧均分后，再由每侧房屋所有人按份额比例分担。

（三）楼盖的修缮，其楼面与顶棚部位，由所在层房屋所有人负责；其结构部位，由毗连层上下房屋所有人按份额比例分担。

（四）屋盖的修缮：

1. 不上人房盖，由修缮所及范围覆盖下各层的房屋所有人按份额比例分担。

2. 可上人屋盖（包括屋面和周边护栏），如为各层所共用，由修缮所及范围覆盖下各层的房屋所有人按份额比例分担；如仅为若干层使用，使用层的房屋所有人分担一半，其余一半由修缮所及范围覆盖下层房屋所有人按份额比例分担。

（五）楼梯及楼梯间（包括出屋面部分）的修缮：

1. 各层共用楼梯，由房屋所有人按份额比例分担。

2. 为某些层所专用的楼梯，由其专用的房屋所有人按份额比例分担。

（六）房屋共用部位必要的装饰，由受益的房屋所有人按份额比例分担。

（七）房屋共有、共用的设备和附属建筑（如电梯、水泵、暖气、水卫、电照、沟管、垃圾道、化粪池等）的修缮，由所有人按份额比例分担。

第十条　异产毗连房屋的自然损坏，应当按照本规定及时修缮，不得拖延或者拒绝。

第十一条　因使用不当造成异产毗连房屋损坏的，由责任人负责修缮。

第十二条　异产毗连房屋的一方所有人或使用人有造成房屋危险行为的，应当及时排除危险；他方有权采取必要措施，防止危险发生；造成损失的，责任方应当负责赔偿。

第十三条　异产毗连房屋的一方所有人或使用人超越权利范围，侵害他方权益的，应停止侵害，并赔偿由此而造成的损失。

第十四条　异产毗连房屋的所有人或使用人发生纠纷的，可以协商解决。不愿协商或者协商不成的，可以依法申请仲裁或者向人民法院起诉。

第十五条　异产毗连房屋经房屋安全鉴定机构鉴定为危险房屋的，房屋所有人必须按有关规定及时治理。

第十六条　异产毗连房屋的所有人可组成房屋管理组织，也可委托其他组织，在当地房地产行政主管部门的指导下，负责房屋的使用、修缮等管理工作。

第十七条　售给个人的异产毗连公有住房，其共有部位和共用设备的维修办法另行规定。

第十八条　县级以上地方人民政府房地产行政主管部门可依据本规定，结合当地情况，制定实施细则，经同级人民政府批准后，报上一级主管部门备案。

第十九条 未设镇建制的工矿区可参照本规定执行。

第二十条 本规定由国务院建设行政主管部门负责解释。

第二十一条 本规定自一九九〇年一月一日起施行。

住宅室内装饰装修管理办法

第一章 总 则

第一条 为加强住宅室内装饰装修管理，保证装饰装修工程质量和安全，维护公共安全和公众利益，根据有关法律、法规，制定本办法。

第二条 在城市从事住宅室内装饰装修活动，实施对住宅室内装饰装修活动的监督管理，应当遵守本办法。本办法所称住宅室内装饰装修，是指住宅竣工验收合格后，业主或者住宅使用人（以下简称装修人）对住宅室内进行装饰装修的建筑活动。

第三条 住宅室内装饰装修应当保证工程质量和安全，符合工程建设强制性标准。

第四条 国务院建设行政主管部门负责全国住宅室内装饰装修活动的管理工作。

省、自治区人民政府建设行政主管部门负责本行政区域内的住宅室内装饰装修活动的管理工作。

直辖市、市、县人民政府房地产行政主管部门负责本行政区域内的住宅室内装饰装修活动的管理工作。

第二章 一般规定

第五条 住宅室内装饰装修活动，禁止下列行为：

（一）未经原设计单位或者具有相应资质等级的设计单位提出设计方案，变动建筑主体和承重结构；

（二）将没有防水要求的房间或者阳台改为卫生间、厨房间；

（三）扩大承重墙上原有的门窗尺寸，拆除连接阳台的砖、混凝土墙体；

（四）损坏房屋原有节能设施，降低节能效果；

（五）其他影响建筑结构和使用安全的行为。

本办法所称建筑主体，是指建筑实体的结构构造，包括屋盖、楼盖、梁、柱、支撑、墙体、连接接点和基础等。

本办法所称承重结构，是指直接将本身自重与各种外加作用力系统地传递给基础地基的主要结构构件和其连接接点，包括承重墙体、立杆、柱、框架柱、支墩、楼板、梁、屋架、悬索等。

第六条 装修人从事住宅室内装饰装修活动，未经批准，不得有下列行为：

（一）搭建建筑物、构筑物；

（二）改变住宅外立面，在非承重外墙上开门、窗；

（三）拆改供暖管道和设施；

（四）拆改燃气管道和设施。

本条所列第（一）项、第（二）项行为，应当经城市规划行政主管部门批准；第（三）项行为，应当经供暖管理单位批准；第（四）项行为应当经燃气管理单位批准。

第七条 住宅室内装饰装修超过设计标准或者规范增加楼面荷载的，应当经原设计单位或者具有相应资质等级的设计单位提出设计方案。

第八条　改动卫生间、厨房间防水层的，应当按照防水标准制订施工方案，并做闭水试验。

第九条　装修人经原设计单位或者具有相应资质等级的设计单位提出设计方案变动建筑主体和承重结构的，或者装修活动涉及本办法第六条、第七条、第八条内容的，必须委托具有相应资质的装饰装修企业承担。

第十条　装饰装修企业必须按照工程建设强制性标准和其他技术标准施工，不得偷工减料，确保装饰装修工程质量。

第十一条　装饰装修企业从事住宅室内装饰装修活动，应当遵守施工安全操作规程，按照规定采取必要的安全防护和消防措施，不得擅自动用明火和进行焊接作业，保证作业人员和周围住房及财产的安全。

第十二条　装修人和装饰装修企业从事住宅室内装饰装修活动，不得侵占公共空间，不得损害公共部位和设施。

第三章　开工申报与监督

第十三条　装修人在住宅室内装饰装修工程开工前，应当向物业管理企业或者房屋管理机构（以下简称物业管理单位）申报登记。非业主的住宅使用人对住宅室内进行装饰装修，应当取得业主的书面同意。

第十四条　申报登记应当提交下列材料：

（一）房屋所有权证（或者证明其合法权益的有效凭证）；

（二）申请人身份证件；

（三）装饰装修方案；

（四）变动建筑主体或者承重结构的，需提交原设计单位或者具有相应资质等级的设计单位提出的设计方案；

（五）涉及本办法第六条行为的，需提交有关部门的批准文件，涉及本办法第七条、第八条行为的，需提交设计方案或者施工方案；

（六）委托装饰装修企业施工的，需提供该企业相关资质证书的复印件。

非业主的住宅使用人，还需提供业主同意装饰装修的书面证明。

第十五条　物业管理单位应当将住宅室内装饰装修工程的禁止行为和注意事项告知装修人和装修人委托的装饰装修企业。装修人对住宅进行装饰装修前，应当告知邻里。

第十六条　装修人，或者装修人和装饰装修企业，应当与物业管理单位签订住宅室内装饰装修管理服务协议。

住宅室内装饰装修管理服务协议应当包括下列内容：

（一）装饰装修工程的实施内容；

（二）装饰装修工程的实施期限；

（三）允许施工的时间；

（四）废弃物的清运与处置；

（五）住宅外立面设施及防盗窗的安装要求；

（六）禁止行为和注意事项；

（七）管理服务费用；

（八）违约责任；

（九）其他需要约定的事项。

第十七条　物业管理单位应当按照住宅室内装饰装修管理服务协议实施管理，发现装修人或者装饰装修企业有本办法第五条行为的，或者未经有关部门批准实施本办法第六条所列行为的，或者有违反本办法第七条、第八条、第九条规定行为的，应当立即制止；已造成事实后果或者拒不改正的，应当及时报告有关部门依法处理。对装修人或者装饰装修企业违反住宅室内装饰装修管理服务协议的，追究违约责任。

第十八条　有关部门接到物业管理单位关于装修人或者装饰装修企业有违反本办法行为的报告后，应当及时到现场检查核实，依法处理。

第十九条　禁止物业管理单位向装修人指派装饰装修企业或者强行推销装饰装修材料。

第二十条　装修人不得拒绝和阻碍物业管理单位依据住宅室内装饰装修管理服务协议的约定，对住宅室内装饰装修活动的监督检查。

第二十一条　任何单位和个人对住宅室内装饰装修中出现的影响公众利益的质量事故、质量缺陷以及其他影响周围住户正常生活的行为，都有权检举、控告、投诉。

第四章　委托与承接

第二十二条　承接住宅室内装饰装修工程的装饰装修企业，必须经建设行政主管部门资质审查，取得相应的建筑业企业资质证书，并在其资质等级许可的范围内承揽工程。

第二十三条　装修人委托企业承接其装饰装修工程的，应当选择具有相应资质等级的装饰装修企业。

第二十四条　装修人与装饰装修企业应当签订住宅室内装饰装修书面合同，明确双方的权利和义务。

住宅室内装饰装修合同应当包括下列主要内容：

（一）委托人和被委托人的姓名或者单位名称、住所地址、联系电话；

（二）住宅室内装饰装修的房屋间数、建筑面积，装饰装修的项目、方式、规格、质量要求以及质量验收方式；

（三）装饰装修工程的开工、竣工时间；

（四）装饰装修工程保修的内容、期限；

（五）装饰装修工程价格，计价和支付方式、时间；

（六）合同变更和解除的条件；

（七）违约责任及解决纠纷的途径；

（八）合同的生效时间；

（九）双方认为需要明确的其他条款。

第二十五条　住宅室内装饰装修工程发生纠纷的，可以协商或者调解解决。不愿协商、调解或者协商、调解不成的，可以依法申请仲裁或者向人民法院起诉。

第五章　室内环境质量

第二十六条　装饰装修企业从事住宅室内装饰装修活动，应当严格遵守规定的装饰装修施工时间，降低施工噪音，减少环境污染。

第二十七条　住宅室内装饰装修过程中所形成的各种固体、可燃液体等废物，应当按照规定的位置、方式和时间堆放和清运。严禁违反规定将各种固体、可燃液体等废物堆放于住宅垃圾道、楼道或者其他地方。

第二十八条　住宅室内装饰装修工程使用的材料和设备必须符合国家标准，有质量检验合格证明和有中文标识的产品名称、规格、型号、生产厂厂名、厂址等。禁止使用国家明令淘汰的建筑装饰装修材料和设备。

第二十九条　装修人委托企业对住宅室内进行装饰装修的，装饰装修工程竣工后，空气质量应当符合国家有关标准。装修人可以委托有资格的检测单位对空气质量进行检测。检测不合格的，装饰装修企业应当返工，并由责任人承担相应损失。

第六章　竣工验收与保修

第三十条　住宅室内装饰装修工程竣工后，装修人应当按照工程设计合同约定和相应的质量标准进行验收。验收合格后，装饰装修企业应当出具住宅室内装饰装修质量保修书。

物业管理单位应当按照装饰装修管理服务协议进行现场检查，对违反法律、法规和装饰装修管理服务协议的，应当要求装修人和装饰装修企业纠正，并将检查记录存档。

第三十一条　住宅室内装饰装修工程竣工后，装饰装修企业负责采购装饰装修材料及设备的，应当向业主提交说明书、保修单和环保说明书。

第三十二条　在正常使用条件下，住宅室内装饰装修工程的最低保修期限为二年，有防水要求的厨房、卫生间和外墙面的防渗漏为五年。保修期自住宅室内装饰装修工程竣工验收合格之日起计算。

第七章　法律责任

第三十三条　因住宅室内装饰装修活动造成相邻住宅的管道堵塞、渗漏水、停水停电、物品毁坏等，装修人应当负责修复和赔偿；属于装饰装修企业责任的，装修人可以向装饰装修企业追偿。

装修人擅自拆改供暖、燃气管道和设施造成损失的，由装修人负责赔偿。

第三十四条　装修人因住宅室内装饰装修活动侵占公共空间，对公共部位和设施造成损害的，由城市房地产行政主管部门责令改正，造成损失的，依法承担赔偿责任。

第三十五条　装修人未申报登记进行住宅室内装饰装修活动的，由城市房地产行政主管部门责令改正，处500元以上1千元以下的罚款。

第三十六条　装修人违反本办法规定，将住宅室内装饰装修工程委托给不具有相应资质等级企业的，由城市房地产行政主管部门责令改正，处5百元以上1千元以下的罚款。

第三十七条　装饰装修企业自行采购或者向装修人推荐使用不符合国家标准的装饰装修材料，造成空气污染超标的，由城市房地产行政主管部门责令改正，造成损失的，依法承担赔偿责任。

第三十八条　住宅室内装饰装修活动有下列行为之一的，由城市房地产行政主管部门责令改正，并处罚款：

（一）将没有防水要求的房间或者阳台改为卫生间、厨房间的，或者拆除连接阳台的砖、混凝土墙体的，对装修人处500元以上1千元以下的罚款，对装饰装修企业处1千元以上1万元以下的罚款；

（二）损坏房屋原有节能设施或者降低节能效果的，对装饰装修企业处1千元以上5千元以下的罚款；

（三）擅自拆改供暖、燃气管道和设施的，对装修人处500元以上1千元以下的罚款；

（四）未经原设计单位或者具有相应资质等级的设计单位提出设计方案，擅自超过设计标准或者规范增加楼面荷载的，对装修人处 500 元以上 1 千元以下的罚款，对装饰装修企业处 1 千元以上 1 万元以下的罚款。

第三十九条　未经城市规划行政主管部门批准，在住宅室内装饰装修活动中搭建建筑物、构筑物的，或者擅自改变住宅外立面、在非承重外墙上开门、窗的，由城市规划行政主管部门按照《城市规划法》及相关法规的规定处罚。

第四十条　装修人或者装饰装修企业违反《建设工程质量管理条例》的，由建设行政主管部门按照有关规定处罚。

第四十一条　装饰装修企业违反国家有关安全生产规定和安全生产技术规程，不按照规定采取必要的安全防护和消防措施，擅自动用明火作业和进行焊接作业的，或者对建筑安全事故隐患不采取措施予以消除的，由建设行政主管部门责令改正，并处 1 千元以上 1 万元以下的罚款；情节严重的，责令停业整顿，并处 1 万元以上 3 万元以下的罚款；造成重大安全事故的，降低资质等级或者吊销资质证书。

第四十二条　物业管理单位发现装修人或者装饰装修企业有违反本办法规定的行为不及时向有关部门报告的，由房地产行政主管部门给予警告，可处装饰装修管理服务协议约定的装饰装修管理服务费 2～3 倍的罚款。

第四十三条　有关部门的工作人员接到物业管理单位对装修人或者装饰装修企业违法行为的报告后，未及时处理，玩忽职守的，依法给予行政处分。

第八章　附　　则

第四十四条　工程投资额在 30 万元以下或者建筑面积在 300m² 以下，可以不申请办理施工许可证的非住宅装饰装修活动参照本办法执行。

第四十五条　住宅竣工验收合格前的装饰装修工程管理，按照《建设工程质量管理条例》执行。

第四十六条　省、自治区、直辖市人民政府建设行政主管部门可以依据本办法，制定实施细则。

第四十七条　本办法由国务院建设行政主管部门负责解释。

第四十八条　本办法自 2002 年 5 月 1 日起施行。

建设工程质量管理条例

（2000 年 1 月 10 日国务院第 25 次常务会议通过）

第一章　总　　则

第一条　为了加强对建设工程质量的管理，保证建设工程质量，保护人民生命和财产安全，根据《中华人民共和国建筑法》制定本条例。

第二条　凡在中华人民共和国境内从事建设工程质量的新建、扩建、改建等有关活动及实施对建设工程质量监督管理的，必须奠定本条例。

本条例所称建设工程，是指土木工程、建筑工程、线路管道和设备安装工程及装修工程。

第三条　建设单位、勘察单位、设计单位、施工单位、工程监理单位依法对建设工程质量负责。

第四条　县级以上人民政府建设行政主管部门和其他有关部门应当加强对建设工程质量的监督管理。

第五条　从事建设工程活动，必须严格执行基本建设程序，坚持先勘察、后设计、再施工的原则。

县级以上人民政府及其有关部门不得超越权限审批建设项目或者擅自简化基本建设程序。

第六条　国家鼓励采用先进的科学技术和管理方法，提高建设工程质量。

第二章　建设单位的质量责任和义务

第七条　建设单位应当将工程发包给具有相应资质等级的单位。

建设单位不得将建设工程肢解发包。

第八条　建设单位应当依法对工程建设项目的勘察、设计、施工、监理以及与工程建设有关的重要设备、材料等的采购进行招标。

第九条　建设单位必须向有关的勘察、设计、施工、工程监理等单位提供与建设工程有关的原始资料。

原始资料必须真实、准确、齐全。

第十条　建设工程发包单位不得迫使承包方以低于成本的价格竞标，不得任意压缩合理工期。

建设单位不得明示或暗示设计单位或施工单位违反工程建设强制性标准，降低建设工程质量。

第十一条　建设单位应当将施工图设计文件报县级以上人民政府建设行政主管部门或者其他有关部门审查。施工图设计文件审查的具体办法，由国务院建设行政主管部门会同国务院其他有关部门制定。

施工图设计文件未经审查批准的，不得使用。

第十二条　实行监理的建设工程，建设单位应当委托具有相应资质等级的工程监理单位进行监理，也可以委托具有工程监理相应资质等级并与监理工程的施工承包单位没有隶属关系或者其他利害关系的该工程的设计单位进行监理。

下列建设工程必须实行监理：

（一）国家重点建设工程；

（二）大中型公用事业工程；

（三）成片开发建设的住宅小区工程；

（四）利用外国政府或者国际组织贷款、援助资金的工程；

（五）国家规定必须实行监理的其他工程。

第十三条　建设单位在领取施工许可证或者开工报告前，应当按照国家有关规定办理工程质量监督手续。

第十四条　按照合同约定，由建设单位采购建筑材料、建筑构配件和设备的，建设单位应当保证建筑材料、建筑构配件和设备符合设计文件和合同要求。

建设单位不得明示或者暗示施工单位使用不合格的建筑材料、建筑构配件和设备。

第十五条　涉及建筑主体和承重结构变动的装修工程，建设单位应当在施工前委托原设计单位或者具有相应资质等级的设计单位提出设计方案，没有设计方案的，不得施工。

房屋建筑使用在装修过程，不得擅自变动房屋建筑主体和承重结构。

第十六条　建设单位收到建设工程竣工报告后，应当组织设计、施工、工程监理等有关单位进行竣工验收。

建设工程竣工验收应当具备下列条件：

（一）完成建设工程设计和合同约定的各项内容；

（二）完整的技术档案和施工管理资料；

（三）有工程使用的主要建筑材料、建筑构配件和设备的进场试验报告；

（四）有勘察、设计、施工、工程监理等单位分别签署的质量合格文件；

（五）有施工单位签署的工程保修书。

建设工程经验收合格的，方可交付使用。

第十七条　建设单位应当严格按照国家有关档案管理的规定，及时收集、整理建设项目各环节的文件资料，建立、健全建设项目档案，并在建设工程竣工验收后，及时向建设行政主管部门或者其他有关部门移交建设项目档案。

第三章　勘察、设计单位的质量责任和义务

第十八条　从事建设工程勘察、设计的单位应当依法取得相应的等级的资质证书，并在其资质等级许可的范围内承揽工程。

禁止勘察、设计单位超越其资质等级许可范围或者以其他勘察、设计单位的名义承揽工程。禁止勘察、设计单位允许其他单位或者个人以本单位的名义承揽工程。

第十九条　勘察、设计单位必须按照工程建设强制性标准进行勘察、设计，并对勘察、设计的质量负责。

注册建筑师、注册结构工程师等注册执业人员应当在文件上签字，对设计文件负责。

第二十条　勘察单位提供的地质、测量、水文等勘察成果必须真实、准确。

第二十一条　设计单位应当根据勘察成果文件进行建设工程设计。

设计文件应当符合国家规定的设计深度要求，注明工程合理使用年限。

第二十二条　设计单位在设计文件中选用的建筑材料、建筑构配件和设备，应当注明规格、型号、性能等技术指标，其质量要求必须符合国家规定的标准。

除有特殊要求的建筑材料、专用设备、工艺生产线等外，设计单位不得指定生产商、供应商。

第二十三条　设计单位应当就审查合格的施工图设计文件向施工单位作出详细说明。

第二十四条　设计单位应当参与建设工程质量事故分析，并对因设计造成的质量事故，提出相应的技术处理方案。

第四章　施工单位的质量责任和义务

第二十五条　施工单位应当依法取得相应等级的资质证书，并在其资质等级许可的范围内承揽工程。

禁止施工单位超越本单位资质等级许可的业务范围或者以其他施工单位的名义承揽工程。禁止施工单位允许其他单位或者个人以本单位名义承揽工程。

施工单位不得转包或者违法分包工程。

第二十六条　施工单位对建设工程的施工质量负责。

施工单位应当建立质量责任制，确定工程项目的项目经理、技术负责人和施工管理负

责人。

建设工程实行总承包的，总承包单位应当对全部建设工程质量负责；建设工程勘察、设计、施工、设备采购的一项或者多项实行总承包的，总承包单位应当对其承包的建设工程或者采购的设备的质量负责。

第二十七条　总承包单位依法将建设工程分发给其他单位的，分包单位应当按照合同的约定对其分包工程的质量承担连带责任。

第二十八条　施工单位必须按照工程设计图纸和施工技术标准施工，不得擅自修改工程设计，不得偷工减料。

施工单位在施工过程中发现设计文件和图纸有差错的，应当及时提出意见和建议。

第二十九条　施工单位必须按照工程设计要求、施工技术标准和合同约定的，对建筑材料、建筑构配件、设备和商品混凝土进行检验，检验应当有书面记录和专人签字；未经检验和检验后不合格的，不得使用。

第三十条　施工单位必须建立、健全施工质量的检验制度，严格工序管理，做好隐蔽工程的质量检查和记录。隐蔽工程在隐蔽前，施工单位应当通知建设单位和建设工程质量监督机构。

第三十一条　施工人员对涉及结构安全的试块、试件以及有关材料，应当在建设单位或者工程监理单位监督下现场取样，并送具有相应资质等级的质量检测单位进行检测。

第三十二条　施工人员对施工出现质量问题的建设工程或者竣工验收不合格的建设工程，应当负责返修。

第三十三条　施工单位应当建立、健全教育培训制度，加强对职工的教育培训；未经教育培训或者考核不合格的人员，不得上岗作业。

第五章　工程监理单位的质量责任和义务

第三十四条　工程监理单位应当依法取得相应等级的资质证书，并在其资质等级许可的范围内承担工程监理业务。

禁止工程监理单位超越本单位资质等级许可的范围或者以其他工程监理单位的名义承担工程监理业务，禁止工程监理单位允许其他单位或者个人以本单位的名义承担工程监理业务。工程监理单位不得转让工程监理业务。

第三十五条　工程监理单位与被监理工程的施工承包单位以及建筑材料、建筑构配件和设备供应单位有隶属关系或者其他利害关系的，不得承担该项建设工程的监理业务。

第三十六条　工程监理单位应当依照法律、法规以及有关技术标准、设计文件和建设工程承包合同，代表建设单位对施工质量实施监理，并对施工质量承担监理责任。

第三十七条　工程监理单位应当选派具有相应资格的总监理工程师进驻施工现场。

未经监理工程师签字，建筑材料、建筑物配件、设备不得在工程上使用或者安装，施工单位不得进行下一道工序的施工，未经总监理工程师签字，建设单位不得拨付工程款，不得进行竣工验收。

第三十八条　监理工程师应当按照工程监理规范的，采取旁站、巡视和平检验等到形式，对建设工程实施监理。

第六章　建设工程质量保修

第三十九条　建设工程实行质量保修制度。

建设工程承包单位在向建设单位提交工程竣工验收报告时，应当向建设单位出具质量保修书。质量保修书应当明确建设工程的保修范围、保修期限和保修责任等。

第四十条 在正常使用条件下，建设工程最低保修期限为：

（一）基础设施工程、房屋建筑的地基基础工程和主体结构工程，为设计文件规定的该工程合理使用年限；

（二）屋面防水工程、有防水要求的卫生间、房间和外墙面的防渗漏，为5年；

（三）供热与供冷系统，为2个采暖期、供冷期；

（四）电气管道、给排水管道、设备安装和装修工程，为2年。

其他项目的保修期限由发包方与承包方约定。

建设工程的保修期，自竣工验收合格之日起计算。

第四十一条 建设工程在各个范围和保修期限内发生质量问题的，施工单位应当履行保修义务，并对造成的损失承担赔偿责任。

第四十二条 建设工程在超过合理使用年限后需要继续使用的，产权所有人应当委托有相应资质等级的勘察、设计单位鉴定，并根据鉴定结果采取加固、维修等措施，重新界定使用期。

第七章 监督管理

第四十三条 国家实行建设工程质量监督管理制度。

国务院建设行政主管部门对全国的建设工程质量实施统一监督管理。国务院铁路、交通、水利等有关部门按照国务院规定的职责分工，负责对全国的有关专业建设工程质量的监督管理。

县级以上地方人民政府建设行政主管部门对本行政区域内的建设工程质量实施监督管理。县级以上地方人民政府交通、水利等有关部门在各自的职责范围内，负责对本行政区域内专业建设工程质量的监督管理。

第四十四条 国务院建设行政主管部门和国务院铁路、交通、水利等有关部门应当加强对有关建设工程质量的法律、法规和强制性标准执行情况的监督管理。

第四十五条 国务院发展计划部门按照国务院规定的职责组织稽察特派员，对国家出资的重大建设项目实施监督检查。

国务院经济贸易主管部门按照国务院规定的职责，对国家重大技术改造项目实施监督检查。

第四十六条 建设工程质量监督管理，可以由建设行政主管部门或者其他有关部门委托的建设工程质量监督机构具体实施。

从事房屋建筑工程和市政基础施工工程质量监督的机构，必须按照国家有关规定经国务院建设行政主管部门或者省、自治区、直辖市人民政府建设行政主管部门考核；从事专业建设工程质量监督的机构，必须按照国家有关规定经国务院有关部门或者省、自治区、直辖市人民政府有关部门考核。经考核合格后，方可实施质量监督。

第四十七条 县级以上地方人民政府建设行政主管部门和其他有关部门应当加强对有关建设工程质量的法律、法规和强制性标准执行情况的监督检查。

第四十八条 县级以上人民政府建设行政主管部门和其他有关部门履行监督检查职责时，有权采取下列措施：

（一）要求被检查的单位提供有关工程质量的文件和资料。

（二）进入被检查的施工现场进行检查；

（三）发现有影响工程质量的问题，责令改正。

第四十九条　建设单位应当自建设工程竣工验收合格之日起 15 日内，将建设工程竣工验收报告和规划、公安消防、环保等部门出具的认可文件或者准许使用文件报建设行政主管部门或者其他有关部门备案。

建设行政主管部门或者其他部门发现建设单位在竣工验收过程中违反国家有关建设工程质量管理规定行为的，责令停止使用，重新组织竣工验收。

第五十条　有关单位和个人对县级以上人民政府建设行政主管部门和其他有关部门进行监督检查应当支持与配合，不得拒绝或者阻碍建设工程质量监督检查人员依法执行职务。

第五十一条　供水、供电、供气、公安消防等部门或者单位不得明示或者暗示建设单位、施工单位购买其指定的生产供应单位的建筑材料、建筑构配件和设备。

第五十二条　建设工程发生质量事故，有关单位应当在 24 小时内向当地建设行政主管部门和其他有关部门报告。对重大质量事故，事故发生地的建设行政主管部门和其他有关部门应当按照事故类别和等级向当地人民政府和上级建设行政主管部门和其他有关部门报告。

特别重大事故的调查程序按照国务院有关规定办理。

第五十三条　任何单位和个人对建设工程质量事故、质量缺陷都有权检举、控告、投诉。

第八章　罚　则

第五十四条　违反本条例规定，建设单位将建设工程发包给不具有相应资质等级的勘察、设计、施工单位或者委托给不具有相应资质等级的工程监理单位的，责令改正，处 50 万元以上 100 万元以下的罚款。

第五十五条　违反本条例规定，建设单位将建设肢解发包的，责令改正，处工程合同价款百分之零点五以上百分之一以下的罚款；对全部或者部分使用国有资金的项目，并可以暂停项目执行或者暂停资金拨付。

第五十六条　违反本条例规定，建设单位有下列行为之一的，责令改正，处 20 万元以上 50 万元以下的罚款；

（一）迫使承包方以低于成本的价格竞标的；

（二）任意压缩合理工期的；

（三）明示或暗示设计单位或者施工单位违反工程建设强制性标准，降低工程质量的；

（四）施工图设计文件未经审查或者审查不合格，擅自施工的；

（五）建设项目必须实行工程监理而未实行工程监理的；

（六）未按照国家规定办理工程质量监督手续的；

（七）明示或者暗示施工单位使用不合格的建筑材料、建筑构配件和设备。

（八）未按照国家规定将竣工验收报告、有关认可文件或者准许使用文件报送备案的。

第五十七条　违反本规定条例，建设单位未取得施工许可证或者开工报告未经批准，擅自施工的，责令停止施工，限期改正，处工程合同价款的 1% 以上 2% 以下的罚款。

第五十八条　违反本条例规定，建设单位有下列行为之一的，责令改正，处工程合同价款百分之二以上百分之四以下的罚款；造成损失的，依法承担赔偿责任：

（一）未组织竣工验收，擅自交付使用的；

（二）验收不合格，擅自交付使用的；

（三）对不合格的建设工程按照合格工程验收的。

第五十九条　违反本条例规定，建设工程竣工验收后，建设单位未向建设行政主管部门或者其他有关部门移交建设项目档案的，责令改正，处1万元以上10万元以下的罚款。

第六十条　违反本条例规定，勘察、设计、施工、工程监理单位超越本单位资质等级承揽工程的，责令停止违法行为，对勘察、设计单位或者工程监理单位处合同约定的勘察费、设计费或者监理酬金1倍以上2倍以下的罚款；对施工单位处工程合同价款2％以上4％以下的罚款，可以责令停业整顿，降低资质等级；情节严重的，吊销资质证书；有违法所得的，予以没收。

以欺骗手段取得资质证书承揽工程的，吊销资质证书，依照本条第一款规定处以罚款，有违法所得的，予以没收。

第六十一条　违反本条例规定，勘察、设计、施工、工程监理允许其他单位或者个人以本单位名义承揽工程的，责令改正，没收违法所得，对勘察、设计单位和工程监理单位处合同勘察费、设计费和监理酬金1倍以上2倍以下的罚款；对施工单位处工程合同价款百分之二以上百分之四以下的罚款，可以责令停业整顿，降低资质等级；情节严重的，吊销资质证书；有违法所得的，予以没收。

第六十二条　违反本条例规定，承包单位将承包的工程转包或者违法分包的，责令改正，没收违法所得，对勘察、设计单位和工程监理单位处合同勘察费、设计费25％以上50％以下的罚款；对施工单位处工程合同价款0.5％以上1％以下的罚款，可以责令停业整顿，降低资质等级；情节严重的，吊销资质证书；有违法所得的，予以没收。工程监理单位转让工程监理业务的，责令改正，没收违法所得，处合同约定的监理酬金25％以上50％以下的罚款；可以责令停业整顿，降低资质等级；情节严重的，吊销资质证书。

第六十三条　违反本条例规定，有下列行为之一的，责令改正，处以10万元以上30万元以下的罚款：

（一）勘察单位未按照工程建设强制性标准进行勘察的；

（二）设计单位未根据勘察成果文件进行工程设计的；

（三）设计单位指定建筑材料人、建筑构配件的生产厂、供应商的；

（四）设计单位未按照工程建设强制性标准进行设计的。

有前款所列行为，造成工程质量事故的，责令停业整顿，降低资质等级；情节严重的，吊销资质证书；造成损失的，依法承担赔偿责任。

第六十四条　违反本条例规定，施工单位在施工中偷工减料的，使用不合格的建筑材料、建筑构配件和设备的，或者有不按照工程设计图纸或者施工技术标准施工的其他行为的，责令改正，处工程合同价款2％以上4％以下的罚款；造成建设工程质量不符合规定的质量标准的，负责返工、修理，并赔偿因此造成的损失；情节严重的，责令停业整顿，降低资质等级或者吊销资质证书。

第六十五条　违反本条例规定，施工单位未对建筑材料、建筑构配件、设备和商品混凝土进行检验，或者未对涉及结构安全的试块、试件以及有关材料的取样检测的，责令改正，处10万元以上20万元以下的罚款；情节严重的，责令停业整顿，降低资质等级或者吊销资质证书；造成损失的，依法承担赔偿责任。

第六十六条　违反本条例规定，施工单位不履行保修义务或者拖延履行保修义务的，责令改正，处 10 万元以上 20 万元以下的罚款，并在保修期内因质量缺陷造成的损失承担赔偿责任。

第六十七条　工程监理单位有下列行为之一的，责令改正，处 50 万元以上 100 万元以下的罚款，降低资质等级或者吊销资质证书；有违法所得的，予以没收，造成损失的，承担连带赔偿责任；

与建设单位或者施工单位串通，弄虚作假、降低工程质量的；

将不合格的建设工程、建筑材料、建筑构配件和设备按照合格签字的。

第六十八条　违反本条例规定，工程监理单位与被监理工程的施工承包单位以及建筑材料、建筑构配件和设备供应单位有隶属关系或者其他利害关系承担该项建设工程的监理业务的，责令改正，处 5 万元以上 10 万元以下的罚款，降低资质等级或者吊销资质证书的；有违法所得的，予以没收。

第六十九条　违反本条例规定，涉及建筑主体或者承重结构变动的装修工程，没有设计方案擅自施工的，责令改正，处 50 万元以上 100 万元以下的罚款，房屋建筑面积在装修过程擅自变动房屋建筑主体和承重结构的，责令改正，处 5 万元以上 10 万元以下的罚款。有前款所列行为，造成损失的，依法承担赔偿责任。

第七十条　发生重大工程质量事故隐瞒不报、谎报或者拖延报告期限的，对直接负责的主管人员和其他责任人员依法给予行政处分。

第七十一条　违反本条例规定，供水、供电、供气、公安消防等部门或者单位明示或者暗示建设单位或者施工单位购买其指定的生产供应单位的建筑材料、建筑构配件和设备的，责令改正。

第七十二条　违反本条例规定，注册建筑师、注册结构工程师、监理工程师等注册执业人员因过错造成严重事故的，责令停止执业 1 年，造成重大质量事故的，吊销执业资格证书，5 年以内不予注册；情节特别恶劣的，终身不予注册。

第七十三条　依照本条例规定，给予单位罚款处罚的，对单位直接负责的主管人员和其他直接责任人员处单位罚款 5% 以上 10% 以下的罚款。

第七十四条　建筑单位、设计单位、施工单位、工程监理单位违反国家规定，降低工程质量标准，造成重大安全事故，构成犯罪的，对直接责任人依法追究刑事责任。

第七十五条　本条例规定的责令停业整顿，降低资质等级和吊销资质证书的行政处罚，由颁发资质证书的机关决定，其他行政处罚，由建设行政主管部门或者其他有关部门依照法定职权决定。

依照本条例规定吊销资质证书的，由工商行政管理部门吊销其营业执照。

第七十六条　国家机关工作人员在建设工程质量监督管理工作中玩忽职守、滥用职权、徇私舞弊，构成犯罪的，依法追究刑事责任；尚不构成犯罪的，依法给予行政处分。

第七十七条　建设、勘察、设计、施工、工程监理单位的工作人员因调动工作、退休等原因离开该单位后，被发现在该单位工作期间违反国家有关建设工程质量管理规定，造成重大质量事故的，仍应当依法追究法律责任。

第九章　附　　则

第七十八条　本条例所称肢解发包，是指建设单位将应当由一个承包单位完成的建设工程分解成若干部分发包给不同的承包单位的行为。

本条例所称违法分包，是指下列行为：

（一）总承包单位将建设工程分包给不具备相应资质条件的单位的；

（二）建设工程总承包合同中未有约定，又未经建设单位，承包单位将其承包的部分建设工程交由其他单位完成；

（三）施工总承包单位将建设工程主体结构的施工分包给其他单位的；

（四）分包单位将其承包的建设工程再分包的。

本条例所称转包，是指承包单位承包建设工程后，不履行合同约定的责任和义务，将其承包的全部建设工程转给他人或者将其承包的建设工程肢解以后以分包的名义分别转给其他单位承包的行为。

第七十九条 本条例规定的罚款和没收的违法所得，必须全部上缴国库。

第八十条 抢险救灾及其他临时性房屋建筑和农民自建低层住宅的建设活动，不适用本条例。

第八十一条 军事建设工程的管理，按照中央军事委员会的有关规定执行。

第八十二条 本条例自发布之日起施行。

附刑法有关条款

第一百三十七条 建设单位、设计单位、施工单位、工程监理单位违反国家规定，降低工程质量标准，造成重大安全事故的，对直接责任人员处 5 年以下有期徒刑或者拘役，并处罚金；后果特别严重的，处 5 年以上 10 年以下有期徒刑，并处罚金。

房屋建筑工程质量保修办法

（二〇〇〇年六月三十日）

第一条 为保护建设单位、施工单位、房屋建筑所有人和使用人的合法权益，维护公共安全和公众利益，根据《中华人民共和国建筑法》和《建设工程质量管理条例》，制订本办法。

第二条 在中华人民共和国境内新建、扩建、改建各类房屋建筑工程（包括装修工程）的质量保修，适用本办法。

第三条 本办法所称房屋建筑工程质量保修，是指对房屋建筑工程竣工验收后在保修期限内出现的质量缺陷，予以修复。

本办法所称质量缺陷，是指房屋建筑工程的质量不符合工程建设强制性标准以及合同的约定。

第四条 房屋建筑工程在保修范围和保修期限内出现质量缺陷，施工单位应当履行保修义务。

第五条 国务院建设行政主管部门负责全国房屋建筑工程质量保修的监督管理。

县级以上地方人民政府建设行政主管部门负责本行政区域内房屋建筑工程质量保修的监督管理。

第六条 建设单位和施工单位应当在工程质量保修书中约定保修范围、保修期限和保修责任等，双方约定的保修范围、保修期限必须符合国家有关规定。

第七条　在正常使用下，房屋建筑工程的最低保修期限为：

（一）地基基础工程和主体结构工程，为设计文件规定的该工程的合理使用年限；

（二）屋面防水工程、有防水要求的卫生间、房间和外墙面的防渗漏，为 5 年；

（三）供热与供冷系统，为 2 个采暖期、供冷期；

（四）电气管线、给排水管道、设备安装为 2 年；

（五）装修工程为 2 年。

其他项目的保修期限由建设单位和施工单位约定。

第八条　房屋建筑工程保修期从工程竣工验收合格之日起计算。

第九条　房屋建筑工程在保修期限内出现质量缺陷，建设单位或者房屋建筑所有人应当向施工单位发出保修通知。施工单位接到保修通知后，应当到现场核查情况，在保修书约定的时间内予以保修。发生涉及结构安全或者严重影响使用功能的紧急抢修事故，施工单位接到保修通知后，应当立即到达现场抢修。

第十条　发生涉及结构安全的质量缺陷，建设单位或者房屋建筑所有人应当立即向当地建设行政主管部门报告，采取安全防范措施；由原设计单位或者具有相应资质等级的设计单位提出保修方案，施工单位实施保修，原工程质量监督机构负责监督。

第十一条　保修完成后，由建设单位或者房屋建筑所有人组织验收。涉及结构安全的，应当报当地建设行政主管部门备案。

第十二条　施工单位不按工程质量保修书约定保修的，建设单位可以另行委托其他单位保修，由原施工单位承担相应责任。

第十三条　保修费用由质量缺陷的责任方承担。

第十四条　在保修期内，因房屋建筑工程质量缺陷造成房屋所有人、使用人或者第三方人身、财产损害的，房屋所有人、使用人或者第三方可以向建设单位提出赔偿要求。建设单位向造成房屋建筑工程质量缺陷的责任方追偿。

第十五条　因保修不及时造成新的人身、财产损害，由造成拖延的责任方承担赔偿责任。

第十六条　房地产开发企业售出的商品房保修，还应当执行《城市房地产开发经营管理条例》和其他有关规定。

第十七条　下列情况不属于本办法规定的保修范围：

（一）因使用不当或者第三方造成的质量缺陷；

（二）不可抗力造成的质量缺陷。

第十八条　施工单位有下列行为之一的，由建设行政主管部门责令改正，并处 1 万元以上 3 万元以下的罚款。

（一）工程竣工验收后，不向建设单位出具质量保修书的；

（二）质量保修的内容、期限违反本办法规定的。

第十九条　施工单位不履行保修义务或者拖延履行保修义务的，由建设行政主管部门责令改正，处 10 万元以上 20 万元以下的罚款。

第二十条　军事建设工程的管理，按照中央军事委员会的有关规定执行。

第二十一条　本办法由国务院建设行政主管部门负责解释。

第二十二条　本办法自发布之日起施行。